行悟初心

班永吉 著

人民东方出版传媒
People's Oriental Publishing & Media
东方出版社
The Oriental Press

图书在版编目（ＣＩＰ）数据

行悟初心 / 班永吉著. —北京：东方出版社，2022.3
ISBN 978-7-5207-2486-9

Ⅰ.①行… Ⅱ.①班… Ⅲ.①散文集－中国－当代
Ⅳ.①I267

中国版本图书馆CIP数据核字（2022）第021885号

行悟初心
（XINGWU CHUXIN）

作　　者：班永吉
策　　划：李志刚
责任编辑：黄彩霞　李志刚
出　　版：東方出版社
发　　行：人民东方出版传媒有限公司
地　　址：北京市西城区北三环中路6号
邮政编码：100120
印　　刷：北京联兴盛业印刷股份有限公司
版　　次：2022年3月第1版
印　　次：2022年3月北京第1次印刷
印　　张：19.75
字　　数：238千字
书　　号：ISBN 978-7-5207-2486-9
定　　价：82.80元
发行电话：（010）85924663　85924644　85924641

自　序

初心，就是最初的心愿。一个人、一个集团能够做到初心不改，是不容易的。

我的初心是当一名作家。这个初心萌发于学生时代，从那时起，我便一直注重阅读，注意积累。尽管阅读量仍然少得可怜，但我从未放弃。怀揣这个初心，1984年秋天，我带着"北方文学函授中心"的录取通知书和一些文学类书籍，光荣入伍。新兵下连后，坐上闷罐车到达石家庄陆军学院，我是我们连第一个到军校图书馆办理借书证的兵，也是第一个在原北京军区《战友报》、《解放军文艺》上发表作品的兵……

2009年，我加入中国作家协会。尽管我出版了六七本书，但只能算一个不务正业的业余作家，没有一篇让圈内人记得住的作品，这不能不说是个遗憾。我始终没有忘记初心，时常锻炼一下敲击键盘的手指，紧握手中的笔。

《行悟初心》是我献给党百年华诞的作品集。书中收录了我近年来创作的与党史军史相关的散文随笔，希望读者在轻松的阅读中，能够感悟今天生活的来之不易，更懂得珍惜、懂得奋斗。

最近，我读了一位作家的一本书，很赞同他对作家这个群体说的几番话。

写作是一个人的生活方式，不是借以谋利的手段。作家就应该说自己想说的话来完善自我、记录生活、讴歌时代、讴歌人民。历史画卷的真正主人公是人民。一滴滴生活之水，汇聚成了历史潮流。作为作家，就应该记录这个历史潮流中的老百姓是怎么样生活的。

对于作家来说，个体的生命体验和感悟是不可替代的。作家最重要的素质是具备在日常生活中、在平凡事件中、在普通的一组照片或画面中，感受美的能力，感受文学的力量，传递历史的厚重。作家就要用自己独特的视角和语言，把这种力量传递给所有看到这些东西的人、所有读到这些东西的人、所有直面这些画面的人，使他们能够积极面对生活，日有所长。作家要用作品去激励人，让人从中受到启发，从中得到智慧，从中得到向善向上的正能量。

当我们告别这个世界时，也许你会觉得，读的书没有意义，盖的房子没有意义，写的文章没有意义，买的豪车没有意义，银行六位数以上的存款也没有意义……"鲁郭茅""巴老曹"，雨果、托尔斯泰、肖洛霍夫……也没有了意义，巨大的虚无，是不是在挤压着你的脑细胞？

但，一个有思想的人，一个不会行尸走肉的人，就要从这种幻灭感的改变中发现生命的意义。这种意义是什么？它就是一种精神。精神会照亮心灵，照亮前行之途，许多人因此离苦得乐，然后用这种精神继续跋涉。所以说，一个人死了之后，他的精神应该是永恒的。比如焦裕禄、雷锋、孔繁森、杨善洲，再比如历史上许许多多的"钢铁战士",以及无数没有留下名字的英雄烈士,他们的精神是永存的。普天之下,芸芸众生,我们有幸来到世间,还是要留下一点精神才好。这种精神哪怕只是影响了你的家属子女,哪怕只是影响了你的身边同事,哪怕只是影响了你的左邻右舍一点点就好。

我们要敬重那些为真理而献身的人,他们为了信仰,宁愿放弃自己的生命,比如瞿秋白、赵世炎、陈延年、陈乔年、江竹筠、刘胡兰。他们用生命向往着比现实更伟大、更崇高的存在。为了理想和信念,他们不惜付出自己的生命,使自己的人生具有了比肉体更为永恒的人格魅力和精神价值。他们,永远值得我们敬重和敬仰。

真正的文化是魂,是精神,是一种气息,而不仅仅是文字的堆砌,它能给人的心灵带来启迪,带来温暖,让人们产生继续前行的力量。随着时代变化,人类文明中定格历史的,就是一种精神、一种信仰。传承历史的也是这种精神、这种信仰。

真正的贫困并非生活的贫困,而是精神的贫乏、灵魂的贫弱。一个人如果不升华自己的灵魂,不清洗自己心灵的污垢、人性的自私,就很难摆脱贫穷的命运。因为一个没有博大胸襟的贫瘠心灵是狭隘的。

读好书,就要读那些增长智慧、培养善良、催人奋进的书,读那些让我们的心灵柔软、塑造灵魂的书。人的健康有两种:第一是肉体健康,第二是心灵健康。心灵渐趋死亡的人就像一具僵尸,没有灵魂热度,就没有生命激情;没有了爱心,哪还有担当。

一个作家要经常把自己放在历史坐标中来衡量自己。作家的存在,只有在为某个地域、某个时期、某个领域的文化增添一种光彩的时候,才有更大的价值。

感谢那些读者花费宝贵的时间来关注我们的作品，无论是认可也罢，批评也罢，我们都要非常感恩。尤其是批评，因为每一种批评都代表着一种新的眼光和新的角度，我们了解了这些眼光和角度，就了解了它们所代表的那些世界，那么我们就会一步步地升华和超越自己。

一个作家没有刻骨铭心的感悟，没有刻骨铭心的体验，是不能写出有价值的作品的。一个作家，如果写出的作品连自己都感动不了，又怎能感动读者？

愿我的这些文字能够成为一种营养，为你的心灵带来一份宁静、一份思考、一份启示。哪怕你的目光在书上仅仅停留几十秒，也一样令我感激。因为这一停留，让书有了生命。

一位我景仰的大家在他一本书的"序言"中写道——

"由于能力有限，不管这样的愿望能否实现，都感谢每一位打开此书的读者。"

这位大家写给读者的话尚如此谦逊、如此真诚，我这个"业余作家"又何尝不感激每一位打开这本《行悟初心》的读者呢？

目 录

上 篇

下 篇

上　篇

人民领袖毛泽东

东方红，太阳升，

中国出了个毛泽东。

他为人民谋幸福，

呼儿嗨哟，

他是人民大救星。

他为人民谋幸福，

呼儿嗨哟，

他是人民大救星。

毛主席，爱人民，

他是我们的带路人。

为了建设新中国，

呼儿嗨哟，

领导我们向前进……

伴随着《东方红》的熟悉旋律，我从历史的画册里精选了近 30 张毛泽东同志与人民群众在一起的照片，来一同纪念人民领袖毛泽东同志。

毛泽东同志是伟大的马克思主义者，伟大的无产阶级革命家、战略家、理论家，是马克思主义中国化的伟大开拓者，是近代以来中国伟大的爱国者和民族英雄，是党的第一代中央领导集体的核心，是领导中国人民彻底改变自己命运和国家面貌的一代伟人。他是中国共产党、中国人民解放军、中华人民共和国的主要缔造者，中国各族人民的伟大领袖。

毛泽东同志始终心系人民群众、终生艰苦奋斗。他说："中国的命运一经操在人民自己的手里，中国就将如太阳升起在东方那样，以自己的辉煌的光焰普照大地。"

1946年春节，延安人民给毛泽东同志赠送的"人民救星"的匾额，咏唱出"他为人民谋幸福"的共产党人的初心。

今天我们重温毛泽东同志关于人民群众的几节语录，总让人感怀感念感戴人民领袖毛泽东的人民情怀。

1949年5月1日下午，毛泽东同志从香山双清别墅乘车到颐和园，前往柳亚子住处益寿堂拜访柳亚子，谈诗甚畅，随后一同乘船游览昆明湖。在交谈中，柳亚子说：今天胜利了，这是我们盼望已久的。我们都很清楚，蒋介石早晚是要垮台的，因为他们腐败无能，太不得人心了。共产党要胜利，这是肯定的。共产党的政策正确，合乎民意，人民拥护支持，这是胜利的基础。但是，我们没有想到胜利会这么快，人民解放军很快渡江成功，并且占领了南京，我们不知道毛主席用的是什么妙计。毛泽东说：打仗没有什么妙计，如果说有妙计的话，那就是知己知彼，根据实际情况，作出正确的决策。还有，就是先生说的，人民的支持是最大的妙计。我们有一百万军队渡江，如果没有人民的大力支持，是不能成功的。

1945 年 10 月，毛泽东同志在《关于重庆谈判》一文中也曾指出：

> 有许多本地的干部，现在要离乡背井，到前方去。还有许多出生在南方的干部，从前从南方到了延安，现在也要到前方去。所有到前方去的同志，都应当做好精神准备，准备到了那里，就要生根、开花、结果。我们共产党人好比种子，人民好比土地。我们到了一个地方，就要同那里的人民结合起来，在人民中间生根、开花。我们的同志不论到什么地方，都要把和群众的关系搞好，要关心群众，帮助他们解决困难。团结广大人民，团结得越多越好。

1949 年 9 月 21 日，毛泽东同志在中国人民政治协商会议第一届全体会议上的开幕词中强调：

> 让那些内外反动派在我们面前发抖吧，让他们去说我们这也不行那也不行吧，中国人民的不屈不挠的努力必将稳步地达到自己的目的。
> 在人民解放战争和人民革命中牺牲的人民英雄们永垂不朽！
> 庆贺人民解放战争和人民革命的胜利！

1949 年 9 月 30 日，毛泽东同志受中国人民政治协商会议第一届全体会议委托起草的会议宣言的最后四句话也让人倍感振奋。

> 为人民解放战争和人民革命而牺牲的人民英雄们永垂不朽！

中国人民大团结万岁！

中华人民共和国万岁！

中央人民政府万岁！

这个宣言中"在人民领袖毛泽东主席领导之下"一句，是会议通过宣言时，代表们提议增加上去的。

在庄严肃穆的人民英雄纪念碑奠基典礼上，毛泽东同志充满激情地宣读了他撰写的人民英雄纪念碑碑文：

三年以来，在人民解放战争和人民革命中牺牲的人民英雄们永垂不朽！

三十年以来，在人民解放战争和人民革命中牺牲的人民英雄们永垂不朽！

由此上溯到一千八百四十年，从那时起，为了反对内外敌人，争取民族独立和人民自由幸福，在历次斗争中牺牲的人民英雄们永垂不朽！

毛泽东同志写下的"人民的胜利"几个遒劲的大字，也镌刻在历史的画典里。

毛泽东同志曾说："一切干部，不论职务高低，都是人民的勤务员，我们所做的一切，都是为人民服务。人民是主人。"

"人民，只有人民，才是创造世界历史的动力。"

"我们的同志应当注意，不要靠官，不要靠职位高，不要靠老资格吃饭。说资格老，多少年革命，这个资格也是可靠的，但同时我们不要靠它。你资格老，几十年，那是真的。可是，你有一天办了一些糊涂事，讲了一篇混账话，人民还是不谅解你。尽管你过去做过多少好事，职位有多么高，你今天的事情办得不好，解决得不对，对人民有损害，这一点人民就不能原谅。因此，我们的同志不要靠老资格吃饭，要靠解决问题正确吃饭。靠正确，不靠资格。靠资格吃不了饭，索性不靠它，等于还是什么官都没有做，就是不摆老爷架子，不摆官僚架子，把架子收起来，跟人民见面，跟下级见面。这一条，我们的干部要注意，特别是老干部要注意。"

他是人民的领袖，他所缔造的一切都是用人民相称：人民共和国、人民军队、人民政府、人民警察、人民法院、人民银行、人民大学、人民邮电……甚至于钱币也称为人民币。

1954 年 9 月 20 日，中华人民共和国第一届全国人民代表大会第一次会议庄严通过中华人民共和国第一部宪法，宪法第二条明确规定："中华人民共和国的一切权力属于人民。"

毛泽东同志浓厚的人民情怀，植根于他敬畏人民、立足人民、依靠人民、相信人民、爱护人民、关心人民、全心全意为人民服务的人民观。

毛泽东同志属于中国，也属于世界。他不仅赢得了全党全国各族人民的爱戴和敬仰，而且赢得了世界上一切向往进步的人们的敬佩。

毛泽东首访苏联

1949年10月2日，苏联首先承认了中华人民共和国。刚刚诞生的新中国，既面临着帝国主义封锁和可能的武装干涉，又面临着国内种种亟待解决的困难和考验，情势严峻而复杂。为巩固新生的人民政权，恢复和发展国民经济，需要创造有利的国际条件，同社会主义国家苏联建立友好与合作关系，显得非常重要。

访问苏联，可说是毛泽东多年的一个夙愿，但由于国内军事、政治形势发生变化，访苏行程几经改变。1949年6月至8月，刘少奇受中共中央委托，秘密访苏，并转达了毛泽东准备访苏的意向。斯大林说，中国新政府成立、两国建交后，毛泽东即可来莫斯科。收到斯大林的邀请电后，毛泽东复电，菲里波夫（即斯大林）同志：感谢你欢迎我到莫斯科去。我准备于十二月初旬动身。

为使新中国获得有力的国际支持，1949年12月6日，毛泽东乘专列离开北京应邀到苏联访问，与斯大林就两国政治经济关系广泛地交换意见。朱德、刘少奇、周恩来等到西直门火车站送行，随行人员有陈伯达（以教授身份）、师哲（翻译）、叶子龙（秘书）、汪东兴等。这是毛泽东生平第一次走出中国。

毛泽东知道，此次苏联之行重任在身，一个重要目的，就是废除 1945 年国民党政府同苏联政府签订的《中苏友好同盟条约》，并签订新的中苏友好条约。此外，毛泽东还要参加斯大林七十寿辰的庆祝活动，并对苏联进行参观访问。

经过 10 天旅行，12 月 16 日中午，毛泽东乘坐的专列徐徐开进莫斯科雅罗斯拉夫车站，受到苏联党政领导人的热烈欢迎。毛泽东在车站发表热情洋溢的演说："我这次获有机会访问世界上第一个伟大社会主义国家苏联的首都，是生平很愉快的事。"由于天气特别寒冷，苏联政府在车站只举行简短的欢迎仪式。随后，毛泽东前往斯大林在苏联卫国战争期间莫斯科郊外的别墅下榻。

斯大林和毛泽东是国际共产主义运动中有影响的人物，又各自领导着一个伟大的国家。他们的首次会面，为世界所瞩目。当晚，毛泽东在克里姆林宫斯大林办公室的小会客厅拜会斯大林。6 时整，门厅敞开。斯大林站起身，离开办公桌走过来。毛泽东快步走上前去，同斯大林热情握手。斯大林注视着毛泽东，说："你很年轻，红光满面，容光焕发，很了不起！"并说："伟大，真伟大！你对中国人民的贡献很大，你是中国人民的好儿子！我们祝愿你健康！""你们取得了伟大的胜利，祝贺你们前进。"然而，毛泽东与斯大林的第一次会谈，在最主要的问题上即要不要签订新的中苏条约、废除旧的中苏条约的问题上，没有取得预期的效果。

1949 年 12 月 21 日，毛泽东应邀出席莫斯科庆祝斯大林七十寿辰大会。苏联方面特意安排中国代表团在 13 个外国代表团中首先致辞。毛泽东的祝词受到热烈欢迎，三次全场起立，长时间鼓掌，大会气氛十分热烈。在形式上，毛泽东受到高规格的接待，但对于实质问题，苏方避而不谈。毛泽东有些着急，在祝寿大会的第二天，便找柯瓦廖夫来住处谈话，提出拟请周恩来前来莫斯科完成中苏条约、贷款协定、贸易协定、航空协定等签字手续，并要他把这次谈话的记录转交斯大林。这是毛泽东又一次向斯大林正式提出谈判中苏条约问题。12月24日，毛泽东与斯大林举行第二次会谈。此后，又力促斯大林下决心签订中苏新约，同意周恩来来莫斯科。

1月2日晚11时，毛泽东致电中共中央，提出周恩来到达莫斯科及签订条约的时间。1月3日凌晨4时，毛泽东又致电中共中央，进一步说明签订新约的意义：这一行动将使我国处于更有利的地位，使资本主义各国不能不就我范围，有利于迫使各国无条件承认中国，废除旧约，重订新约，使各资本主义国家不敢妄动。此间，毛泽东一面思考着中苏友好同盟互助条约问题，为主持下一轮的中苏会谈做准备；一面利用周恩来尚未到达的时间，到外地参观，并同苏联领导人进行一些接触。1月11日，在王稼祥的陪同下，毛泽东拜谒莫斯科红场上的列宁墓，并献花圈。花圈缎带上用中俄两国文字写着："献给列宁——革命的伟大导师。毛泽东一九五〇年一月十一日。"

几天后，周恩来等人到达莫斯科，随即在毛泽东主持下紧张地做会谈准备工作。1月22日，毛泽东、周恩来同斯大林等举行会谈，这是毛泽东与斯大林的第三次会谈。这次会谈，在主要问题和原则问题上，达成一致，取得重大进展。

在协商新条约的时候，苏方最初按照中方的基本思想和大体内容写了一个草案。中方认为有许多重要内容没有写进去，提出修改。

周恩来根据毛泽东的意见，重新写了一个草案，交给苏方。苏方对这个草案没有提出原则性的修改，双方没有任何争论。为了在名称上区别于旧的条约，中方提出新约可在旧约名称的基础上加"互助"二字，名为《中苏友好同盟互助条约》。

1950 年 2 月 14 日，《中苏友好同盟互助条约》签字仪式在克里姆林宫隆重举行。周恩来和维经斯基代表本国政府在《中苏友好同盟互助条约》《关于中国长春铁路、旅顺口及大连的协定》《关于苏联贷款给中华人民共和国的协定》上签字。他们的身后，并排站着毛泽东、斯大林，以及中方李富春、陈伯达、王稼祥、赛福鼎，苏方莫洛托夫、伏罗希洛夫、马林科夫、米高扬、赫鲁晓夫等。仪式结束后，斯大林举行招待宴会，庆祝两国缔约。毛泽东又邀请斯大林出席第二天在中国大使馆举行的答谢宴会。此前，斯大林是从不到克里姆林宫以外出席宴会的，这一次却破例接受了邀请。

1950 年 2 月 17 日，毛泽东结束对苏联的首次访问，同周恩来等登上回国的专列。毛泽东在沿途参观了一些苏联的城市和工厂，进入国内又在哈尔滨、长春、沈阳等地视察。3 月 4 日晚 10 时，毛泽东和周恩来等一行回到北京，受到朱德、刘少奇、李济深、张澜、林伯渠、董必武、陈云、郭沫若、黄炎培等，以及苏联等驻中国大使馆主要成员的欢迎，并检阅了仪仗队。

从 1949 年 12 月 16 日到达莫斯科与斯大林举行第一次会谈，到 1950 年 2 月 14 日双方签订《中苏友好同盟互助条约》，差不多有整整两个月的时间。在订不订新约这个主要问题上，一开始，毛泽东与斯大林之间发生根本分歧。尤其在参加庆祝斯大林七十寿辰的各国代表团纷纷离开莫斯科回国后，唯独毛泽东留下住在斯大林别墅里。斯大林始终不提签约之事，采取拖的办法，也不再会见毛泽东，相持近半个月。在涉及国家主权和民族利益的重大问题上，毛泽东从不让步，即使对斯大林，也不例外。凡是毛泽东认准要做的事，不达目的决不罢休。这是他强烈而鲜明的性格。在毛泽东的坚持下，加上其他各种因素，斯大林终于改变观点，同意签订新约和其他新的协定。

20世纪50年代末，毛泽东在回顾中苏会谈这段历史的时候说：斯大林这个人，看情形他是可以变的。签订中苏条约，我们在那里待了几个星期。他开头很不赞成，到后头我们坚持两次，最后他赞成了。可见一个人有缺点的时候，就是斯大林这样的人，他也不是不可以变的。

毛泽东曾说：条约定下来比不定好……为建设，也为外交，而外交也是为建设。我们是新起的国家，困难多，万一有事，有个帮手，这样可以减少战争的可能性。

毛泽东对第一次访苏取得的成果是满意的。这次出访，维护了中国的民族尊严和国家主权，提高了中国的国际地位，用条约的形式将中苏友好合作的关系固定下来。这对于巩固新生的中华人民共和国政权，为新中国迅速恢复国民经济、迎接大规模经济建设的新时期创造了前所未有的良好外部条件，同时，在国际上也产生重大影响。

《中苏友好同盟互助条约》是新中国成立后，我国与外国政府签订的第一个建立在平等基础上的条约。它同一百多年来旧中国在屈辱的条件下与帝国主义列强所签订的一切不平等条约形成十分鲜明的对比。正是出于这样的考虑，毛泽东把出访苏联看作一件大事，在新中国成立之初就付诸实现。

　　每逢毛泽东诞辰日、逝世纪念日，回看毛泽东"历史上的今天"，人们总是回望毛泽东、想念毛泽东。毛泽东是近代以来中国伟大的爱国者和民族英雄，是领导中国人民彻底改变自己命运和国家面貌的一代伟人。他的名字、他的思想、他的风范，将永远鼓舞我们继续前进。

走近晚年陈独秀

2006年8月11日下午，我怀着一份复杂的感情来到渝郊江津市鹤山坪陈独秀旧居。车子盘桓在崎岖的山路上，回忆陈独秀跌宕起伏的往事，我的心情随之汹涌澎湃。

鹤山坪属于山区，方圆几十里都是丘陵。陈独秀旧居是一座旧式的四合院，石墙院属于清朝进士杨鲁承的宅院。四合院过去有石头砌成的两道外围墙，现在没了。坐南朝北对着长江的是正房。主建筑正堂七间，瓦房早已陈旧。当年陈独秀和第三任夫人潘兰珍就在一间正房里寝居。

陈独秀自幼丧父，6岁随人称"白胡爹爹"的祖父修习四书五经，得到的评价是："这孩子长大后，不成龙，便成蛇。"17岁过继给四叔陈衍庶为嗣子。20岁丧母。嗣母就是一生未育的四婶谢氏。1939年，78岁的嗣母在潦倒、失意、穷困、凄愁、蒙辱的陈独秀身边客死他乡。陈独秀曾哀伤地对三子松年说："等战争结束，我们回安庆时，一定把祖母的遗骨带回去，要让她一个人留在四川做孤魂野鬼，你爹心里是不会安宁的。"

陈独秀与家乡的发妻高晓岚共育三子两女，长子延年，次子乔年，三子松年。高晓岚长陈独秀3岁，不识字。陈独秀为办学想从家中拿钱，夫人执意不从，两人争吵以至于分居。后来，陈独秀爱上了思想进步且有文化的妻妹高君曼。

在高君曼病故后，潘兰珍在上海与陈独秀结识，开始照顾年长自己31岁的陈独秀。潘兰珍与陈独秀虽不是结发之妻，但却是患难之交。陈独秀南京坐监，她就无微不至地照顾陈独秀，共同生活10年。人世间，于落难不弃，对富贵不附，实为做人的美德。

往东两间厢房，为陈独秀的会客室及其里面套间书房。陈独秀的灶房也在东边。陈独秀居室是东数第二间正房。陈独秀为已逝的杨鲁承整理遗稿，杨家对陈独秀颇为敬重，住房也不要钱。我们参观了陈独秀和潘兰珍的居室、书房，里面有陈独秀用过的桌、椅、床、被，潘兰珍的花衣服，还有他们二人弥足珍贵的照片。

房外是陈独秀用过的水井。走出后门是竹林，是陈独秀经常散步的地方。透过竹林，可以看到长江。极目远眺，重峦叠嶂，青山连绵。

陈独秀在江津之初心情非常沮丧难捱。寄人篱下的他对于说话、做事都得看房东邓太太的脸色，感到极为苦恼。陈独秀和潘兰珍忍气吞声，但邓太太终燃"战火"，双方唇枪舌剑。忍耐度日的陈独秀愤然择房另居，就是眼前的这座鹤山坪石墙院。它述说着一段让你遐思冥想、悠远而感伤的故事。

陈独秀誉其有"世外桃源"之感："幽静安谧，与世隔绝，悠闲自得，是潜心著述的好地方，正满足了我隐居的心愿，难觅的栖身之地啊！"后来，陈独秀带领杨家用人将院内外扫除一新，栽上花、植下树，又辟菜园种上瓜果葱蒜，著述之余，品尝劳动果实的甘美。

据说，陈果夫、陈立夫宴请出狱后的陈独秀，传达蒋介石的意见：聘请陈出任劳动部部长之职。陈独秀即席直白："……他叫我当部长是假，叫我点缀门面是真。他杀了我们多少同志，包括我的两个儿子，把我关了许多年……这不是异想天开吗！但是，今天国共合作抗日，在抗日的工作上，我可以和蒋先生合作。"

陈独秀选择了隐居式的颠沛流离生活。他于 1938 年 8 月 3 日从重庆乘轮船顺长江来到了江津。国民党第八战区副司令长官胡宗南和戴笠经蒋介石允许后，曾提着水果、茅台酒等礼品微服拜访陈独秀。开始，陈独秀拒不接见。后来，两人找到陈独秀的朋友，也是黄埔军校著名的政治教官高语罕通融，才得以见面。陈独秀表示，自己逃难入川，虽国事萦怀，但不问政治，也不曾有任何政治活动，但天下兴亡，匹夫有责。陈独秀请胡宗南和戴笠转告蒋介石，要好自为之。

1942 年春，陈独秀的病体快支撑不住了，但这位思想者仍挂牵着中华民族的命运。他提出：

在资本帝国主义的现世界，任何弱小的民族，若企图关起门来，靠自己一个民族的力量，排除一切帝国主义之侵入，以实现这种孤立的民族政策，是没有前途的。它的唯一前途，只有和全世界被压迫的劳动者、被压迫的落后民族结合在一起，推翻一切帝国主义……

在战火纷飞的年代，许多人只想着如何躲避灾难、养家糊口，而陈独秀却在穷乡僻壤的石墙院内为国家担忧、为民族担忧、为世界的未来担忧。他没有放弃对政治的思考，只有在政治的思考中才能感到生命的存在、品味到人生的价值。

这就是一个人死后，他不朽的精神和思想被后人无尽追念的理由。

在陈独秀晚年的岁月里，陈独秀有一个忘年交，叫杨朋升，他使我感念数日。1939 年 5 月至 1942 年 4 月 5 日，陈独秀致杨朋升信函达 40 件之多。其间，杨 3 次接济陈共计 2300 元，转交他人赠款亦 3 次计 2200 元，且赠信封及用笺，使陈独秀维持生计之外，得以著书立说。

杨朋升是四川渠县人，小陈独秀 21 岁。他青年时就读北大，喜蔡元培、李大钊、陈独秀等人文章。五四运动前夕，经时任北京大学校长的蔡元培推荐，杨朋升师从北大文科系主任陈独秀，陈独秀非常赏识这个四川娃，两人结下了深厚的师生情谊，可谓名副其实的忘年之交。杨朋升平生好书法，曾两度留学日本，归国后入军界。一·二八淞沪战役时，杨朋升任八十八师副师长，率部英勇抗击日军。1937 年 9 月，陈独秀到达武汉，杨任武汉警备司令部领衔少将参谋，兼任武汉防空司令部筹备处办公厅副主任。

陈独秀流亡江津时，杨朋升在成都任川康绥靖公署少将参谋。1938 年，武汉沦陷后，两人又一前一后来到四川。杨朋升因对国民党不满，寓居成都修建"劲草园"，沉溺于书画。而陈独秀也内迁至江津。从你来他往诸多信书的字里行间，不难看出二人独特而深厚的交情。虽曾为师且年龄较长，但陈独秀每封信的开头均称杨为"老兄"，杨夫人为"嫂夫人"，落款均为"弟独秀"，书信最长的有3 页，最短的只有几十个字。在信中，两人或作学术探讨，或倾诉衷肠，其中一封复函杨朋升信中说："弟前在金陵狱中，多承蒙蔡先生照拂，今乃先我而死，弟之心情上无数伤痕中又增一伤痕矣。"陈独秀感念蔡元培对自己入狱后的多次声援营救。还有一封写于 1939 年 5 月 5 日的信。陈独秀的嗣母于此前两个月去世，其悲伤之情在给杨朋升的信中表露尽致："弟遭丧以后，心绪不佳，血压高涨，两耳日夜轰鸣，几于半聋，已五十日，未见减轻，倘长久如此，则百事俱废矣！" 1942 年 4 月，杨朋升收到陈独秀的最后一封信。

陈独秀对杨朋升多年的资助"却之不恭而受之有愧"。陈独秀病逝后，杨朋升很悲痛，在信封的背后写下"此为陈独秀先生最后之函，先生 5 月 27 日逝世于江津，4 月 5 日书我也。哲人其萎，怆悼何极"。

1942 年 5 月 27 日晚 9 时 40 分陈独秀逝世。唯有《江津日报》在 5 月 29 日一版末尾以"一代人杰溘然长逝"为标题发布了消息。这则消息正文共 255 个字：

一代人杰陈独秀先生于本月 27 日晚 9 时 40 分急性胃炎与脑充血齐发，医药罔效，溘然长逝于县属鹤山坪乡寓，享年六十四岁。陈氏生于一千八百七十九年，安徽怀宁人，字仲甫，原名仲，一名由己，号仲子，别号熙州仲子，日本及法国留学生，曾任北京大学文科学长，主编《青年杂志》，后因思想左倾，主持共党，被拘南京模范监狱。抗战军兴，旋即出狱入川，隐居津门，研究小学，贡献颇多，今年不幸逝世，实为学术界之一大损失。先生公子供职于国立九中。一生坚贞，身后萧条，亲友学生，将集议救济办法。6 月 1 日发柩于县城之南某地，殆抗战胜利再移运回原籍。

作者是记者还是陈独秀挚友，文体是消息还是讣告，我们不得而知。

1949 年 12 月，成都解放。杨朋升随邓锡侯、王瓒绪等国民党将领率部起义，新中国成立后，受聘于重庆西南美专任国画、雕刻教授，兼西南文教部和西南博物馆筹备委员等职，后调成都市任市政协委员。

中国共产党人没有忘记陈独秀，历史没有忘记陈独秀。

1942 年 3 月 30 日，毛泽东在中共中央学习组发言时说："陈独秀是五四运动的总司令。现在还不是我们宣传陈独秀历史的时候，将来我们修中国历史，要讲一讲他的功劳。"

1945 年毛泽东在党的七大预备会上说："关于陈独秀这个人，我们今天可以讲一讲，他是有过功劳的。他是五四运动时期的总司令，整个运动实际上是他领导的，他与周围的一群人，如李大钊同志等，是起了大作用的。……我们是他们那一代人的学生。……这些人受陈独秀和他周围一群人的影响很大，可以说是由他们集合起来，这才成立了党。"

陈独秀是革命的播火者，为中国革命培养了一批革命家。在担任中共领袖的六年里，他的实践为中国革命留下了一笔宝贵的财富。正是他的深痛教训，使中国共产党人逐步成熟起来，使中国共产党人认识到，要做好中国的事情，务从中国实际出发，走中国自己的路。

陈独秀曾坦言："我只不过是共产国际的忠实执行者。"他被其一手创建起来的中国共产党开除党籍。有学者认为"陈独秀是大革命失败后共产国际推脱责任的替罪羊，是俄共政治斗争的牺牲品"。不知偏颇否？

历史的是是非非、曲曲直直，已离我们渐远。但陈独秀的晚年却给我们留下了不尽的思索与回味。

"永久的青年" 瞿秋白

2020 年 11 月 14 日下午,我和古田干部学院的老师、学员们一起在福建省长汀县瞿秋白同志就义处的巨石前伫立致哀,并聆听现场教学点老师的精心讲解。阴沉的天,突然细雨弥漫。

瞿秋白是中国共产党卓越的无产阶级革命家、理论家和宣传家。1920 年曾以新闻记者身份访问苏俄,他是最早介绍这个社会主义国家的中国先进知识分子之一。1922 年,瞿秋白加入中国共产党。同年,先后出席在莫斯科举行的远东民族代表大会和共产国际第四次代表大会。1923 年,在中国共产党的第三次全国代表大会上,被选为党的中央委员会委员。

1924 年至 1927 年的第一次国内革命战争时期,瞿秋白同毛泽东、任弼时等在一起,为维护党关于统一战线的正确政策进行了坚决的斗争,驳斥了国民党右派的反苏反共谬论,批评了党内以陈独秀为代表的放弃无产阶级领导权的右倾错误。在 1927 年中国革命的最危急关头,他与其他同志一起,在 8 月 7 日主持召开了中共中央紧急会议,批判了右倾机会主义,确定了土地革命和武装反抗国民党反革命统治的正确方针。也是在这次会议上,他被选为临时中央政治局常委。1928 年中国共产党第六次全国代表大会上,他继续被选为中央委员会委员、中央政治局委员。会后,他在莫斯科出席了共产国际第六次代表大会,并被选为共产国际执行委员和主席团成员。1930 年,他回到国内,同年 9 月主持了党的六届三中全会,纠正了当时党的领导机关的冒险主义路线的错误。

此后,瞿秋白受到王明路线打压。1931 年 1 月召开的党的六届四中全会撤销了他的中央政治局委员职务,并扣压了他的津贴。在敌人通缉、党内迫害、生活困苦、病痛缠身的情况下,他依然寻求为党和革命事业尽力工作的机会,开展党的文化方面的工作,创作了他一生中大部分的文艺作品和文学研究文章,并成为"左联"实际领导者。

1934 年 1 月,瞿秋白遵从中央调令到中央苏区之后,支援前方红军将士,努力开创了中央苏区的文化教育工作新局面。

1934 年 10 月,第五次反"围剿"失败,中共中央、中革军委率领中央红军主力踏上了战略转移的漫漫征程,开始长征。瞿秋白向中央提出要求,希望与中央一起长征。但当时的中央最高决策者没有批准瞿秋白的请求,指令瞿秋白留守,担任中共苏区中央分局宣传部部长。

瞿秋白曾表示:你们走了,祝一路顺利。我们留下来的人,会努力工作的。我个人的命运,以后不知怎么样,但是可以向战友们保证,我一定要为革命奋斗到底。同志们可以相信,我虽然历史上犯过错误,但为党、为革命之心始终不渝。

中央红军离开苏区长征时,陈毅才得知瞿秋白被留下来打游击的消息，他立即把自己的骏马送给瞿秋白，催促他策马赶上已经出发的队伍，以免陷入虎口。瞿秋白虽然想随军远征，但组织既已决定，他就表示服从，谢绝了陈毅的好意。

遵义会议后，毛泽东打电报给苏区中央分局，要他们妥善安排瞿秋白。几年后毛泽东还惋惜地说，长征出发的时候，像秋白、刘伯坚，还有我的爱弟毛泽覃等人都应该带出来的。

1935年初，瑞金、长汀等地相继失陷，留守苏区形势急剧恶化，斗争更加艰苦和危险，瞿秋白的肺病更加严重。2月初，苏区中央分局接受陈毅的建议，决定护送瞿秋白转移脱离苏区，转道经香港到上海隐蔽就医，做地下工作。同时转移的还有何叔衡、邓子恢、张亮、周月林。福建省委安排瞿秋白等五人扮成香菇商人及其家属从瑞金九堡启程，并派出200名武装人员护送。2月23日，在长汀县水口镇小泾村休息吃饭时，被驻水口的国民党保安十四团发现，激战约两个小时，何叔衡牺牲，邓子恢突围。病弱的瞿秋白与张亮、周月林隐伏在丛林中被俘。

对已经被俘关押的共产党领袖人物瞿秋白，作如何处置，牵动着国民党的朝野上下。因事关重大，蒋介石亲自召集高层会议听取意见。会上，有人主张杀。反共老右派戴季陶说："中国青年，死在秋白思想下，不止有几千几万，这样的人不杀，要杀谁呢？"有人主张刀下留人。大学院院长蔡元培说，瞿秋白是不可多得的人才，不应该杀。有人则主张劝降。鉴于瞿秋白是共产党的领导人之一，又是著名的文化人，在国内外有重大影响，只要他肯降，哪怕不公开声明反共，不表态效忠国民党，也就是对共产党的沉重打击，是国民党的一大胜利，国民党当局最愿意看到的是劝降成功。在宋希濂优待、软化、劝降无效后,蒋介石一面于 6 月 2 日给驻闽绥靖公署主任蒋鼎文下达"就地枪决瞿匪秋白"的密令,一面又接受中统局陈立夫的建议,选派高级智囊王杰夫等人专程到长汀做了六天最后劝降活动。瞿秋白最后正告说客:"人爱自己的历史,如同鸟爱它的翅膀,请勿撕破我的历史","为革命而死,是最大的光荣"。王杰夫等人最终无果而返。

6 月 16 日,国民党三十六师收到蒋介石的密令。17 日,三十六师参谋长向贤矩到囚室给瞿秋白送酒菜,宣布南京最高当局电令。瞿秋白说,我早就等着你们送我上路,这样做才符合蒋介石其人的作为。

18 日 9 点多钟,瞿秋白被带到三十六师部接受例行宣判,从容环视法庭和听众,然后在荷枪实弹的士兵夹道中缓步走出师部,又被带到中山公园。

瞿秋白上身着黑色中式对襟衫,下身穿白色齐膝短裤,黑线长袜,黑布鞋,举目挺身,从容而行。行至中山公园,全园为之寂静,鸟雀停息呻吟。信步至亭前,已见酒菜四碟,美酒一瓮。彼独坐其上,自斟自饮,谈笑自若,神色无异,酒半乃言曰:"人之公余为小快乐,夜间安眠为大快乐,辞世长眠为真快乐。我们共产党人的哲学就是'鞠躬尽瘁,死而后已'。"继而,用中、俄两种语言高唱《国际歌》徐步赴刑场。

国歌悲歌歌一曲,狂飙为我从天落。刑场在距中山公园约两里的罗汉岭下。到了罗汉岭下,见绿茵茵的草坪,青山环抱,景色宜人。瞿秋白说:"此地甚好。"于是盘膝而坐,面对枪口,微笑牺牲。遗体下午就埋葬在罗汉岭的盘龙冈。

在囚禁中，瞿秋白于5月17日至22日写了一本非同寻常的书稿——《多余的话》。《多余的话》并不多余，是瞿秋白伟大而复杂人生的浓缩，是写给党、写给同志，尤其是写给党的高级干部，写给知我者看的革命经文。他的自述和自我评析中蕴含着对革命、对自我、对信仰、对党的事业等问题坦诚独立见解，展示了作者光明磊落的心灵世界。

1950年12月31日，毛泽东为《瞿秋白文集》题写如下的话：

瞿秋白同志死去十五年了。在他生前，许多人不了解他，或者反对他，但他为人民工作的勇气并没有挫下来。他在革命困难的年月里坚持了英雄的立场，宁愿向刽子手的屠刀走去，不愿屈服。他的这种为人民工作的精神，这种临难不屈的意志和他在文字中保存下来的思想，将永远活着，不会死去。瞿秋白是肯用脑子想问题的，他是有思想的。他的遗集的出版，将有益于青年们，有益于人民的事业，特别是在文化事业方面。

毛泽东不光为《瞿秋白文集》题词，而且特别强调了瞿秋白"在文字中保存下来的思想，将永远活着，不会死去"。

1955年，中共中央决定将瞿秋白遗骨由福建长汀迁到北京八宝山革命公墓。周恩来等亲自扶送瞿秋白遗骨入墓穴。

1999年1月29日，中共中央在北京人民大会堂隆重召开纪念瞿秋白100周年诞辰的大型座谈会。中共中央政治局常委尉健行代表中央发表重要讲话，又一次对瞿秋白一生的光辉思想和业绩作了高度评价，说瞿秋白为党的思想理论建设作出了大量奠基性的工作，是艰苦探索中国革命道路的"优秀的先行者""革命先驱"；他致力于马克思主义中国化，对毛泽东思想的形成作出了重要贡献；他兼具政治家和文学家的双重素质，是中国革命文学的奠基者之一；他是中国先进知识分子的优秀代表，体现了共产党人为真理献身的崇高思想境界、高度党性原则和公仆意识，瞿秋白的精神连同他的著述，是他给后人留下的一份珍贵遗产。

回想起瞿秋白同志纪念馆和瞿秋白关押室内的一件件陈列品和一张张照片，心情总是很压抑，但又充满景仰。

瞿秋白曾写道：

本来，生命只有一次，对于谁都是宝贵的。但是，假使他的生命溶化在大众的里面，假使他天天在为这世界干些什么，那么他总在生长，虽然衰老病死仍旧是逃避不了的，然而他的事业——大众的事业是不死的。他会领略到"永久的青年"。

36岁，多么瑰丽的青春芳华。瞿秋白，你是"永久的青年"。

党和人民的"骆驼"：任弼时

2019 年 10 月 27 日，是任弼时同志逝世 69 周年纪念日。10 月 10 日，我在湖南省龙山县参加了"任弼时与中国共产党人的初心和使命"学术研讨会。此前，我翻阅了与会的数十篇论文和其他文献，对我党"五大书记"之一的任弼时更加景仰。在五大书记中，数任弼时最年轻，可惜英年早逝。

任弼时是以毛泽东同志为核心的中国共产党第一代中央领导集体的成员，是伟大的马克思主义者，杰出的无产阶级革命家、政治家和组织家。他 1904 年生于湖南省湘阴县，1920 年 16 岁时在上海加入社会主义青年团，到 1950 年 10 月 27 日在北京病逝，整整 30 年的革命生涯，是同中国共产党的建立、发展、壮大，同新民主主义革命胜利的全部历史紧紧联系在一起的。他是从五四运动和十月革命后最早赴苏俄学习的中国青年中脱颖而出的优秀一员，并在那里转为中国共产党正式党员。在大革命、土地革命、抗日战争和解放战争各个历史时期，他历任中国共产主义青年团中央总书记、中共苏区中央局组织部部长、红六军团中央代表和军政委员会主席、红二方面军政治委员、八路军政治部主任、中共驻共产国际代表、中共中央秘书长、中共中央书记处书记等重要职务，为中华民族的独立和中国各族人民的解放奉献了全部心血，作出了不可磨灭的功绩。特别是在 1927 年中国共产党内反对陈独秀右倾错误的斗争中，在 1936 年反对张国焘的分裂主义的艰难斗争中，他始终表现出共产党人不可动摇的信念和坚强的党性。他有力推动和策应了红四方面军与中央红军会合，促成了三大主力红军胜利会师，实现了党的团结统一，消除了党内分裂危机。20 世纪 40 年代，在延安，他协助毛泽东领导整风运动和大生产运动，参与起草党的第一个历史决议。特别是在筹备党的七大的繁重工作中，他是最早阐明毛泽东思想是中国化的马列主义，应当成为全党的指导思想的中央领导人之一，为确立毛泽东思想在全党的指导地位作出了重大贡献。

1944 年 4 月，在陕甘宁边区高干会上，他高瞻远瞩地指出："革命的目的就是为着建设""共产党人如果只晓得用战争和暴力来推翻旧的制度和统治，而不善于建设新的丰衣足食的幸福快乐的社会，那我们也是不会胜利的，而且也一定要失败的"。

1949 年 3 月 25 日，中共中央机关和中国人民解放军总部进驻北平。下午，任弼时和毛泽东、刘少奇、周恩来、朱德等一起在西苑机场同前来欢迎的各界代表和民主人士见面，并检阅了中国人民解放军。当晚，他们住进中共中央机关迁入中南海前的临时办公地点香山。毛泽东和任弼时一同住进香山静宜园。4 月 12 日，在中国新民主主义青年团第一次全国代表大会上，任弼时代表中共中央抱病向大会作长篇政治报告。他讲完第一部分便开始头晕、心悸和气喘，只能由其他同志代为宣读，会后不得不住进了玉泉山干休所。18 日，大会举行闭幕式，一致推举任弼时为团中央名誉主席。毛泽东得知任弼时的病情后，在筹备新中国成立的紧张繁忙工作中还派人送来一缸红鱼，并亲笔致信："弼时同志：送上红鱼一群，以供观赏，敬祝健康！"小小红鱼，寄托着主席对任弼时的无限深情。在30多年的风雨历程中，毛泽东和任弼时结成了牢不可破的同志加战友的深厚感情，足迹遍及长沙、武汉、瑞金、延安、西柏坡、北京甚至莫斯科。他们见证了中国共产党由小到大、由弱到强的过程，革命友谊也经受住了历史的考验。

1949年10月1日，开国大典那天，任弼时因病在京郊玉泉山疗养，他只能坐在收音机旁收听实况广播。回首28年的奋斗历程，他难掩激动之情，对妻子陈琮英说："胜利来之不易，要珍惜它啊！"由于任弼时病情加重，11月21日，毛泽东致电斯大林，联系任弼时的治疗问题。同月底，中共中央决定将任弼时送往苏联治病。临行前一天晚上，毛泽东亲自到景山东街探望任弼时，与他握手道别，一再嘱咐任弼时安心养病，尽早恢复健康。这年冬天，毛泽东到苏联访问，不忘专程前往医院探望任弼时。

1950年5月28日，任弼时结束疗养回到北京，受到朱德、聂荣臻等领导同志的迎接。6月，任弼时出席了中共七届三中全会。10月1日，他登上天安门城楼出席国庆一周年典礼。朝鲜战争爆发的第二天，他致信毛泽东及中央书记处其他同志，要求恢复部分工作。经毛泽东批准，每日不得超过四小时，主管组织部和青委。任弼时经常出席中央会议至深夜；为准备开国后的第一次中央组织工作会议，他多次约请干部座谈；为庆祝《中国青年》杂志创刊27周年，他亲自为刊物撰写纪念文章。10月25日晨，任弼时突发脑出血，抢救无效，于 27 日在北京逝世，时年 46 岁。

中共中央发布讣告指出：任弼时"三十年生命完全贡献于中国的民族解放、人民解放和工人阶级解放的伟大革命事业"。刘少奇代表中共中央在追悼大会上指出："任弼时同志是一个模范的革命职业家，模范的共产党员和中国共产党的最好的领导者之一。"28 日，毛泽东、刘少奇、周恩来、朱德亲视任弼时遗体入殓，为他覆盖党旗，并题词。毛泽东还为其墓碑题名。朱德题词称：弼时同志不仅是中国人民伟大的战士和政治家，而且是青年最亲密的导师。他一生为革命奋斗的历史，永远值得后辈青年同志们学习。

1950 年 11 月 1 日，时任中共中央华南分局第一书记的叶剑英在《人民日报》发表题为《哀悼任弼时同志》的文章，他满含深情地写道：

弼时同志终身都是勤勤恳恳，埋头苦干，心中只有党和人民的利益，从不计较什么名誉地位。不管人家知道不知道，他总是三十年如一日的为党为人民贡献出他的一切。他是我们党的骆驼、中国人民的骆驼，担负着沉重的担子，走着漫长的艰苦的道路，没有休息，没有享受，没有个人的任何计较。他是杰出的共产主义者，我们党最好的党员，是我们的模范。

笔者想起了 1921 年，16 岁的任弼时在赴俄求学前给父亲写下一封深情的家书，其中写道："只以人生原出谋幸福，冒险奋勇男儿事，况现今社会存亡生死亦全赖我辈青年将来造成大福家世界，同天共乐，此亦我辈青年人的希望和责任，达此便算成功。"笔者也想到 1917 年，19 岁的周恩来在即将赴日留学之时写给同学郭思宁的临别赠言是"愿相会于中华腾飞世界时"。

笔者耳畔再次回响起习近平总书记在庆祝中华人民共和国成立70周年大会上的鼓舞人心的讲话。

70年前的今天，毛泽东同志在这里向世界庄严宣告了中华人民共和国的成立，中国人民从此站起来了。这一伟大事件，彻底改变了近代以后100多年中国积贫积弱、受人欺凌的悲惨命运，中华民族走上了实现伟大复兴的壮阔道路。

70年来，全国各族人民同心同德、艰苦奋斗，取得了令世界刮目相看的伟大成就。今天，社会主义中国巍然屹立在世界东方，没有任何力量能够撼动我们伟大祖国的地位，没有任何力量能够阻挡中国人民和中华民族的前进步伐。

当下，我们每一个中国人，又何尝不是这个伟大时代的见证者、开创者、建设者呢？

贺龙：一心跟党走

2019 年 10 月 11 日，我来到了湖南省桑植县贺龙元帅的故乡。在这里我瞻仰了贺龙元帅的纪念馆，深深地被贺龙元帅为建立新中国而艰辛付出的事迹所感佩。

贺龙，1896 年 3 月 22 日出生于湖南桑植县洪家关一个贫苦农民家庭。贺龙因家境贫寒，只读了几年书，在家乡艰苦地度过了当佃户、赶骡马（跟随马帮贩运盐、桐油和药材）的童年和少年时期。

在辛亥革命的影响下，他于 1914 年参加了孙中山领导的中华革命党，在桑植、石门、沅陵等县从事反帝反封建的武装斗争。曾三度入狱，威武不屈。1916 年，他以两把菜刀闹革命，夺取了反动派的武器，组织起一支农民革命武装。这支武装在军阀林立的旧社会，屡遭失败，几经起落，在贺龙的坚强领导下，逐渐发展壮大。

1927 年四一二反革命政变后，革命转入低潮，贺龙无所畏惧，坚定地站在共产党和工农大众一边，率部参加并参与领导了南昌起义，担任起义军总指挥。在起义部队南下途中，经周逸群、谭平山介绍，加入中国共产党。

南昌起义后，贺龙根据党中央的指示，于1928年初由上海回到湘鄂西，领导发动荆江两岸年关暴动和湘西起义。他反对党内"左"倾机会主义路线所搞的肃反扩大化。1934年10月，率部与任弼时、萧克、王震等带领的红六军团在黔川边界会师。由他和任弼时统一指挥，发起湘西攻势，有力地策应了红一方面军突围长征。

1935年2月至8月，他和任弼时指挥红二、六军团反"围剿"，粉碎了十万国民党军队的"围剿"，开辟了湘鄂川黔边革命根据地。

1935年11月，贺龙、任弼时领导红二、六军团开始长征。他们突破国民党军队的重重围追堵截，转战湘鄂川黔滇康青甘。

1936年7月，根据中共中央指示，红二、六军团在甘孜组成红二方面军，贺龙任总指挥。他与朱德、刘伯承、任弼时、关向应等对张国焘分裂党、分裂红军的阴谋进行了坚决的斗争，维护了党的团结，促进了红军三大主力胜利会师。1937年9月，率师主力东渡黄河。

1940年率部返回晋西北，粉碎了日军多次"扫荡"，指挥晋绥军民"把敌人挤出去"，创造了许多光辉战例。

1942年6月，他担任陕甘宁和晋绥联防军司令员。在党的七大上，他当选为中共中央委员。

新中国成立庆典后不久，在1949年12月，贺龙率华北野战军第十八兵团等部，由陕入川，配合刘伯承、邓小平指挥的第二野战军，在成都地区歼敌数十万人。西南各省解放后，他与邓小平、刘伯承一起领导了清剿土匪、恢复生产、建设边疆以及改造起义投诚的原国民党部队等工作，为和平解放西藏、解放大西南、建设大西南，作出了卓越的贡献。

1954 年调中央工作后，他一直担任国务院副总理和中央军委副主席等重要职务。在 1956 年中共八届一中全会上，被选为中央政治局委员。1959 年年底，任国防工业委员会主任，同罗瑞卿等领导了我国的国防建设工作。1964 年年初，主持军委日常工作，与叶剑英、罗瑞卿等组织全军群众性的大练兵运动，有力地推动了人民军队的革命化、现代化、正规化建设。从新中国成立初期开始，他一直兼任国家体委主任，是中国社会主义体育事业的开拓者和奠基人。在国际事务中，他协助周恩来工作，多次出访欧亚各国，为增进中国人民同世界各国人民间的友谊，进行了不懈努力。

贺龙在"文化大革命"中含冤而死后，毛泽东曾说过："我看贺龙搞错了，我要负责。"毛泽东、周恩来、邓小平曾多次指示为贺龙平反。

贺龙曾收养了 10 个烈士遗孤，加上自己的 4 个子女，一家人生活很艰苦。1954 年，国家出台了一个文件，规定烈士子女可以由公家抚养。贺龙却说："他们的娘老子都是跟着我干革命牺牲的，我现在有饭吃了，我不能让他们去讨饭，更不能向国家伸手啊！"

贺龙还专门安排让养子贺兴桐到甘肃工作，与贺兴桐同去的还有贺龙的亲儿子贺鹏飞。在贺龙看来，不能把子女装在口袋里精心呵护，应该把他们放在最艰苦的地方去打磨，让孩子体味真正的人生。

贺龙是杰出的共产主义战士。他一生追求真理，把毕生的精力和心血都奉献给了党和人民。战争年代，为人民的解放事业，英勇善战，历尽艰险，百折不挠；和平时期，为社会主义建设，呕心沥血，鞠躬尽瘁，死而后已。他对敌人恨，对人民爱，对无产阶级革命事业忠诚。他刚直不阿，言行一致，他的英雄形象和崇高品德深受人民爱戴和崇敬。

敢于"斗胆直陈"的粟裕

1946年春，中国大地上抗日战争胜利带来的晴朗天空已经乌云密布，美国人出面调停，国共和平谈判已经危机四伏。为了顾全大局，新四军华中野战军司令员粟裕接受了国民党徐州绥靖公署主任顾祝同的邀请，亲自赴徐州参加军调会。尔后国民党背信弃义发动了国内战争。粟裕在毛主席和党中央的正确领导下，率部转战华东，逐鹿中原，指挥了诸多出色的战役，创造了辉煌战绩。

1946年7月至8月，他坚定沉着，从容不迫，指挥了苏中战役，以3万余人迎击国民党军12万人之众，七战七捷，歼敌5.3万余人。中央军委将其作为集中兵力打歼灭战的范例，通报全军。1946年10月15日中央军委电示华东方面，在陈毅领导下，大政方针共同决定，战役指挥交粟裕负责。从此粟裕挑起了华东战区的指挥重担。1947年1月，他部署与指挥了鲁南战役，歼国民党军整编第二十六师和第一快速纵队5.3万余人。缴获了大批美式武器装备，取得了同机械化部队作战的经验，为组建特种兵纵队创造了条件。接着，又在莱芜战役中歼敌5.6万余人。5月，在孟良崮战役中，他一反专拣弱敌打的常规，以百万军中取上将首级的气概，出其不意地把国民党王牌军整编第七十四师从重兵集团里割裂开来全歼，击毙不可一世的中将师长张灵甫，震动了国民党统帅部。

通常，作为一个战区的指挥员，因其所处的位置会不可避免地存有一些局限性，但粟裕却有着与众不同的全局眼光，尤其是对中央作出的决策提不同的建议时，他敢于"斗胆直陈"。

苏中战役之前，他向中央军委和毛泽东同志提出推迟外线出击的建议；豫东战役之前，他又向中央提出推迟渡江、歼敌主力于长江以北的建议；以及济南战役结束之时，提出发起淮海战役的建议等，都得到了中央的重视和采纳，并被战争进程证明是正确的。粟裕曾经说过他当时提建议时的心情：既担心自己的看法有局限性，会干扰统帅部的决心，又觉得作为一个战役指挥员，应当从战争的全局考虑利弊得失，对上级提出负责的建议，因此大胆地向中央报告了自己的看法和建议。粟裕同志提出这些重大建议的前提是因为他一贯关注战略全局，善于把战略全局与本地区、本部队的实际情况结合起来，并且以本地区、本部队的积极努力，去促进全局意图的实现。

对中央已经决策的战略行动提出不同意见，没有战略家的胆识和敢于对战争全局负责的大无畏勇气是做不到的。然而，粟裕义无反顾地将他的意见于4月18日向中央军委发了电报，5月5日又奉命奔赴阜平城南庄向毛泽东、刘少奇、周恩来、朱德、任弼时五位中央书记当面汇报，提出华东野战军3个纵队暂不向江南出动，集中主力在中原黄淮地区打大仗的建议。中央完全同意并采纳了他的建议，改变了分兵渡江南进的战略部署。

"如果坚持渡江南进，甚至会推迟全国胜利的到来。"粟裕的一句话，曾引起了毛泽东主席的不满，以至于产生临阵换帅的想法。但作为一位伟大的军事统帅，毛泽东主席最终服从了真理。

毛泽东和中央军委在给粟裕的文电中多以"所想正确""部署甚好""完全同意""甚好甚慰"等赞语，充分肯定了粟裕战役指挥的正确性，也反映了毛泽东和中央军委对粟裕的高度信任和重托。

浩瀚而宝贵的历史知识既是人类总结昨天的记录，又是人类把握今天、创造明天的向导。而对待创造这些历史的人物，后人应当实事求是书写他们的历史。不尊重史实既是对自己民族文明的不尊重，也是对人类文明的不尊重。一个健康的民族，要有勇气面对历史。

毛泽东说："我很欣赏粟裕的性格，他敢于说真话，敢于坚持真理，敢于为真理而斗争，他不怕误解，不怕委屈，不怕丢乌纱帽，一就是一，二就是二。这就是一个共产党员的优秀品质。"

1955年9月27日，周恩来代表国务院把大将军衔命令状第一个授予粟裕，并代表毛泽东授予粟裕一级八一勋章、一级独立自由勋章、一级解放勋章。

粟裕常说自己是"沧海一粟"。然而，在浩瀚的沧海上能看见一粟，那么这"一粟"，也是闪耀光芒的"金米"（在三年游击战争时期，粟裕曾化名金米）。

陈丕显曾在怀念粟裕的一篇文章中说："历史是无情的又是多情的，她会很快地忘却一些人；也会永远记着一些人，粟裕同志是被历史记着、并且用金字刻在史册的人。"

神秘上将李克农

1955 年 9 月，毛主席授予了一位从来没有指挥过火线交锋的神秘人物上将军衔，他就是李克农。

李克农出生在安徽省巢县，与冯玉祥、张治中是同乡。1926 年，他加入中国共产党。1928 年春，李克农秘密转移到上海，不久，经党组织批准考入国民党上海无线电管理局，并和钱壮飞、胡底一起打入陈立夫、徐恩曾把持的国民党特务首脑机关。

1931 年 4 月，中央特科负责人顾顺章在武汉被捕叛变。党中央机关面临被敌人一网打尽的毁灭性灾难。李克农与陈赓等机智果断地同敌人展开惊心动魄的斗争，使党中央安全转移，创造了改变历史的奇迹。他与钱壮飞、胡底被周恩来誉为"龙潭三杰"。毛主席曾说，李克农、钱壮飞等同志是立了大功的，如果不是他们，当时许多中央同志，包括周恩来这些同志，都不存在了。

我们党从 1927 年蒋介石四一二反革命政变以后，一直到全国胜利，隐蔽战线的工作功不可没，可是在这方面的报道很少，一般还不为人所知。

李克农生前曾说过："我一生不外乎做了两件事情，一是保卫党中央的'警卫员'；二是统一战线的'尖兵'。"后来他又加一句：培养干部的园丁。这是李克农一生的真实写照。

对死难的战友及其家属子女，李克农都非常惦记。

1949年3月，李克农刚进北平城，就多次询问钱壮飞的夫人和孩子的情况，关心他们的生活，还请钱壮飞的女儿黎莉莉等一起吃饭。

在繁重复杂的工作中，李克农积劳成疾。1957年10月因病中断工作。但病情稍有好转，即将个人生死置之度外。他说："我是毛驴子，驮惯了东西，不驮还不舒服，能驮多少就驮多少。"经中央批准，1961年，李克农着手总结上海特科工作，搜集资料，总结经验教训，以鉴后人。

李克农对中央特科年代的无名英雄的处境很关心。他带领陈养山、潘芳等到上海，在上海市委调查部、上海市公安局的协助下，访问烈士家属，查阅历史档案，同时调查了解曾在隐蔽战线上作出成就的老同志的生活、工作现状，并给予妥善的处理、安排。他在写给邓小平、杨尚昆等中央领导同志的信中提出："使过去在战争中的无名英雄死有所安，老有所归，幼有所扶，鳏寡孤独，各得其所。"

1961年9月17日，李克农专程到上海虹桥公墓祭扫李白烈士墓。抗战爆发后，李白奉命转入上海等地建立秘密电台，获取了许多重要军政情报，几次遭敌人逮捕，受尽酷刑，终不屈服，新中国成立前夕，被蒋介石下令杀害。当时李白才39岁。李克农根据李白生平事迹，组织黄钢同志创作电影《永不消逝的电波》。这部电影成为中国人民革命斗争题材的一部经典作品。

毛主席在江西苏区被排挤的时候，显得孤零，很少有人去看他。毛主席说：鬼都不找我。当时李克农就给主席送些报纸、杂志去，有时还给主席送点药。主席跟李克农说想要个秘书。李克农就把叶子龙推荐给主席。毛主席身边的好多工作人员基本上都是李克农考察后送去的。叶子龙一直跟到主席去世，还写了一个回忆录叫《我的老上司李克农》。

新中国成立初期，中苏关系很好，许多单位都有苏联专家指导工作。中苏情报合作是件大事，双方都很重视，李克农亲自参加谈判。本来这是好事，可是有些苏联专家以老大自居，指手画脚，不但瞧不起中国的情报工作，而且提出许多无理要求，企图掌握我们党的关系，遭到拒绝。毛主席专门找李克农谈话，希望他从大局出发，无保留地向对方交底。李克农理解毛主席指示的精神，仍然坚持情报工作的保密原则，向毛主席说："裤子、背心都可以脱，可总还要留条裤衩吧！不然太难看了。"他的观点得到了毛主席的认可，但也引起了苏方某些人士的不满。

1954年日内瓦会议结束后，李克农与几位同志取道苏联回国。途经伊尔库斯克时，对方不顾外交礼仪，只派机场旅馆的一个职员出面接待，而且不准打电话，不准越过旅馆5米远的栏杆，饭食也很低劣，故意让李克农难堪。随行工作人员都很愤慨。李克农心知肚明，不理会对方的小动作。若干年后，周总理得知此事，十分惊讶，同时对李克农宁可忍受对个人的无礼，也要顾全大局的精神表示赞许。

1950年6月，朝鲜战争爆发。毛主席亲自点将，李克农担任中朝联合代表团的第一线指挥，并担任中共方面的党委书记。

李克农从1951年7月到1954年3月在朝鲜，可以说是殚精竭虑，日夜操劳，哮喘病加重，心脏病复发。周总理派伍修权同志去替换他的工作。他却提出"临阵不换将"，坚持到最后谈判结束。在毛主席、周总理的直接领导下，李克农与代表团的中国和朝鲜同志一起，一次次粉碎敌人的阴谋，终于达成朝鲜停战协议。朝鲜最高人民委员会授予李克农一级国旗勋章。

1954年4月到7月，我国首次以五大国之一的地位和身份参加了具有重大国际影响的日内瓦会议。李克农作为代表团代表，在代表团的筹组、材料预案的准备和各方的协调等方面，及协助周总理在讨论朝鲜和印度支那这两个主要问题上，做了大量的工作，确立了中国在国际事务上不可动摇的大国地位。

1962年2月10日，新华社播发了李克农因突发脑出血，在北京协和医院逝世的消息。周恩来、刘少奇、邓小平、陈云、陈毅、李先念等向李克农同志遗体沉痛告别。李克农的一生，留给后人丰富的精神财富。

"王胡子"：我党我军有功之臣

一个能够让大家想起他的生日和忌辰的人，一定是不平凡的人，一定是做过大事的人。这些事就像烧红的烙铁在皮肤上停留并落下的印痕一样让人终生难忘，记忆如新。

在新疆工作的 3 年里，我时常听到兵团人讲述一个叫"王胡子"将军的故事。今天我来说说"王胡子"将军的故事。

2020 年 4 月 11 日，是他诞辰 112 周年的纪念日。1993 年 3 月，"王胡子"将军去世，一晃也都 27 年了。如今的年轻人是否知道"王胡子"将军是谁？

这个"王胡子"将军，就是一生都对边疆充满深厚感情的老革命家王震。他是湖南省浏阳市人，1955 年被授予上将军衔。王震是我党的优秀党员，伟大的无产阶级革命家、政治家、军事家，坚定的马克思主义者，党和国家的卓越领导人。他为中国革命、建设、改革事业不懈奋斗 60 多年，立下卓著功勋，深受全党全国各族人民的爱戴和尊敬。叶剑英元帅曾说："王胡子是我党我军的有功之臣。要找几个人，把他的一生写出来，以教育、激励后人。"他还当面对王震说："这主要不是写你个人，是写中国革命的历史。"

一、经历过三次"长征"的"革命猛将"

在漫长的中国革命战争中，王震曾经多次带领部队进行创纪录的长征。1935年至1936年，他曾率领红军第六军团参加著名的长征，行程二万余里。1944年至1946年，他又率领第三五九旅南下北返，经历了二万七千里征程。1946年9月12日，王震穿越枪林弹雨，来不及刮胡子就回到延安来到王家坪毛泽东的住所。王震以十分激动的心情向他敬礼、问好。毛泽东也很激动，紧紧握住王震的手，上下打量着他，好长时间说不出话来。王震满头长发，那瘦削的面孔和满腮的胡子，还有那褴褛的衣着，仿佛在向毛泽东诉说着他一路的风尘。毛泽东随后和王震进行了长谈。这也是毛泽东接见"王胡子"的一个佳话。1946年9月27日，全军返回延安。《解放日报》这天发表了题为《欢迎三五九旅胜利归来》的社论，对三五九旅突破数十万顽军的围追堵截，胜利回到陕甘宁边区给予了很高评价。

第三五九旅到达延安这天，王震打早到远处迎上部队，带领部队在千万群众夹道欢呼中进城。行至七里铺时，王震对全体健儿讲话："为了解放中国人民，我们要到哪里就到哪里，任何蒋美反动派的力量，都阻止不住我们继续为中国独立和平民主奋斗到底。"挤在人群中的美国《纽约先驱论坛报》记者斯蒂尔，把每一个感人的场面都摄进了他的镜头，他心情激动地说："这里，我真正看到了人民和军队这样亲密的关系。"

1949 年 10 月 10 日，王震率领的第一兵团开始解放新疆的历史性进军，又创造了军事史上的奇迹。

清朝同治年间，左宗棠率领湘军入疆，用时两年多。1943 年 8 月国民党军队七万人入疆，经过 3 年准备，用时 2 年半才进军到迪化（今乌鲁木齐市，下同）、喀什、玛纳斯等地。

而第一兵团二、六军的七万大军，在严寒的冬季和连续行军作战未得休整的情况下，只用了六个月时间便进驻全疆各个重要城市和军事要地，并接管了千里边防，完成了王震将军的最后一次长征。

二、赛福鼎·艾则孜心目中的"能武能文的全才"

赛福鼎·艾则孜是党和国家民族工作的卓越领导人。1949 年 9 月 15 日到北平至 10 月下旬这段时间内，赛福鼎·艾则孜参与了一系列重要国务活动，其中有中国人民政治协商会议第一次全国代表大会。他作为新疆各族人民的代表，行使着神圣的权利。他当选为一届全国政协委员、中央人民政府委员、法律委员会委员、中央民族事务委员会副主任。同年 12 月他任新疆省人民政府副主席、新疆军区副司令员。

赛福鼎·艾则孜在《忆王震》一文中写道：

1949 年 10 月 1 日下午，毛主席像讲故事一样把王震从一个农民的儿子成为铁路工人说起，最后讲到王震在延安率领三五九旅在南泥湾开荒作出的重大贡献。听了毛主席的介绍，王震同志的英雄形象在我的心目中逐渐清晰起来。王震同志算得上是一位能武能文的全才。如果说南下北返记录的是王震同志彪炳史册的赫赫战功的话，那么南泥湾开荒则显示了王震同志含辛茹苦、艰苦奋斗的创业精神。最后，毛主席对我说：王震是一位好同志，从现在起，你要和他一起工作。在战场上他是一位所向披靡的英雄。在政治工作中，你熟悉新疆的情况，所以，处理一些涉及面较大的问题时，你要多帮助王震同志，要多提醒他审慎行事。

赛福鼎·艾则孜说："在整个谈话过程中，我从毛主席和其他中央领导同志的语气和表情里看出毛主席、党中央对王震同志寄予很大的信任和期望。我还注意到的另一件事是，毛主席、少奇、恩来、朱总司令有时用'王胡子'来亲切地称呼王震同志。"

三、对国民党起义将领陶峙岳思想改造影响大

陶峙岳，湖南省宁乡市人。1949年率部在新疆起义时，他是新疆警备总司令部总司令。王震到迪化后，同陶峙岳接触较多。当时，陶峙岳谈吐中流露出他在起义时的两种心情：一个是"军人守土有责"，这是爱国主义的思想。他这个"守土有责"含义比较宽，新疆不仅不能让英国、美国搞去，也不能让苏联搞去。他说，大好河山啊，不能让外国人搞去。再一个是"袍泽情深"。对自己的部下，要负责安置。打仗不能让他们曝尸荒野，不打仗也不能让他们流离失所。特别是新疆这个地方，这一地区的士兵将来处境会怎么样？有家回不了，在新疆安家也难。他心里翻来覆去，踏实不了。作为一个军人，他不能忘记部下，不能对他们不负责任。而在这一点上，恰好王震能够使他最后放心。他所提出的几项措施，屯垦戍边，安家立业，动员内地的家属到新疆安家，没有结婚的军官、士兵可以

回家结婚，结完婚以后可以将家眷带到新疆来，使得第二十二兵团全体将士能够在新疆住下来，而且能够安下来。他们两方面的思想都很投机，办法也合宜。

王震得知起义前国民党拖欠这个部队三个月军饷，立即补发。经过改编，陶峙岳对他所担心的两件大事完全放心了，中央对他本人的位置也作了妥善安置。中央军委除任命他为第二十二兵团司令员，还任命他为新疆军区副司令员。后来他还是国防委员会的委员，又授了上将军衔。

陶峙岳在自述里说：兵团之成立，所有起义人员均得到妥善的安置，人心大为振奋。还有一件事是值得称道的：那是国民党政府南迁广州后，欠发部队三个月薪饷，这笔账也由解放军核算全部补发。这是历史上没有先例的事。

1949年12月29日，在第二十二兵团成立大会上，陶峙岳宣读了中央军委命令并率起义官兵代表隆重宣誓。第二十二兵团组成后，为保卫边疆、建设边疆作出了贡献。

陶峙岳还在自述中谈到他对王震的良好印象和由衷的感激心情。他说，王震同志对我的思想改造影响最大，不仅在工作上受他的直接领导，在日常生活中也与他接触很多，他随时给我以鼓励和帮助。

四、生产建设兵团的缔造者

1954年10月，新疆一个重要的日子应该载入史册。新疆军区生产建设兵团宣告成立！从此，它执行"生产队、工作队、战斗队"的任务，担负起了屯垦戍边的历史使命。这一年10月7日成立新疆军区生产建设兵团的命令，就是以新疆军区代司令员王震的名字领衔下达的。因此，无论是老一代的军垦战士，还是新疆的各族人民群众，在谈到新疆的骄傲——生产建设兵团时，都念念不忘它的缔造者王震将军，都要把回顾历史的目光投向 20 世纪 40 年代末、50 年代初。那是新疆刚刚获得解放、万众欢腾的年代，同时，又是百废待兴、极其艰苦的年代。

王震同志为促进各族人民团结，巩固西北边疆，呕心沥血，东奔西走，倾注全部精力，为新疆现代化工农业的发展奠定了重要基础。他的辛勤付出，使新疆的长期稳定和后来的全面发展有了良好的开端。他对新疆各族人民饱含无限热爱，对这片热土怀有深沉眷念，受到各族人民真诚爱戴。

为了让子孙后代铭记凯歌进疆、军垦序曲、艰苦创业、激情燃烧、"三队作用"、亲切关怀、再铸辉煌的广大军垦儿女艰苦创业的伟大历程，新疆生产建设兵团在戈壁明珠石河子市建设了新疆兵团军垦博物馆。为铭记石河子市的开发建设历史以及这座城市的奠基者王震的历史功勋，石河子人民又在博物馆前立起了一座王震铜像，供世代瞻仰。铜像逼真地再现了王震当年踏勘选址时的英姿：一位威武的将军，站在一匹骏马旁，右手拿着望远镜，左手指着脚下，仿佛在说：就从这里开始，我们将建起一座现代化的新城！

没有党的领导，就没有如此规模的新中国的屯垦戍边事业。没有以王震为代表的老一辈革命家的关怀和百万屯垦战士艰苦卓绝的奋斗，就没有如此持续发展的新疆生产建设兵团的今天。

2014 年 10 月，在新中国成立暨新疆和平解放 65 周年之际，我有幸参加了在新疆人民会堂举行的庆祝新疆生产建设兵团成立 60 周年大会。党中央、国务院、中央军委在贺信中说：为巩固西北边陲，开发建设新疆，促进各族人民团结、维护祖国统一和新疆社会稳定，1954年党中央、中央政府决定在新疆成立生产建设兵团。60年来，新疆生产建设兵团白手起家，艰苦奋斗，忠实履行国家赋予的屯垦戍边的光荣使命，为推动新疆发展、增进民族团结、维护社会稳定、巩固国家边防作出了不可磨灭的历史贡献。

此时，我们怎么不怀念那些无数"献了青春献子孙，献了子孙献骨灰"的兵团人呢！

五、"七死一生"，百折不挠

王震在革命战争年代曾受过7次伤，背部有4处，右腿有2处，头部有1处，可谓七死而一生。新中国成立后，他率领农垦大军，奋战在西北、东北、西南边疆，艰苦的生活和过度的劳累使他患上多种疾病。早在20世纪60年代初期，他就因患胃溃疡，胃被切除了四分之三；不久，又因患肠梗阻，做了松解手术；1965年，患腹壁疝气，做了腹壁修补手术；70年代后又做了两次大的手术，一次是胆囊摘除手术，另一次则是膀胱癌治疗手术。如此之多的大手术，使王震经受了常人所无法忍受的疾病的痛苦。

和王震一起中原突围出生入死的战友、原国家主席李先念曾经心疼地对王震开玩笑说："你肚子里快让医生给掏空了！"

除患病之外，有时还可能出现意外的情况。1990年夏天，王震在北戴河休假，就曾经在拜访彭真时，因彭真意外摔倒，他上前搀扶，造成自己的左股骨颈骨折。经过医生们的精心治疗，四个多月后，他又出现在党的十三届七中全会的闭幕会上。

1991 年 11 月 15 日，王震住进了解放军总医院，症状是咳嗽、咯痰增多，被诊断为支气管炎急性发作，随后病情加重。李先念听到王震插鼻管的痛苦情景后，眼圈儿都红了。李先念叹了一口气说："胡子吃苦啦！"他让人转告王震："告诉胡子，我最了解他。他是具有坚强意志的无产阶级革命家。他的生命力是很顽强的。毅力是很坚强的。敌人千军万马他都不怕，这点小病他一定能够战胜。现在国际国内形势复杂，党需要他，人民需要他。要求他健康长寿。"

六、永远和各族人民守卫社会主义祖国的西北边疆

1978 年 12 月，党的十一届三中全会后，王震曾先后 8 次赴新疆视察工作，建议并促成党中央、国务院、中央军委批准恢复了新疆生产建设兵团。他全心全意维护少数民族群众利益，坚定不移反对破坏民族团结和祖国统一的民族分裂势力和恐怖势力。他最关注的就是新疆的安定团结和兵团的发展壮大。

1981 年 8 月 10 日至 19 日，王震和时任中央书记处书记的王任重，陪同邓小平到新疆视察。在短短不到一年的时间内，王震撑着患癌症的身体，四次考察新疆。王震常说："新疆是我的第二故乡。我对新疆一直怀着深深的感情。"

1991 年 8 月 16 日至 24 日，在原中顾委常委萧克，全国人大常委会副委员长廖汉生、赛福鼎，全国政协副主席王恩茂、马万祺的陪同下，王震最后一次回到新疆。8 月 23 日下午，在与新疆党政军领导同志座谈时，他十分动情地说："我在 1980 年曾经说过，现在

我重申，如果去见马克思，我已委托战友和亲属将我的骨灰撒在天山上，永远和各族人民守卫社会主义祖国的西北边疆。"8月24日，83岁的王震特意穿上了维吾尔族传统的服装，戴上维吾尔族的花帽，像一位慈祥的维族老人，与给他送行的同志一一道别。在机舱门口，王震久久地挥动着手臂向人们致意。临别时，他慢慢地弯下腰来深深地鞠了一躬，向新疆大地、向各族人民和广大兵团的战士、向他曾经战斗过的地方，依依惜别。

在机场停机坪上送行的同志无不为之动容……

七、魂归边塞

1993年3月12日18点30分，在悲凄的哀乐声中，中央人民广播电台首先播发了中共中央、全国人大常委会、国务院、中央军委讣告：……王震同志因病医治无效，于1993年3月12日15点34分在广州逝世，享年85岁。

王震生前曾多次交代，丧事一定要从简。他与曾在新疆一起工作过的原中共中央书记处书记邓力群约定，谁若先走一步，健在者协助办理后事，并监督从简。

邓力群曾是中共中央在新疆三区的联络员，他认真贯彻执行中央指示，以严肃认真的工作态度，多方奔走，促成了陶峙岳和包尔汉的和平起义，粉碎了国内外反动势力妄图把新疆从祖国分裂出去的阴谋，为解放军顺利进疆和稳定新疆局势做了大量工作。

为了完成王震最后的遗愿，邓力群这天也同机来到新疆。4月3日，天幕低垂，大雪骤降。一夜之间，天山南北一片白雪皑皑。4月

4日，雪过天晴。上午10时45分，护送王震骨灰的专机在乌鲁木齐机场徐徐降落。王震的子女捧着骨灰盒和遗像，缓步走出舷梯，王震夫人王季青和陪同护灵的杨德中、邓力群等跟随其后。灵车经过的乌鲁木齐街头，肃立着自动赶来迎灵的数万名各族群众。人们佩戴洁白的小花，身着素色服装，眼含热泪，向他们敬仰的王震同志作最后的告别。4月5日，清明节。上午11时30分，一架装载着王震骨灰的小型运输机从乌鲁木齐机场腾空而起，向着挺拔巍峨、素裹银装的天山飞去。12时整，王震的子女和身边工作人员手捧着骨灰，伴着一朵朵鲜艳的玫瑰、月季、黄菊，从五千多米的高空徐徐撒落……

"王胡子"将军啊，你魂归边塞，你与"三山夹两盆"的疆土共存。在共和国西北广阔的山地之间，你构筑的"热爱祖国、无私奉献、艰苦创业、开拓进取"的兵团精神高地永为后人景仰。

民族英雄周保中

1931 年，发生在沈阳的九一八事变，是日本军国主义长期推行对华侵略扩张政策的必然结果，是日本企图变中国为其独占殖民地而采取的严重步骤。中国的抗日战争，经历了由局部抗战到全国抗战的过程。局部抗战是从东北地区开始的。而缅怀东北抗联斗争，不能不提到周保中。

1931 年九一八事变后，在东北三省，除各种抗日义勇军外，中国共产党领导的抗日武装，依靠群众，直接同日本侵略者进行了极其艰苦的斗争。中共满洲省委指示各地党组织，加强与抗日义勇军的联系，并组织党领导下的抗日武装。从 1932 年起，先后组织了由汉、满、朝鲜、蒙古、回等民族的爱国志士参加的十余支抗日游击队。这些抗日武装主要在南满、东满和北满地区广泛开展游击战争，打击日本侵略者。

杨靖宇、李红光、李延禄、周保中等领导的游击队，积极开展抗日斗争。1936 年 2 月，东北抗日武装力量陆续改编为东北抗日联军，继续在各地区进行英勇的斗争。

活跃在吉东地区的是抗日联军第五军主力，周保中任军长，柴世荣任副军长，下辖2个师。1936年5月以后，日军对以宁安为中心的绥宁地区的"讨伐"更加残酷。第五军除留少数部队坚持斗争外，主力部队向穆棱、密山、依兰方向发展，并于1937年3月攻克依兰县城，在依兰及其周边数县内展开活动，打击日、伪军，开辟新的游击区。坚持在宁安地区的部队也进行多次战斗，扩大了队伍。第五军发展到约5000人。

在中国共产党领导中国人民进行抗战的14年中，打击日寇的炮火，一天没熄灭过。血战的14年，是与东北抗日联军不可分离的，也是与中国共产党不可分离的。东北抗联将士们，同凶残的日本法西斯进行了顽强抗争，铸就了军人生理上的奇迹，铸就了中华民族的奇迹，铸就了共产党人的奇迹。

周保中将军的简历，是这样铭刻在历史的回廊上的。周保中，1902年2月生于云南省大理。原名奚李元，白族。1922年云南陆军讲武堂毕业。曾经参加"靖国护法"战争、北伐战争。1927年7月加入中国共产党。1928年受中共中央派遣赴苏联莫斯科东方劳动者共产主义大学、国际列宁学院学习。1931年九一八事变后回国，受党中央派遣到东北领导抗日斗争，历任中共满洲省委委员、军委书记、吉东省委书记、东北抗日联军第五军军长、第二路军总指挥。1942年7月任东北抗日联军教导旅（苏联远东方面军第八十八独立步兵旅）旅长，1945年8月配合苏联红军解放东北，曾获苏联授予的"红旗"勋章和"战胜日本"奖章。抗战胜利后，历任中共中央东北局委员、东北民主联军副总司令员、东北军区副司令员等职。1946年4月亲自指挥攻打长春，参与领导解放东北地区的战斗。

1950 年随第二野战军参加解放西南的战斗。历任中共中央西南局委员、中共云南省省委委员、省政府副主席、西南军政委员会政法委员会主任兼民政部长等职。先后当选为第一、二届全国人大代表，国防委员会委员，全国民族事务委员会委员，全国政协第一、二届委员，第三届政协常委等职。1955 年被授予一级"八一"勋章、一级"独立自由"勋章、一级"解放"勋章。1956 年，在中共第八次全国代表大会上，被选为中共中央候补委员。1964 年 2 月，在北京病逝。

周保中是伟大的抗日民族英雄，东北抗日联军的主要创始人和东北地区抗日游击战争的主要领导人之一。在中国共产党高层领导团队中，是功勋卓著、威望崇高的少数民族干部之一，荣获党和国家授予三枚一级勋章的最高荣誉。毛泽东曾多次对周保中作出高度评价，赞誉他是"我们的民族英雄""义勇军领袖""一贯地执行党的路线的抗联同志"，"保中同志在东北十四年抗日救国斗争中写下了可歌可泣的诗篇"。

周保中文武兼备。在 14 年抗日战争的艰难岁月中，由他亲自写的电文、报告、书信、各历史阶段的重要文件，粗略统计就有 200 多万字，连同他的百万字的游击日记，作为国宝保存下来。

1963 年 4 月 29 日，周保中在《东北抗日游击日记》"自序"中写道："1936—1939 年，是中国共产党东北党组织领导的东北抗日游击战争，由发展到高潮顶点、到挫折开始的历史时期。我保存着这一时期日记手稿，现分订成两部。由于经常处于紧迫或不利的环境，所以即使能系统记载，也不敢把重要事情过多地写出，目的只是保存片断的记录，以供将来作为追寻历史事实的一个凭据。关于东北地下党和抗日联军全貌和重要关键历史，在这日记里是难以看出的。"

《周保中抗日救国文集》充分证明了周保中在 14 年东北抗日游击战争中的领导作用。这些著作不仅是周保中的代表作，更是东北抗日联军自觉贯彻遵义会议以来党中央政治路线的成果，是东北抗日斗争经验教训的总结，是伟大抗日战争的历史见证，也是反击当今日本右翼分子等妄想抹杀、篡改历史的铁证。

1932 年 10 月的一天，周保中指挥部队攻打宁安县城。他亲自带领敢死队冲入城内，炸毁了敌人的军火库，毙敌若干人。在战斗中，他腿部受伤，一颗子弹卡在小腿的两根骨头中间，但他忍痛指挥部队，直到战斗结束。在没有医疗器械和麻药的情况下，他让人用铁工钳子把子弹拔了出来，并用刮刀刮去了被子弹打烂的皮肉。大家称赞说："周参谋长刮骨疗毒真豪迈，胜过昔日关云长。"

周保中经历了东北 14 年抗日斗争的全过程。东北抗联将士对日本法西斯侵略者给以沉重的打击，有力地牵制和消耗日本关东军 70 多万人的武装力量，消灭日、伪军 20 多万人。从 1936 年年初到 1937 年秋，东北抗日联军已建立 11 个军，共 3 万余人，开辟了东南满、吉东、北满三大游击区，在南起长白山，北抵小兴安岭，东起乌苏里江，西至辽河东岸的广大地区内，开展游击战争，同日、伪军进行大小几千次战斗，粉碎了敌人的多次进攻。他们的英勇斗争，有力地打击了日本在中国东北的殖民统治，牵制了大量日军，支援和鼓舞了全国的抗日救亡运动。

回望第二次世界大战反法西斯战争史，中国的东北战场环境十分险恶，条件十分恶劣。作为男儿，周保中从温暖如春的彩云之南来到冰天雪地的白山黑水，甘愿抛家舍业，不惜断头洒血，于粮绝弹尽中苦战，在饥寒交迫中坚持，创造了"火烤胸前暖，风吹背后寒"的人间奇迹。

作为军人，为了自己的国家免遭侵略者蹂躏，自己的民族得到独立和解放，他们履行着中华儿女的职责，书写着华夏儿女的壮志。面临的无论是枪林弹雨、弹尽粮绝，还是冰天雪地、饥寒交迫，他们都始终坚定表现了那一代人对革命事业的忠诚和大无畏的牺牲精神。

历史会永远记住他们，党和人民会永远怀念他们。

王恩茂：功垂天山

他15岁参加革命，28岁成为著名的三五九旅副政委，39岁主政新疆，68岁再次主政新疆，后任全国政协副主席。他为新疆的发展稳定作出了不可磨灭的贡献，遗愿魂归天山。他就是开国中将王恩茂。王恩茂与家人埋在天山脚下，他们用行动兑现了他要为新疆服务到底的诺言。他是新疆人民的英雄，值得我们永远铭记。

王恩茂同志1913年5月19日出生于江西省永新县。他少年时代就追求真理，1928年参加革命，1930年加入中国共产党。在革命战争年代，王恩茂同志参加了创建湘鄂川黔革命根据地的斗争、红军长征、南泥湾大生产运动、被誉为"第二次长征"的南下北返以及一系列重大战役，为中国革命的胜利转战南北，浴血奋战，屡建奇功。

1949年10月，在王震将军指挥下，金戈铁马，进军新疆，把五星红旗插到了天山南北，开辟了新疆历史新纪元，这也是王恩茂同志戎马生涯和革命历程中的光辉篇章。

1952年7月，39岁的王恩茂担任中共中央新疆分局第一书记、新疆财政经济委员会主任和新疆军区代政治委员，主持新疆的全面工作。他根据中央部署，主持制订新疆国民经济和社会发展第一个五年计划。他坚持党的民族政策和宗教政策，根据新疆实际，有步骤地实施民族区域自治，使新疆初步出现了社会稳定、各民族团结、人民安居乐业的局面。

1954年10月，新疆军区生产建设兵团成立，王恩茂任兵团党委第一书记、政治委员（兼）。1955年4月，他担任新疆军区司令员兼政治委员。这期间，他遵照中央军委决定，主持驻疆部队的整编工作，进一步明确驻疆国防部队和生产部队的职责、任务，使驻疆部队建设进入新的发展时期。

从1955年10月新疆维吾尔自治区成立起，他先后担任中共新疆维吾尔自治区委员会第一书记，新疆军区司令员、政治委员、党委书记，新疆军区生产建设兵团党委第一书记、政治委员（兼），自治区政协主席等职。

1960年7月起，他同时担任中共中央西北局书记处书记。他牢记党的宗旨，全心全意地为新疆各族人民服务。他模范地执行党的民族政策，按照马列主义民族观和民族理论，结合新疆实际，把维护各族人民大团结作为新疆搞好一切工作的前提和保证。他遵照中央指示，同霸权主义者、领土扩张主义者的行径进行针锋相对、有理有节的斗争，使新疆面貌发生了巨大变化。新疆的工作多次得到党中央、毛泽东主席的肯定和表扬。

1966年"文化大革命"开始后，王恩茂受到残酷迫害，但他始终坚持共产主义信念，表现了一个共产党员的高风亮节。1975年10月，经毛泽东主席亲自过问，他被调到南京军区任副政治委员。

粉碎"四人帮"后，1977 年 3 月，王恩茂到吉林工作。他担任中共吉林省委第一书记、省革委会主任，吉林省军区第一政治委员、党委第一书记，沈阳军区副司令员、副政治委员。在吉林工作期间，他努力贯彻执行党的十一届三中全会精神，不失时机地把党的工作重点转移到经济建设方面，恢复和发展被破坏的工业、农业和科学文化教育事业，恢复和发扬党的优良传统，巩固和发展了吉林省安定团结的政治局面。

1981 年 10 月，党中央决定王恩茂重返新疆工作，担任中共新疆维吾尔自治区委员会第一书记和乌鲁木齐军区第一政治委员、党委第一书记。他从狠抓民族团结入手，全面落实党的民族政策和宗教政策。在他的倡导下，新疆率先开展"民族团结教育月"的活动。针对境内外一小撮民族分裂主义分子和国际反华势力相互勾结对新疆进行分裂破坏活动的现实，他高度重视，开展反对民族分裂主义的斗争。他重视用党的优良传统教育各族人民，特别是青少年一代。

1986 年 4 月，在政协第六届全国委员会第四次会议上，王恩茂当选为全国政协副主席。1988 年 4 月，他再次当选为政协第七届全国委员会副主席，为坚持和完善中国共产党领导的多党合作和政治协商制度、爱国统一战线、推进政协工作的规范化和制度化建设作出了贡献。

1993 年 3 月，王恩茂离开全国政协领导岗位，但仍继续关心党的事业，表现了一个老共产党人的革命风范。从 20 世纪 30 年代起，王恩茂就一直以惊人的毅力坚持写日记，几乎没有间断。1995 年、1997 年出版的《王恩茂日记》和《王恩茂文集》，为研究军史和新疆地方党的历史提供了宝贵的史料。

从 1949 年 10 月进军新疆，到 2001 年 4 月逝世，王恩茂同志先后在新疆战斗、工作、生活了 40 多年。他两次主政新疆，先后担任中共中央新疆分局第一书记、新疆维吾尔自治区党委第一书记，这种经历在全国屈指可数；他又是在省区市党委书记任上时间最长的领导，前后长达 20 多年。他将自己毕生的大部分精力和心血都奉献给了新疆这块热土，热爱新疆各族人民，对新疆有着特殊深厚的感情，熟悉新疆的山山水水，一草一木。王恩茂同志的一生是革命的一生，战斗的一生，全心全意为各族人民服务的一生。

1973 年秋天，王恩茂遭受打击迫害，被下放到安徽省芜湖地委工作。两位维吾尔族老人身背哈密瓜、千里迢迢从新疆到芜湖看望王恩茂。他们如同久别的亲人一样，紧紧拥抱在一起。

1982 年 3 月 11 日，王恩茂同志参加吐鲁番的义务植树劳动之后，来到当时的五星公社看望维吾尔族老房东马那甫一家。1959 年，王恩茂在这里当社员，就吃住在马那甫家里。他们亲如手足的亲情，成为当地各族群众广为流传的佳话。王恩茂同新疆各族人民建立了深厚情感，深受新疆各族人民崇敬和赞扬，赢得了"好书记、好领导"的赞誉。

和田地区于田县淳朴善良的维吾尔族农民库尔班·吐鲁木，在王恩茂的关怀和帮助下，终于实现自己最美好的愿望，到北京见到了日夜想见的毛主席。毛主席同他合影留念。从此这一珍贵的历史镜头成为新疆各族人民热爱党、热爱社会主义事业的生动写照，也成为新中国各民族亲密团结的生动写照而被载入史册。

1997 年 4 月，在深圳市休养的王恩茂给新疆的一位领导同志打电话指出："新疆反民族分裂主义的斗争是个大的战略问题，关系到新疆的全局，甚至关系到国家的全局，关系到各个方面，这个问题一定要解决好。解决好了，一切都好办了，没有解决好，一切都不好办；民族分裂主义破坏活动猖狂，就谈不到维护祖国统一，谈不到增强民族团结，谈不到新疆稳定，谈不到边防巩固，谈不到改革开放，谈不到经济建设，谈不到改善人民生活，就连人民的人身安全都谈不到，总之一切都谈不到……"王恩茂一口气说了"九个谈不到"。

王恩茂在 1985 年 10 月新疆的一个会议上说：

我热爱新疆，热爱新疆各族人民，新疆是我的第二故乡。我是1949 年进疆的，工作到 1969 年，因为"文化大革命"被打击迫害离开了新疆。1981 年中央决定我重返新疆工作，前后在新疆工作了 25年。这期间我为新疆各族人民做了一些事情，但是做得很不够。如果说有些什么成绩的话，这是党中央正确领导的结果，是中央正确路线、方针、政策指引的结果，是各兄弟省市、自治区大力支援的结果，是新疆各族人民团结奋斗的结果。我个人只是做了一个共产党员应该做的一点事情。如果讲我在新疆有一些威信的话，还是党的威信，集体的威信，党的领导威信。1981 年我重返新疆工作时就表示，回到新疆后，党中央要我工作多久就工作多久，要我离休就离休。如果离休就离在新疆，老死也老死在新疆。

我曾经讲过，1966 年 3 月我 84 岁的老父亲去世之前，一定要我把他送回江西老家。我当时给他做了很多工作。我说新疆也是我们的家乡，死后埋在新疆和埋在江西是一样的。他老人家还是不同意。

后来我告诉他，我死后也埋在新疆，埋在他身旁，这样他思想感动
了，才同意死后埋在新疆。我讲这话是经过慎重考虑的，我要实现
我自己的诺言，我永远不离开新疆，老死就埋在新疆，埋在我父亲
的身旁……

岸边英魂

1950 年 11 月 25 日，抗美援朝第二次战役发起的当天，三架美军 B-29 型轰炸机从志愿军司令部驻地上空掠过，没有投弹。做了防空准备的人们松了一口气。不料，敌机突然掉转头，向志愿军司令部驻地投下了几十个凝固汽油弹，作战室被吞没在一片火海中，正在屋内值班的毛岸英献出了 28 岁的年轻生命。

毛岸英是毛泽东和杨开慧的长子。他出生后随父母到过上海、广州、武汉。1927 年大革命失败时，又随母亲及两个弟弟回长沙县东乡板仓隐蔽。1930 年 10 月杨开慧被湖南军阀何键逮捕时，8 岁的毛岸英也被一同抓进监狱。他目睹了母亲与敌斗争和牺牲前的惨烈。

毛岸英入朝一个月零三天就牺牲了。他吃过苦、留过学、打过仗，又经过农村和工厂的锻炼。在和毛岸英同龄的一代青年中，像他那样受过良好教育和多种锻炼的人是不多的。

毛岸英是经过毛泽东同意，随志愿军总部入朝作战的，担任志愿军司令部的俄文翻译和机要工作。毛泽东在他身上倾注了无限的父爱。毛泽东爱他，在他身上寄托着厚望，但毛泽东不把毛岸英看成只属于他自己的，而是认为他是属于党，属于人民的，他应当报效祖国。

我们把镜头快速地回到 1951 年 2 月。抗美援朝第三次战役胜利后，作为在朝鲜的中国人民志愿军最高指挥员的彭德怀决定回国，于 2 月 21 日这天当面向毛泽东汇报了朝鲜战争情况，并提出兵员不足和后勤保障问题。毛泽东经过认真思考，向彭德怀提出："朝鲜战争能速胜则速胜，不能速胜则缓胜，不要急于求成。"

彭德怀还向毛泽东详细汇报了毛岸英牺牲的经过，并以内疚的心情检讨说："主席，你让岸英随我到朝鲜前线后，他工作很积极。可我对你和恩来几次督促志司（中国人民志愿军司令部的简称）注意防空的指示不重视，致岸英和高参谋不幸牺牲，我应当承担责任，我和志司的同志们至今还很悲痛。"

毛泽东听罢，一时沉默无语。少顷，他望着内心不安的彭德怀说："打仗总是要死人的嘛！中国人民志愿军已经献出了那么多指战员的生命。岸英是一个普通的战士，不要因为是我的儿子，就当成一件大事。"并叮嘱说："现在美国在朝鲜战场上使用各种飞机约一千多架，你们千万不能疏忽大意，要采取一切措施保证司令部的安全。"

在毛岸英牺牲的当天，彭德怀即向中央军委专门作了汇报，短短的电文，竟写了一个多钟头。电报到了周恩来手中。周恩来深知这对毛泽东的打击会有多大，他不愿在毛泽东指挥战役的紧张时刻去分他的心，便把电报暂时搁下。直到 1951 年元旦过后，1 月 2 日，周恩来才把电报送给毛泽东看，并附信说：

主席同志：

毛岸英同志的牺牲是光荣的。当时我因你们都在感冒中，未将此电送阅，但已送少奇同志阅过。在此事发生前后，我曾连电志司党委及彭，请他们注意指挥机关的安全问题，前方回来的人亦常提起此事。高瑞欣亦是一个很好的机要参谋。胜利之后，当在大榆洞及其他战场多立纪念中国人民志愿军的烈士墓碑。

周恩来的信和彭德怀的电报，由机要秘书叶子龙送给毛泽东。当时毛泽东正在办公室。信和电报都不长，毛泽东却看了很久。叶子龙一直静静地站在那里。毛泽东强压着悲痛的心情，说了一句话："唉！战争嘛，总要有伤亡。"

杨尚昆在他的日记中是这样写的："岸英死讯，今天已不能不告诉李得胜了！在他见了程颂云等之后，即将此息告他。长叹了一声之后，他说：牺牲的成千上万，无法只顾及此一人。事已过去，不必说了。精神伟大，而实际的打击则不小！这是没有办法的事。有下乡休息之意。"

经毛泽东同意，毛岸英烈士和千万名志愿军烈士一样，长眠在朝鲜的国土上。1958年7月22日，毛泽东会见苏联驻华大使尤金时曾说："共产党人死在哪里，就埋在哪里……我的儿子毛岸英死在朝鲜了。有的人说把他的尸体运回来，我说，不必，死哪埋哪吧！"

多年后，毛泽东也向自己青年时代的好友周士钊谈了为什么要送毛岸英上前线，他说："你说我不派他去，他就不会牺牲，这是可能的。但你想一想，我作为党中央的主席，作为一个领导人，自己有儿子，不派他去抗美援朝、保家卫国，又派谁的儿子去呢？"

1990年，中央办公厅警卫局全面清理毛泽东留下的遗物，就在这次清理工作中，人们意外发现在仓库的一个柜子里有几件衣物。原来，这几件衣物是毛岸英留下的。

毛泽东平时对个人生活物品基本不上心，可他却瞒着所有人，把毛岸英在朝鲜牺牲后留下的两件棉布衬衣、一顶蓝色军帽、一双灰色沙袜、一条毛巾叠得整整齐齐放在身边，悄悄地珍藏了 26 年，直到毛泽东 1976 年 9 月 9 日逝世。通过这些遗物，人们能够体会到毛泽东和毛岸英深厚的父子之情。这期间他曾多次搬家，但身边的工作人员从来没有发现过这些衣物。

这位老人细心地把儿子用过的毛巾和袜子都收藏着。他是否曾经在那些辗转反侧难以入眠的夜里，像每一位失去孩子的父亲一样，把这些衣物一件件拿出来，轻轻抚摸。在这些衣物上，是不是也曾浸染过一个老人的泪水？

谁不希望自己的后人成为对国家有用的人，谁不希望让自己的后人大忠于祖国、大孝于人民。毛泽东同志为了实现中国人民解放事业的胜利，牺牲了包括妻子、儿子在内至亲至爱的 6 位亲人。

国难当头，挺身而出，这不是每个人都能做得到的，但毛岸英做到了。

我还没有到过朝鲜，还没有到过志愿军烈士的碑林前献上一束鲜花，还没有为许许多多"最可爱的人"做过应尽的责任。

今天，我们所有的辉煌，都是在前人的苦难中涅槃而成。我们走得再远，也不能忘记来时的艰辛的路、探索的路。

我想，在抗美援朝时，如果他们的青春芳华是十八九岁的话，那么，现在的他们也应该是八九十岁的老人了吧！

永远的英雄赞歌

烽烟滚滚唱英雄，

四面青山侧耳听，

侧耳听，

晴天响雷敲金鼓，

大海扬波作和声，

人民战士驱虎豹，

舍生忘死保和平。

为什么战旗美如画？

英雄的鲜血染红了她。

为什么大地春常在？

英雄的生命开鲜花……

　　一首令人热血沸腾的《英雄赞歌》，流传了几十年，如今依然没有失去它的艺术魅力。正是因为有了中华民族的一群群优秀的英雄儿女，才有了永远的英雄赞歌。

抗美援朝战争，是新中国成立后，中国人民为了保卫祖国、维护世界和平而进行的一场正义战争。

1950年6月25日，朝鲜半岛发生战争。26日，美国海、空军武装入侵朝鲜，第七舰队入侵台湾海峡。7月2日第一批端着卡宾枪的美国士兵就踏上了朝鲜国土。三千里江山陷入浓烟烈火之中。当战火烧到鸭绿江边，朝鲜民主主义人民共和国危急、中国大陆的安全受到严重威胁之时，中国人民不得不奋起抵抗侵略。1950年10月，根据朝鲜劳动党、朝鲜政府的请求和保卫中国国家安全的需要，中共中央和毛泽东代表中国人民的意志，毅然作出了"抗美援朝、保家卫国"的重大战略决策，组织中国人民志愿军赴朝，与朝鲜军民并肩作战。从此，"雄赳赳，气昂昂，跨过鸭绿江，保和平、卫祖国，就是保家乡！中国好儿女，齐心团结紧，抗美援朝，打败美帝野心狼"的战歌，响彻在朝鲜战场和祖国的大地上。

沧桑巨变，70多年过去了。"抗美援朝，保家卫国"的口号依然在耳边回响。这是中国人民志愿军将士以血肉之躯，谱写的一曲英雄赞歌。缅怀为抗美援朝战争捐躯的志愿军烈士，就是为了让我们的子孙后代永远牢记先烈们的卓越功绩和伟大贡献。

70多年来，共和国始终没有忘记老一辈无产阶级革命家和中国人民志愿军所建立的不朽功勋，始终没有忘记谱写了可歌可泣、气壮山河的英雄赞歌的志愿军将士，始终没有忘记在抗美援朝战争中牺牲的志愿军烈士们。

忘不了，毛泽东在见到志愿军司令员杨勇和政治委员王平时的第一句话是："都回来了吗？"杨勇说："我们全部回到祖国的怀抱。"毛泽东对志愿军工作给予了充分肯定。他说："中国人民志愿军在抗美援朝保家卫国的运动中，为祖国人民赢得了荣誉。为维护世界和平做出了贡献，值得全国人民学习。"

忘不了，周恩来总理亲自到北京前门火车站迎接凯旋的志愿军将士，并指挥陈毅元帅和许多老将军唱起志愿军战歌。他握住杨勇的手说："欢迎胜利凯旋的英雄们！"

忘不了，天安门广场集合起20万欢迎群众，欢迎最可爱的人胜利归国。杨勇站在第一辆敞篷红旗轿车上。轿车缓缓驶过金水桥，驶向体育馆。在归国大会上，首都人民将巨幅锦旗送给志愿军代表团。旗上写着："你们打败了敌人，帮助了朋友，保卫了祖国，拯救了和平，你们的勋名万古存！"

忘不了，黄继光的母亲邓芳芝受邀出席全国妇女大会。会上，毛泽东对她说："你牺牲了一个儿子，我也牺牲了一个。"会后，毛泽东还特意请她到中南海自己的家中做客，表达了一个烈士的父亲对一位英雄母亲的敬意。这些历史性镜头撼人心魄。

忘不了，毛岸英牺牲时与刘思齐结婚还不足一年。在毛岸英的安葬选择上，毛泽东再一次体现出了一位伟大领袖的胸襟。对于毛岸英的牺牲，彭德怀曾评价说："国难当头，挺身而出，这不是每个人都能做得到的。但毛岸英做到了，毛岸英是坚决请求到朝鲜抗美援朝的。"

更忘不了，志愿军将士、人民英烈的铿锵誓语，至今仍余音绕梁。

美国投入朝鲜战场的飞机已多达1100余架，连同英国、澳大利亚、南非联邦等空军，总共有各型作战飞机1200余架。不仅飞机性能优越，机种配备齐全，而且飞行员也大都参加过二战，已有上千小时的飞行记录。与之相比，新中国空军犹如刚刚出生的幼鹰，通过"速成"，勉强能上阵的仅有 2 个歼击航空兵师，1 个轰炸机团和 1 个强击机团，各型作战飞机 117 架。飞行员平均飞行时间不足 100 个小时，从指挥员到飞行员都缺乏实战经验。

在波澜壮阔的抗美援朝战争中，志愿军空军由不会空战到学会空战，由打小仗到学会打大仗，由单机种作战到组织多机种联合作战，由只能在昼间简单气象条件下作战到能在昼夜间复杂条件下作战，在战斗中迅速成长。志愿军空军先后有 10 个驱逐师和 2 个轰炸师共 672 名飞行员和 5.9 万名地勤人员参加了实战的锻炼。其中，有 116 名年轻的飞行员血洒长空，献出了宝贵的生命。

在旅顺苏军烈士陵园内，长眠着 202 位杰出的苏联飞行员。在抗美援朝战争中，苏空军击落敌机 879 架，苏方损失飞机 745 架，这段历史直到 20 年后才解密。他们以精湛的飞行技艺和大无畏精神，协同年轻的中国空军并肩作战，驰骋疆场，他们的壮举永远值得我们尊敬和纪念！

遥望 70 多年前朝鲜的天空，志愿军将士们曾在这里驾驶战鹰与对手展开殊死搏斗，留下飒飒英姿。历史作证，中国人民志愿军空军前辈们是名副其实的雄鹰。

在波澜壮阔的抗美援朝战争中，大部分烈士在牺牲时尚不满 30 岁，正值青春年华。至今，丹东抗美援朝纪念馆还保存着几十份尚未发出的烈士证。其中，年龄最小的仅有 17 岁。

每逢国家有难，民族危亡的关头，中国从来不乏忠勇之士。而在灾难过后，善待每一个为国捐躯的英灵，乃至每一位参战的士兵，才是凝聚国家、民族精神的最好手段。当身处和平年代的我们回望战争岁月，除了内心的震撼和感动外，更多的则是对今天和平的珍视。

波澜壮阔的抗美援朝战争，是中国人民不畏强暴反抗侵略的伟大壮举，创造的震撼世界的辉煌业绩，是中华民族的光荣和骄傲。197653 名中国人民志愿军官兵在朝鲜战争期间为国捐躯。这些志愿军烈士来自除西藏以外中国大陆的 30 个省区市。他们永远载入中华人民共和国和中华民族的光辉史册，英名永存。

波澜壮阔的抗美援朝战争凝聚起中国人民团结奋进、战胜困难、勇往直前的磅礴力量。

抗美援朝战争的胜利，极大地提高了中国共产党在全国人民心目中的威信。面对这场突如其来的严峻考验，党权衡利弊得失，作出了经得起历史考验的战略决策。在领导抗美援朝战争的过程中，党积累起在全国执政的最初经验，表现出应对和驾驭复杂局面的能力，展示了高超的领导艺术。

抗美援朝战争的胜利，极大地提高了中国人民的民族自信心和民族自豪感，使一部分曾经对美帝国主义抱着恐惧和幻想的人受到深刻教育而觉悟起来。在抗美援朝战争中，中国人民发扬高度的爱国主义和国际主义精神，大大地鼓舞起革命热情和生产积极性，中国的社会动员能力和组织能力得到空前提高。争取战争胜利，成为恢复和发展国民经济、推动各项社会改革的巨大动力，巩固新中国的进程因此加快。

抗美援朝战争的胜利，说明中国共产党及其领导的人民军队在过去长期革命战争年代形成的以弱胜强的人民战争思想仍然适用于现代战争。正如毛泽东所指出的："我们的经验是：依靠人民，再加上一个比较正确的领导，就可以用我们劣势装备战胜优势装备的敌人。"在敌我双方经济力量和军队武器装备对比悬殊、极不对称的情况下，我军经受了现代战争的洗礼，锻炼出一大批适应现代战争需要的军事人才，创造了依靠劣势装备打赢现代战争的一系列新经验、新战法。通过这场战争，人民军队建设进入一个新的发展阶段。我国军事思想和理论得到极大丰富，军事科学技术有了很大提高，人民解放军由过去的单一兵种作战过渡到现代多军兵种作战，向国防现代化方向迈出了一大步。同时，这场战争也使得党和国家领导人深感加快国家工业化和国防现代化建设的紧迫性。

抗美援朝战争的胜利，顶住了美国侵略扩张的势头，维护了亚洲和世界的和平，使新中国的国际威望空前提高。包括美、苏在内的世界各国都感到必须重新估计中国在亚洲和国际事务中的地位和分量。中国东北边疆的安全得到巩固，国家的经济建设和社会改革获得了一个相对稳定的和平环境。美帝国主义从此不敢轻易地进行欺侮和侵犯中国的尝试。

正如彭德怀在《关于中国人民志愿军抗美援朝工作的报告》中所说："它雄辩地证明：西方侵略者几百年来只要在东方一个海岸上架起几尊大炮就可霸占一个国家的时代是一去不复返了。"

今天，我们用各种各样的方式去纪念那场伟大的战争，去缅怀那些为和平事业作出贡献的人，中国人民志愿军一把炒面、一把雪，用鲜血、用青春、用生命再次向世人展示了中国军人钢铁般的意志和必胜的信念。

在波澜壮阔的抗美援朝战争中，英雄的中国人民志愿军始终发扬祖国和人民利益高于一切、为了祖国和民族的尊严而奋不顾身的爱国主义精神，英勇顽强、舍生忘死的革命英雄主义精神，不畏艰难困苦、始终保持高昂士气的革命乐观主义精神，为完成祖国和人民赋予的使命慷慨奉献自己一切的革命忠诚精神，为了人类和平与正义事业而奋斗的国际主义精神，锻造了伟大抗美援朝精神。

伟大的抗美援朝精神，是中华民族传统美德和民族品格的集中展示，是以爱国主义为核心的民族精神的具体体现，永远是中国人民的宝贵财富，是中国人民团结奋进、战胜困难、勇往直前的力量源泉。要用志愿军烈士英雄事迹激励斗志，把伟大的抗美援朝精神发扬光大，为坚持和发展中国特色社会主义，并将为实现强军梦、强国梦提供源源不竭的精神动力。这也是一篇永远高唱、永远激扬的英雄赞歌的生命乐章。

曾志：魂归井冈

2009 年 3 月底 4 月初，我在中国井冈山干部学院学习。清明节后，学院组织学员到井冈山的小井红军烈士之墓凭吊。

小井位于江西井冈山西北面，距茨坪 6 公里，因地形犹如井状小盆而得名。小井红军医院即中国红军第四军医院旧址，是井冈山斗争时期由茅坪、大井两个医务所扩建而成的，最初取名"红光医院"，是我军第一所正式医院。

中国红军第四军医院旧址在小井红军烈士之墓旁边的一座小山坡前，曾志的一半骨灰撒埋在这里，旁边有一棵苍翠的柏树。墓石上第一行字是"魂归井冈"，中间一行字是"红军老战士曾志"，第三行字是曾志的生卒时间"1911.4—1998.6"。我在墓石前静静地向这位红军老战士表达一个党史工作者的敬仰之心。

1928 年，17 岁的曾志担任小井红军医院的党总支书记。墓石的前面是瞻仰者向曾志敬献的花束。经过春雨的洗礼，花儿仍很鲜艳夺目。曾志没有忘记英勇就义的 130 多位红军伤病员。"埋下去，静悄悄的，决不要搞什么仪式"，这是曾志 1992 年 7 月 20 日写下的

"留言"。她愿意把骨灰的一部分，埋在井冈山下的一棵树下当肥料。

著名作家柯岩曾说过，人的一生，都在路上。在这漫漫的人生路上，无论是辉煌的，抑或是黯淡的，你都将遇到千千万万的人：有的长期交往，有的擦肩而过；有的令你赞叹，有的令你惶惑；有的令你鄙夷，有的令你无可奈何。当然，其中也有许多或此事让你钦佩，或彼举令你心折的人；但是能让你刻骨铭心、终生仰慕，每一念及则令你肃然起敬如涤心肺者，滚滚红尘中，也就屈指可数了。

我觉得，红军老战士曾志就是一个令我肃然起敬的人。在她的"留言"里，有一个"生命熄灭的交代"："我唯一要求的，是费了多年心血写成的回忆录，请女儿陶斯亮，趁身体健康，脑子够用的时候，抓紧点时间，集中一下精力，尽量快些整理出来。我这几十年的历程，也可以反映我国革命社会历史的一点侧面，不论是好是坏，总算留给后人一点史实。"

我在图书馆里借到了《百战归来认此身：曾志回忆录》。"百战归来认此身"是老一辈无产阶级革命家、曾志的丈夫陶铸1937年9月26日于出狱之日写的一句诗一般的语言。

掩卷沉思，曾志历经百战九死一生。用她女儿陶斯亮的话说，"您所奉献的远远超出一个女人；您所给予的远远超过一个母亲！"是的。当曾志将自己化为灰烬的时候，却把信仰留给我们。

1996年12月27日，在"庆祝曾志入党七十周年"会上，曾志接过话筒，向大家深鞠一躬：我实在惭愧，我为党做得太少，只是一个普通的党员，我没当过模范，没当过先进工作者，没得过一枚勋章，这说明我实在普通。相反，我受过许多处分，甚至撤销职务隔离审查，那我也绝不怪组织，因为跟随党是我自己的选择。走过七十年，我凭的是信仰，信心和坚强从不动摇。我讲的语无伦次，对不起大家，但讲的都是心里话。

在《百战归来认此身：曾志回忆录》一书里，曾志老人这样沉重地回忆着她的"历史问题"：在延安审干运动中，支部把审查曾志的结论交给她看。结果认定：曾志离开闽东苏区是逃跑行为，与任铁锋的关系、荆当远的工作以及平林店被扣等，都有特务嫌疑，最后结论是把曾志的问题挂起来。曾志早就料到她不会有好结论，但戴一顶特务嫌疑的帽子却是始料未及的。于是她便根据这份结论的内容，写了一份很长的报告，一项一项地进行辩解反驳。她还去找了党校一部主任，向他解释，但他不表态。她又去找教务主任，他说：是啊，这些问题是跳到黄河也说不清了。曾志请他说几句公道话，他很客气，可也不肯表态。碰了这些钉子，曾志便不再找人了，挂起来就挂起来吧！她不断勉励自己：革命是自觉的事，决不能因这个审干结论而消极、悲观，还要用事实来证明自己的无辜和清白。曾志说："我是革命战争中的一个幸存者，我只有更加积极努力，自觉为党工作，才能不愧对那些先我而去的同志，才能不愧对自己的历史。"一年多的审查批斗中，曾志没说过一句违心的话，没流过一滴泪。她唯一的武器就是"实事求是，知之说知之，不知说不知"，这也是她能做的对党的最大忠诚。

第二次审查是在延安整风后期的所谓"抢救运动"。经过一年零四个月的监禁审查，还是把闽东这一段历史挂了起来。党的七大代表资格审查委员会的审查结论中还写着："曾志同志在闽东以前和闽东以后，工作一贯积极，表现是好的。但是离开闽东是一种政治动摇行为。"由于这个结论，华中代表团选举七大候补代表时，投票赞成曾志的刚刚超过三分之二，差一点落选。几乎整个抗日战争和解放战争时期曾志都是背着这个政治包袱工作的。由于是战争环境，加上交通和通信条件的限制，曾志不便要求组织对这一段历史进行详细调查。

"想想无数倒在血泊中的先烈，想想党和军队的宏图大业，我一人的委屈和不平又何足挂齿！"曾志老人这样陈述着。

1949年新中国成立后，曾志致信给时任中共福建省委书记的叶飞，希望他能证明曾志离开闽东的前因后果。叶飞给时任中共广州市委书记王德写了一封信，大意是：曾志在闽东确实有病，而且是重病，她是为治病才离开闽东的。中央红军北上抗日先遣队在浙江庆元失败后，追击他们的国民党三个师的兵力又回身大举"围剿"闽东苏区，特委领导马立峰、詹如柏等先后牺牲，红军游击队被打散，更多的同志在反"围剿"战斗中战死。叶飞在信中还写道：曾志离开闽东后在广东、上海积极寻找组织；而闽东有些老同志，抗日战争时期明知游击队就在家门口，也不出来找党，直到新中国成立后过上太平日子了才想到党，二者的差别是很大的。曾志的表现比他们好得多！

后来，曾志把离开闽东的经过以及她的全部历史，向中共广州市委和广东省委写了一份详细报告，每一段经历都写了证明人，请求党组织进行审查。省、市委组织部为此进行了长达两年的调查与审查，1956年中共广东省委作出正式结论："曾志同志1935年春离开闽东与党失去联系，主要是因病到白区治疗，同时又正值敌人大举向闽东苏区进攻，交通断绝的战争环境所致，并非动摇逃跑。曾志同志离开闽东后并未消极，病好后仍继续寻找党组织，进行革命工作……1936 年经北方局正式批准恢复了党的关系……曾志同志历史清楚，政治上无问题。"对此结论，1957 年 1 月 21 日，中央组织部批复："同意。"

第三次受审查是在"文化大革命"时期。曾志由于离开闽东这段历史，又被原中央专案组"一办"陶铸专案组列为"有关案犯"，进行了长时间的所谓"审查"。

粉碎"四人帮"后，1979 年 10 月 10 日中央组织部复查意见认为：调查材料证明，中共广东省委的结论是完全正确的。在"四人帮"横行时期，中央专案组"一办"将曾志列为陶铸专案的"有关案犯"进行所谓审查是完全错误的。曾志的政治历史本来就是清楚的，党组织早有结论，没有问题，因此无须再作结论。

曾志在书中说，她手捧着党的文件，反复念着"本来就是清楚的"这七个字，潸然泪下……

她在书中还回忆了 1969 年年底到广东粤北农村插队的情形。在北京时，当曾志得知上面决定让她到农村插队，她就下决心要同农民一样劳动、一样生活，当一个名副其实的农民，不更多地去考虑将来。她始终相信，乌云是挡不住阳光的，正义必将战胜邪恶。

她说：陶铸和我的问题总有一天会拨云见日，会搞清楚的。我们的一颗赤诚之心永远忠于党忠于人民，为党工作问心无愧。想想许多人为革命流血牺牲了，活着的人更应该有坚定的革命意志。我为革命工作不为名不为利不为官，个人的荣辱沉浮其实算不了什么。我认为共产党员应是一粒种子，无论种到哪里都要发芽、开花、结果。因此对这一切我都想得很开，保持革命乐观主义，把个人心中的苦乐埋在心中，投入到新的环境中去。除了有时挂念女儿和外孙外，思想上并没有什么负担，更何况参加热火朝天的劳动生活的愉悦也时时在冲洗我心中的愁闷。不论多么脏、多么累的活我都很投入地去做，至今回忆起来仍感温馨。

曾志是勇于讲真话、勇于解剖自己的人。她到延安后参加了马列学院的学习。她在书中直言，她十六岁从农民运动讲习所毕业，到如今再一次迈进校门，其间相隔了十多年，她已经不习惯坐下来读书了，主要是脑子静不下来，也动不起来。一捧起书本，没看两页不是想睡觉就是心猿意马、思想开小差。从某种角度来说，这样学比行军打仗还艰难。尽管如此，她却很努力。书读了一遍，获得些印象，两遍学到些皮毛。反复读，反复揣摩，反复思考，做摘录，写笔记，慢慢就有了心得体会，有了收获补益。

曾志说："三个月后，这一情况才有改变。读书也读出些兴趣了，静得下心坐得住，自然也不打瞌睡了。"如今，我想到，我们身边的干部也参加了这样或那样的党校、干部学院，是否也要检查一下自己是真学、真懂、真信、真用了没有？实际和理论结合了没有？又结合了多少？

曾志还为自己目睹了辽沈胜利大决战和亲身参加了支战工作而深感荣幸。她深情地礼赞着富有牺牲精神的东北父老乡亲。她说，东北战场上真正的英雄是东北人民——在茫茫雪原的衬托下，他们的身影是如此地细小，但他们的精神却极其伟大。历史可能不会记载下每个人的姓名，但让我们永远记住他们共同拥有的一个名字：东北人民！正因为有了群众的大力支持，我们的党和军队才能迅速在东北站住脚跟，才能从一个胜利走向另一个胜利。

曾志是一个重情重义的人。在延安时，她就打听救她一命的畲家大嫂的姓名。半个多世纪过去了，每当想起这事，她的心中都感到歉疚不安。1994 年，曾志回到福安参加闽东苏区创立 60 周年纪念活动。在闽东畲族革命纪念馆的橱窗里，她终于知道了那个畲村叫小坑，那位畲家大嫂的名字叫蓝金妹。可惜的是，蓝金妹已经离开了人世，曾志再也无法亲自向她表达谢意。这给曾志留下了终生的遗憾。

那是 1934 年，为了避免过大损失，保存有生力量，叶飞率领红军独立师撤出福安中心苏区，转移到闽东五县以外的地区迂回游击，采取更加机动灵活的游击战术与敌人周旋。主力红军走后，敌人采取以连进攻、以班搜索烧杀的办法，进行"清剿"。不少党团员、农会骨干和"红带会"会员被残酷捕杀，有的整个村子被烧光，群众的财物被洗劫一空……红军后方医院被迫转移，伤病员分散隐蔽。曾志在地方干部和群众的帮助下，在深山沟中的一些村寨里藏来躲去。有一天，曾志躲在溪尾与盐田之间的一个畲族村子里养病。敌人突然到了村边。村里的群众背的背、挑的挑，快速地往后山上跑。房东听到枪声，跑回屋里挑起担子就往外跑，畲家女主人抱起孩子，同时叫曾志快走。曾志那时正躺在大嫂家堂屋的床上，也挣扎着爬起来，跟在那位大嫂后面跑。但刚出门外几十步，曾志两脚就不听使唤踉踉跄跄，终于跌倒了。那位大嫂回头见曾志跌倒了，爬不起来，就将手中抱着的两岁的孩子放在路边的草堆旁，跑回来扶曾志。大嫂见曾志脸色惨白晕了过去，便不顾孩子的啼哭，背着曾志快步往后山的林子里跑去。刚背到一个较安全的地方，便听到村子里响起了阵阵枪声……一个小时后，敌人走了，村里恢复了平静。那位畲家大嫂飞快地跑下山回到村子，四处寻找，终于在一个老人家那里找回了孩子。原来那老人家走不动，见有个孩子在路旁哭，便抱进了屋。敌人进来搜查，见一老一少，也没有盘问就走了。这位好心的畲家大嫂，也许没有多少革命意识，只觉得曾志他们是为穷苦人做事的好人。正是出自这种纯朴的阶级感情，畲家大嫂连自己的孩子都不顾而先来救曾志。

曾志永远忘不了这位年轻的畲家大嫂，她那高尚的举动，一直使曾志感叹不已、终生不忘。

在另一本书《曾志画传》里，有一个章节让我感动，让我沉思，让我回味着那个岁月留给人们绵绵不尽的思考……

曾志老人去世后，陶斯亮在整理母亲遗下的一堆故纸剪报时，从一个泛黄的信封里随意地抽出了一页折成好几折的纸。从信纸上多处的涂改，以及是用红圆珠笔写的来判断，这应该是曾志写给一位中央领导同志信的草稿。写这样的信是需要打草稿的，甚至撕了写，写了撕。信没注明时间。这是一封无比凄楚的信。在那个年代，人们很难想象，素来被认为是钢筋铁牙、性烈如火的曾志，怎么会写出如此一封几乎哀求乃至有点低声下气的信来。尤其是"请原谅我，可怜我！拉我一把吧！"真让人潸然泪下。我想，她为的是自己的丈夫陶铸。

……手术后第三天我去看他，除了有些温度和呼吸较急促外，精神情绪都尚好。今再去看他，已经是手术后第九天了，病情比上次去时恶化，整个面容大改变，精神体质很差，并发了肺炎。主要是年老体弱，这样的大手术后使营养吸收有问题，不能由嘴里进食物，九天来连一点水都不能喝，全靠输液。前几天输血过敏，全身出疹块，高烧，只好停止。这两天输白蛋白，也过敏反应得厉害，先则发冷、大抖、哆嗦，继则高烧，脉搏 120 多次，横膈膜也痉挛，一阵阵抽搐绞痛，阵阵呕吐黑色胆汁。术后第三天，曾用几个小时从鼻孔的细小塑胶管输入约三百毫升鸡汤，肠内也不能接受，发生腹腔大鸣大鼓胀，横膈膜阵阵痉挛绞痛，因而伤口缝线崩断两针，胆汁不能流入肠内而多次外溢（现在加大了切口引流管，用机器日夜不停往外抽胆汁液体等）。五六天来病人感到一天比一天辛苦难受。他说，自己能与疾病顽强斗争，但厉害时简直有支持不下去之感。

医生们都在全力研究和治疗他的这些并发症，我相信会愈的，但我估计也有可能进一步恶化，如发生心力衰竭、并发腹膜炎或胃大出血、或影响肾功能等。加之今天见他那种痛苦的样子，回家后心神不定，坐卧不宁。即使他的罪过是"死有余辜"，但三十多年夫妻，我非铁石心肠，见他患上这不治之症和这样疼痛辛苦，怎样理智也难以克服感情上的不安。再加上担心自己犯心脏病，心情就更加紧张，丢三落四，灌了开水忘记放塞子，喝茶时不自觉地把别的盖子丢进茶水里，睡眠更加不好。在这种情况下，只好向您恳求，允许我隔天或每天去医院探望一下，一方面给病人点安慰，一方面松弛下自己的紧张情绪。待他到能进流质饮食了，即尽量少去。中队同志都非常忙碌，仍由他们带领我坐小汽车频繁去探望，是决然办不到的也是不应该的，因此请求允许我个人自己去。交通很方便，到街口坐 38 路公共汽车直到医院前下车。我估计不让我自己行动的原因，是怕我会有什么活动，请领导相信，在北京除了尚未见面的半岁多的外孙和女婿，其他同志不会愿见我，我亦不愿去找其他什么人的，最多不过在街上买点东西而已。至于保密问题，戴上大口罩，包上大头巾就行了，何况在北京尤其在301就没有什么认识的人。其实病房窗户糊上纸加上铁丝，夜有警卫同志看守，病员们也猜得到的，只是不知道是谁而已。我个人去比由中队领着坐上小汽车去，估计目标更小保密性也许还好些。主要问题恐怕还不在保密而是政治信任。我完全相信您了解我，故大胆请求，大胆暴露思想，切不致因此对我反而增加戒备，否则更可悲了。请原谅我，可怜我！拉我一把吧！此刻，我是多么希望领导教育，同志帮助啊！急迫恳请指示。

祝您身体健康！

这是陶斯亮根据曾志写给这位中央领导同志信的草稿整理而成的，写信的时间大约是1967年4月。单看曾志老人这封信，人们也会为曾志对"文化大革命"中的陶铸那种奋不顾身的行为所感动。这是一对"打"了一辈子的夫妻啊！他们一个是锤，一个是砧，一个比一个地硬，急了甚至要离婚，每次都是陶斯亮用眼泪浇灭了他俩的火气。"文化大革命"中，有多少原本恩爱的夫妻，或出于无奈或出于某种考虑划清界限而选择了离婚，但一向以党性为生命的曾志，此时却选择了守在陶铸的身边，陪陶铸苦度那种"煎血熬骨又年年"的日子。

这封信，真实写出了曾志为病得奄奄一息的陶铸，担忧得魂不守舍的情景。陶铸那首脍炙人口的《赠曾志》，第一句便是"重上战场我亦难，感君情厚逼云端"。在生命的最后时刻，他们所表达的那种崇高博大的爱能够净化我们的心灵。

在广州那块松风石下，埋下了曾志和陶铸混合在一起的骨灰，他们在分别 29 年后终于可以长相守了。"您所奉献的远远超出一个女人；您所给予的远远超过一个母亲！"

远去的曾志老人，或许您以新的生命形式与这个世界同在、与我们同行。

白求恩逝世 80 周年祭

2019 年 11 月 12 日，是白求恩逝世 80 周年纪念日。学习白求恩，纪念白求恩，传扬白求恩精神，永不过时。远离战火硝烟的人们，是否早已忘却战争的惨烈，是否还记得白求恩的名字和他的事迹。历史告诉我们：忘记过去，就意味着背叛。我们要记住曾经援助过中国人民进行 14 年艰苦卓绝的抗战的所有国际友人。感恩，是人生永恒的学养。

诺尔曼·白求恩（1890—1939），加拿大共产党员，著名的医生。1936 年德意法西斯侵犯西班牙时，他曾经亲赴前线为反法西斯的西班牙人民服务。

1937 年中国进入全民族抗战阶段后，他率领加拿大和美国医疗队，于 1938 年初来中国，3 月 31 日来到延安。毛泽东亲切接见了白求恩一行。不久，白求恩赴晋察冀边区，在那里工作了一年多。他的牺牲精神、工作热忱、责任心，均称模范。白求恩到中国来，不仅带来了大批药品、显微镜、X 光镜和一套手术器械；最可宝贵的是，他带来了高超的医疗技术、惊人的组织能力和对中国革命的正义战争事业无限的热忱。他到达晋察冀边区后方医院后，第一周内就检查了 520 个伤病员，第二周就开始施行手术。四个星期的连续工作，使 147 个伤病员很快恢复健康并回到前线。哪里有伤员，白求恩就出现在哪里。在晋察冀的一次战斗中，他曾经连续工作 69 个小时为 115 名伤员动了手术。他的手术台，曾经安在离前线五里地的村中小庙里，敌人的炮弹落在手术室后面，震得小庙上的瓦片哗哗地响。白求恩却在小庙里紧张地做手术。同志们劝他转移，他却不肯。他说："离火线远了，伤员到达的时间会延长，死亡率就会增高。战士在火线上都不怕危险，我们怕什么危险？"两天两夜，他一直在手术台上工作着，直到战斗结束。为了保住伤员的性命，白求恩把自己的鲜血输给了中国战士。他在冀西山地参加军区卫生机关的组织领导工作，创办卫生学校，培养了大批医务干部。他编写了多种战地医疗教材，还将自己的 X 光机、显微镜、一套手术器械和一批药品捐赠给军区卫生学校。

1939 年 10 月下旬，在涞源县摩天岭战斗抢救伤员时，白求恩的左手中指被手术刀割破感染。他在病重之时，给聂荣臻司令员写了一封信。

亲爱的聂司令员：

今天我感觉非常不好……也许我会和你永别了！请你给布克写一封信，地址是加拿大托拉托城威灵顿街第十号门牌。用同样的内容写给国际援华委员会和加拿大民主和平联盟会。告诉他们我在这里十分快乐，我唯一的希望就是能多有贡献……两个行军床，你和聂夫人留下吧，两双英国皮鞋也给你穿。骑马的马靴和马裤给冀中区的吕司令员……给我的勤务员邵一平和炊事员老张每人一床毯子，

并送给邵一平一双日本皮鞋……千万不要再往保定平津一带去购买
药品，因为那边的价钱比沪港贵两倍……

看到白求恩的危重病情，大家都很着急，白求恩却平静地说：
"我得了败血症，没有办法了……请转告毛主席，我相信中国人民一
定会获得解放，遗憾的是我不能亲眼看到新中国诞生了……"

1939 年 11 月 12 日凌晨，白求恩在河北省唐县黄石口村逝世，
终年 49 岁。17 日，晋察冀边区党、政、军领导机关和驻地群众为他
举行了隆重的葬礼。12 月 1 日，延安各界也举行追悼大会，毛泽东
题了挽词，并于 12 月 21 日写了《纪念白求恩》一文，号召中国共
产党党员学习他的国际主义精神和共产主义精神。后来，这篇文章
和毛泽东的另外两篇文章《为人民服务》和《愚公移山》一起被称
为"老三篇"。白求恩的名字在全国因此而家喻户晓。这篇文章不仅
颂扬了白求恩，而且教育全党要学习白求恩。毛泽东既评述白求恩，
又批评了党内不良倾向。白求恩不仅是中国人民心目中的英雄，也
是加拿大人怀念的"历史性人物"。1976 年 3 月，加拿大政府把这位
"具有历史意义的加拿大人"降生时所居住的木屋买了下来，建成了
"国家历史名胜"——白求恩纪念馆。前来参观的人络绎不绝。

白求恩有两段话，我们今天读起来仍感振聋发聩：

让我们把盈利、私人经济利益从医疗事业中清除出去，使我们
的职业因清除了贪得无厌的个人主义而变得纯洁起来。让我们把建
筑在同胞们苦难之上的致富之道，看作一种耻辱。

我拒绝生活在一个充满屠杀和腐败的世界里，我拒绝以默认或
忽视的态度，面对那些贪得无厌之徒，这世界只要还有流血的伤口，

我的内心，就一刻不得安宁。

80多年过去了，让我们再来重温一下毛泽东这篇《纪念白求恩》一文，回望一下我们的初心与使命。

每一个中国共产党员都要学习白求恩同志毫不利己专门利人的精神，表现在他对工作的极端的负责任，对同志对人民的极端的热忱。每个共产党员都要学习他。不少的人对工作不负责任，拈轻怕重，把重担子推给人家，自己挑轻的。一事当前，先替自己打算，然后再替别人打算。出了一点力就觉得了不起，喜欢自吹，生怕人家不知道。对同志对人民不是满腔热忱，而是冷冷清清，漠不关心，麻木不仁。这种人其实不是共产党员，至少不能算一个纯粹的共产党员……

毛泽东在文章最后说："一个人能力有大小，但只要有这点精神，就是一个高尚的人，一个纯粹的人，一个有道德的人，一个脱离了低级趣味的人，一个有益于人民的人。"

在毛泽东倡导的这五个"人"里，我们又属于哪一个呢？

陆璀和她的《晨星集》

　　陆璀，1914 年生于浙江湖州。1935 年在清华大学读书时，积极参加中国共产党领导的著名的一二·九运动。当时，她是清华学生救国委员会委员。1936 年任全国学生救国联合会宣传部部长。同年加入中国共产党。1936 年 9 月她受全国学联派遣，到日内瓦出席首届世界青年大会，并在大会上发言，把中国学生的战斗呼声带到了世界讲坛，让一二·九精神走向了世界。1938 年又代表全国学联出席第二次世界青年大会，并被派往法国、英国、美国、加拿大等国宣传中国的抗战和中国共产党的抗日方针与政策，并为白求恩大夫率领的援华医疗队和中国和平医院募捐。1940 年回国后，她在延安马列学院学习，后在中共中央华中局、新四军军部和苏皖边区工作。1947 年她再次被派出国，代表中国解放区妇联担任国际民主妇女联合会书记处中国书记。1949 年 7 月，她担任中华全国妇女联合会常委兼国际工作部部长。同年 9 月，她作为妇女界代表，出席了第一届中国人民政治协商会议。同年 12 月，她出席了亚洲妇女代表会议并担任会议的秘书长。

1949 年 10 月 1 日，她与蔡畅、邓颖超、康克清等人一起站在天安门城楼上亲历了开国大典。她出席了 1948 年和 1953 年在布达佩斯和哥本哈根召开的国际妇女代表大会和 1949 年、1950 年在巴黎和华沙举行的世界和平大会，并当选为国际民主妇联执行委员和世界和平理事会理事。1956 年到 1957 年在中央党校学习，后任北京市东城区文教部部长。1978 年起，陆璀到中国人民对外友好协会工作，先后任常务理事、副会长，中美人民友好协会副会长，还担任中国儿童少年基金会理事等职。

1980 年，她出席了在哥本哈根召开的联合国《妇女十年》中期会议（即第二次世界妇女大会），并担任中国代表团副团长。陆璀曾任中国人民政治协商会议第二、五、六、七届全国委员会委员。

让我们把历史的镜头快速地回到 1935 年那个风雨如晦的岁月，去寻找那个花一样的爱国女学生。

1935 年的 12 月 9 日，在党的地下组织领导下，由爱国的北平学生首先掀起的抗日救亡运动，在短短的几天内就如星火燎原，席卷全国，成为后来的全民抗战的雄壮序幕，历史上称为一二·九运动。

毛泽东对一二·九运动给予了高度的评价，称它"是伟大抗日战争的准备，这同五四运动是第一次大革命的准备一样"，一二·九运动"是动员全民族抗战的运动，它准备了抗战的思想，准备了抗战的人心，准备了抗战的干部"。

一二·九运动在国内发展成为全国各界人民抗日救亡运动的情况，及其对我们的国家和民族争取独立解放事业的意义，知道的人是比较多的。然而，一二·九运动的发生与发展在国际上引起的巨大反响和产生过的深远影响，在国内几乎是鲜为人知的。实际上，它是全世界反法西斯运动的一个组成部分，甚至是其先锋部分，它推动了世界反法西斯运动的发展。这方面的情况，由于当时国民党政府的新闻封锁，除了几个救亡团体的内部刊物有所披露外，国内很少有人知道。

陆璀就是这场运动的亲身经历者和幸存者。她是一二·九学生运动的骨干之一，是一位民族英雄，是中国革命的女战士，曾努力在国际上宣传中国共产党抗日的方针、政策。一二·九运动的消息传到上海，主办《生活》周刊、《大众生活》周刊的邹韬奋立即起而响应。邹韬奋是 20 世纪三四十年代最著名的记者、政论家、伟大的爱国民主战士。《大众生活》用大量篇幅和照片报道了运动情况，邹韬奋先生亲自连续撰文，热情赞扬和全力支持学生救亡运动，称之为"大众运动的急先锋，民族解放前途的曙光"，认为这个运动"实在是全国大众对于救亡的坚决的意志之一种强有力的表现"。当时《大众生活》的行销量突破 16 万份，为当时所有刊物之最。它对学生救亡运动的热情支持，对学生们是极大鼓舞。1935 年 12 月 21 日的《大众生活》第一卷第 6 期封面和封底，用的就是陆璀在一二·九运动的当天，在西直门外一个站台上，手执大号话筒向学生和市民群众讲话的照片。当时邹韬奋并不知道这个女学生是谁，只是收到有人给他寄来的这两张照片后，觉得它有代表性和象征意义，就采用了它，并且在封面上加上"大众起来！"这个口号。谁也没有想到，这两张照片竟成了一二·九运动最具有代表性的照片，被后来的有关书刊和展览广泛采用。可惜到现在还不知道这两张照片的拍摄者是谁，虽然署名"万里"，但这并非摄影者的真实姓名。

12 月 16 日，游行示威的学生队伍受阻于宣武门时，陆璀机智地从紧闭的城门下的一道缝隙中伏身挤入，奋力抽掉城门的铁闩，但门环还有铁丝缠绕。这时，她被赶过来的巡警抓捕。这里还要特别提到斯诺，在 12 月 16 日陆璀被警察逮捕时，他正在现场，并跟踪到警察所。在警察的包围中，斯诺对陆璀进行了一次特殊的采访，并当即发出了一条"独家新闻"，用了一个引人瞩目的标题《中国的贞德被捕了》。这篇报道在美国的大报上登出后，确实起了轰动效应，为我们抗日救国、反对法西斯侵略、保卫世界和平的主张做了有力的宣传。

斯诺对一二·九运动的积极支持和巨大帮助，也就是他对中国人民伟大的解放事业作出的第一个重要的贡献。斯诺本人也从一二·九运动这段经历中受到启迪和教育，这促进了他思想的发展，为他后来访问陕北红区进一步打下了思想基础。

1936 年 2 月 29 日，数千名军警带着机关枪，两次包围了清华大学进行大搜捕。陆璀因名列黑名单，被迫离校，组织上就安排她隐蔽在斯诺夫妇家。

2012 年 11 月 18 日上午，我如约来到北京北四环陆璀老人的家里。一走进客室，我迎面就可以看到，东墙上挂着一幅长约 200 厘米、宽约 75 厘米的横幅，上面是近半个世纪前的郭沫若的墨迹："人生易老天难老，岁岁重阳，今又重阳，战地黄花分外香。一年一度秋风劲，不似春光。胜似春光，寥廓江天万里霜。1964 年岁首书毛主席在广昌路上作采桑子，应陆璀、子奇同志嘱用以补壁，郭沫若。"

我看到陆璀老人在看电视。当她儿子朱宁生把我介绍给陆璀老人时，她仍具有温文尔雅的神态和气质。

陆璀老人客厅的桌子上放着一本《金涛百年》。这本书是金涛的亲属 2012 年 11 月 2 日送给陆璀老人的，桌上还放着专供老人看书的手持放大镜。我翻看着这本书，并拿到陆璀老人面前。"我和蒋金涛是好朋友，"陆璀老人指着书中她在一二·九运动时手持话筒演讲时的照片说，"这就是我。"我握住老人的手，深情地说："陆妈妈，过几天就是一二·九运动 77 周年了，今天我过来看看您。祝您身体健康。""谢谢！"老人若有所思，似乎在回忆着几十年前，古老的西直门城墙下，被堵截在这里的清华学生。箭楼上的北平官员在观看、劝阻游行队伍，竟然有日本军官和他们站在一起。学生们见状，大呼抗日口号。学生会派人交涉却未成功。学联负责人决定，就在城楼旁召开群众大会。正巧附近有一个老百姓搭的唱戏台子，这成了天然的主席台。各校同学相继发表了抗日救国演讲，同学们热血沸腾，场面非常热烈。周围的老百姓非常同情这些年轻人，见他们长时间站在刺骨的寒风中，就给他们送来热茶水和窝窝头。她翻阅着书中和金涛的合影照片，仿佛又回忆起她和蒋金涛一起参加在匈牙利首都布达佩斯举行的国际民主妇联第二次代表大会的情形。1948 年 11 月 28 日至 12 月 6 日，中国代表团一行 13 人由中共中央委员、中央妇委书记蔡畅率领参加会议。代表团成员包括丁玲、吴青、蒋金涛、陆璀、张锡俦等各方面具有代表性的女同志。会议经过选举，蔡畅、邓颖超、何香凝、李德全当选了国际妇联正式理事，许广平、陆璀、丁玲为候补理事；蔡畅、邓颖超、何香凝为正式执行委员，李德全、陆璀为候补执委；蔡畅当选为国际民主妇联副主席。大会还决定 1949 年将在解放了的中国召开亚洲妇女会议。

在一本书里，作者曾这样记述了参加大会的国际妇联书记处书记陆璀的回忆："中国代表团受到与会各国代表的热烈欢迎，引起了大会的轰动。聚集在布达佩斯的全世界进步妇女代表，都用羡慕的眼光注视着我们，特别是我们的团长蔡大姐成了与会各国朋友注目的人物，她那端庄、娴雅的风度、谦虚和蔼的品格，正是人们心目中东方的特别是中国妇女的最美好的形象。许多人围上来和中国代表热情地握手、拥抱、问长问短。会上蔡畅做了关于亚非各国妇女民主运动发展的报告，有力地宣传了中国革命胜利在望的大好形势，系统介绍了中国妇女运动发展的情况、经验及解放区妇女的地位和作用，受到大会的热烈欢迎。国际妇联主席戈登夫人在报告中，不止一次地赞扬中国妇女的英勇斗争和贡献。"

此前，我不知翻阅了多少遍陆璀的著作《晨星集》。她在"几句前言"中说，她非常感谢人民日报出版社愿意为她出版这本小书。她谦逊地说："我不是一个作家，从来也没想到过要单独出一本书。如果不是因为几位老同志、我的亲人和人民日报出版社的同志的鼓励和支持，我是不会有勇气这样做的。也只有当我为出书而搜集文稿和资料时，我才深深地感觉到，我一生经历的事和认识并敬佩的人是那么多，而我写下来的却这么少，这一多一少，反差之大，使我惭愧和内疚。现在，限于时间、年龄和精力，也限于查找材料的困难，想要补救，也很难了。因文稿之少，想到一句成语：'寥若晨星'，故题书名为'晨星集'。但晨星中却有启明星，它是预告黎明的到来的。也就是说，它预告黑暗的长夜即将过去，光明的白昼即将来临。我所写到的许多人和事，不是在历史上不同程度地起过这样的作用么？只是我写得太不够了。我怀着惭愧的心情，把这本书敬献给一二·九运动六十周年，献给跨世纪的中华儿女们，也献给所有关心和支持我的战友们、同志们、亲人们，并恭候指教。"这本书是 1995 年出版，献给一二·九运动六十周年的。2005 年 9 月，《晨星集》再版，陆璀也为再版写了句话，非常质朴感人："现在已是一二·九运动七十周年了。当年参加一二·九运动的同学，而今还健在的，已经不很多了。我作为一个幸存者，能够拿什么来纪念一二·九、献给一二·九运动七十周年呢？业已年逾九旬的我，想做的事很多，而能够做到的却很少。无奈中想到，最近还有人来向我要这本书，而我已无书可送，书店里也已售完。当时我没有想到这本书会得到这么多人的关注。因此想到，何不把这本书再版，趁此机会，加进我另外几篇文章和一些有历史意义的照片。这样，我又一次怀着惭愧的心情把这本再版的书献给一二·九运动七十周年，同时，也作为留给我的家人、亲友和后代的一份纪念吧。"

2012，又是 7 年过去了。陆璀像一颗晨星，晶莹璀璨，凄风苦雨，迎来光明，夕阳无限，仍顽强地挺拔于生于斯、养于斯、给她带来荣耀和不幸的中国大地。面对百岁老人，我心中充满无限的景仰和慨叹。

在这本书里，我永远忘不了这样一幕。77 年前，陆璀字字泣血、句句呐喊般描述了一二·九运动第 2 次即 16 日大游行时，她被巡警抓走后被"释放"的悲愤而无奈的一组画面。

七点钟光景，我又被用敞篷卡车送回顺治门派出所。在玻璃窗上，我照见我自己脸上焦红，而且眉心间破了皮，有干了的血。把手一摸脸，这才感觉到从颊部到额部、头部，没一处不痛，身上也痛。挨了打，人似乎更倔强了。我用眼冷静地望着屋里每一个人，想要记住他们每一个脸。那时候，我已知道大队还在城门没有散。

我把耳贴到玻璃上，努力要听取他们一些声音，即使是一些极微小的声音，只要是从我们自己队伍来的，对我都显得非常亲切，非常需要。

"现在你走吧！"听到这句话，我站起身就走。押到城门边，只见二十几个巡警围在那儿。我一眼看到城门底下已填上石块，其中一块大的搬在一边，我明白了他们要我怎么回去。

"你照原来的样子回去！"巡警对我说。"那不行。"我说，"刚才我从这儿爬进来，你们把我毒打一顿，现在你们自己怎么也叫我那么干了呢？"

"你不想走？"巡警不耐烦地回答。

我听到城门外我们的队伍的声音了！一个马上要见到他们，马上加入自己队伍的强烈的愿望在我心中燃烧起来。我用拳头捶着铁门，叫："XX（原文此处"XX"代替"陆璀"）回来了，你们听见了吗？"

那边寂静了一下，于是几个声音抢着从下面传过来："是XX吗？你回来了？"我迅速地伏到地上去，叫："他们还是要我那样爬过来，你们赞成不赞成？"

"你来吧！你来吧！"这次是更加宏大的一片呼唤了。那呼唤是那样的热烈，那样的亲爱，我突然眼中涨满了泪。"你来吧！你来吧！"这呼声一直黏在我的心坎上。

迅速地，我爬过去了。立刻，我被拉了起来，只听见一声"XX回来了！"四处起了欢呼。泪水已蒙住了我的眼，我只看见在模糊的光线里，极目都是我们自己的人，我们自己的人。我被挟着往前跑了几步，然后被举了起来。除了把手举起来挥着以外，就只有感谢的泪和笑来回答这热烈的欢迎了……

"你照原来的样子回去！"巡警们对爱国女青年这样的作为，我眼噙热泪，哽咽无语……

著名作家刘白羽收到陆璀的《晨星集》后，他诗画般真诚地给陆璀回信说：我们这一代知识分子，正是从那以后，冲进奔滔汹涌的潮流，参与了缔造新中国的伟大而壮丽的事业。我们是幸存者又是胜利者，我们没有白白活到今天。当老年时，我们幸运地听到了21世纪的洪钟。但是我捧着你的书，我读着你的书，我的心在颤悸！我向21世纪致敬！我们生在多么辉煌的大时代里呀！陆璀同志！你的书出得非常重要，非常及时，你把圣水洒在这一代可爱的青年心上，你将开天辟地的精神传到这一代可爱的青年身上，你把火种播在这一代可爱的青年灵魂中，这一切都会通过他们和她们，在那美好而英雄的新世纪里燃烧闪光。

1986年的5月，陆璀的美国朋友莫莉·雅德重访中国。莫莉去了她出生和度过童年的成都、上海等地，最后，她到了北京。陆璀和她这两个阔别了半个世纪的老朋友终于重逢了，心情都很激动。在热烈的拥抱和深情的凝视中，她们都发现，30年代的两位年轻姑娘，而今都已两鬓斑白。陆璀以老朋友的身份邀请莫莉夫妇到她家做客，又以中国人民对外友好协会副会长的身份宴请他们。巧的是，历经浩劫，陆璀居然还找到了一张当年周恩来同志和吴玉章同志在武汉会见他们的照片，便翻拍了一张送给莫莉作纪念。莫莉凝视着照片，微笑着说："我那里倒还保存着不少相片，还有我们自己拍的小电影和其他许多资料。"陆璀对她说："有机会时，你送来给我们看看吧！这可是很珍贵的资料呵！"没想到，一年以后，莫莉果然又不远万里来到中国，而且还不嫌累赘，把她保存下来的国际学生代表团 1938 年访华的全部资料，连同发表了有关消息的许多美国报纸，装了满满的两箱带来了。有他们当时自己拍的两盘小电影，数百张大大小小的照片，其中，有毛主席和代表团的合影，还有他们自己照的毛主席、朱总司令和周恩来同志的相片；有毛主席和代表团正式谈话的记录全文（我们在毛主席的文献中还没有见到过）；好几个延安各界欢迎他们的大横幅，边区妇女绣的锦旗，还有代表团递交给第二次世界青年大会的长篇访华报告的全文，莫莉本人的一本访华日记，以及延安出版的《新中华报》《解放》周刊和许许多多铅印的或油印的刊物、书籍、资料，包括延安的和各地的，有许多在国内恐怕已很难找到了……莫莉谦虚地说："我把这些都交给你，由你处理。我希望它们对你们还有点用处。"

"这些对我们来说，都是很珍贵的革命历史文物和资料，也是我们战斗友谊的见证！"陆璀激动地对她说，"感谢你辛辛苦苦地把它带来送给了我们！我们一定将好好利用它们，作为国际主义和革命传统的教材！"

中国人民对外友好协会和中美人民友好协会共同举行了有各界人士参加的招待会。会场上展出了莫莉赠送的部分文物和材料，并举行了一个亲切而又隆重的仪式，由中央顾问委员会常委、中美人民友好协会会长黄镇同志代表两个友协致欢迎词，接受莫莉的捐赠，并回赠了有纪念意义的礼品。陆璀作为中美友协的副会长和莫莉的老朋友，向大家介绍了莫莉的情况和她对中国所作的贡献。莫莉本人发表了热情洋溢的讲话，赞扬新中国的巨大成就，并表示她还要为增进两国人民之间的相互了解和友谊而努力。

1938年担任西北青联主席，和莫莉有过多次接触的冯文彬同志也特地赶来参加招待会。莫莉赠送的全部资料和文物都已移交给中国革命博物馆。

"亲爱的莫莉，我们期望着你再来！"这是陆璀对莫莉这位美国朋友的真心邀请。

辛弃疾云："白发多时故人少。"在远离中国的白求恩大夫的故乡，陆璀又跟别离了40年的老战友琼·尤恩会面了。40年的岁月，像流水一样逝去。多少战友、亲人和与我们共患难、同生死的外国朋友，已经献出了生命，离开人世了。他们深有感慨地回忆起当年从武汉一起撤退那一段同甘共苦的战斗历程。"我写了一本书，"尤恩说，"书名叫《高山是可以攀登的》，内容写我在中国的经历，出版后我将寄给你们。"

陆璀真诚地向加拿大友人尤恩道谢，和她紧紧握手告别，并祝她早日康复。尤恩的眼里闪着泪花，陆璀也感到眼里热辣辣的。这时，陆璀走到门边，又回身望她。看到她那瘫痪的身体和依依惜别的目光，陆璀忍不住又回去紧紧地拥抱了她……

"我忍不住又回去紧紧地拥抱了她……"这是陆璀笔下多么感人至深的细节摹写啊！

11月18日上午，当我请求与陆璀老人一起合影留念时，老人显得非常愉快，我握着这位百岁老人温暖的手，觉得她们那一代人为民族的独立和解放付出的巨大牺牲，使我们倍加珍惜今天的日子。望一眼墙壁上著名画家李琦画的《周恩来》的肖像画，我又想起了《晨星集》里陆璀老人和周总理、邓颖超同志的友谊……

在陆璀所记的《难忘的三件事》篇章中，她是这样记录她与邓颖超同志的深情厚意的。

1982 年 4 月 11 日，接到邓大姐的秘书赵炜同志的电话，说邓大姐约我和朱子奇在 12 日下午去看她。

4 月 12 日下午，由于路上很顺利，我们在三点一刻光景就到了中南海西花厅大院门前。为了怕影响大姐的休息和服药，我们没有早进去，就先在院门外溜达了快 10 分钟，这才叩门进去。只见满院里一丛丛的丁香盛开，一枝枝的海棠怒放，真是春色烂漫，花香袭人。海棠，那不是总理最喜爱的花吗？而今，花儿还是年年地红，那爱花的总理呢？您在哪里？

走近熟悉的西花厅，在这里，我们曾多次聆听总理对工作的严肃指示，也曾听到过总理的朗朗笑声。现在……

正惆怅间，赵炜同志迎了出来。她笑着说："大姐三点多一点就出来了，亲自摘了一大把丁香和海棠花要送给你们，她在院里等了十来分钟，刚进屋去。"我们不禁"哎哟"了一声，说："那真遗憾，我们早到了，在门外等呢。"

于是赶紧跟赵炜同志进屋。果然大姐已经在客厅里等候。我们忙向她道歉并表示感谢。大姐笑呵呵地指着桌子上的一大把花说："今年的丁香和海棠开得特别茂盛，你们来得正是时候。我摘了一把送给你们，你们拿回去插在瓶里，可香啦！"我们也带去了一小束花献给大姐，那是白色的马蹄莲和粉色的石竹花，虽也好看，但比起大姐亲自摘下送给我们的那一大把紫白粉相间的盛开的丁香和海棠来，就相形见绌了。可是大姐还是珍重地把它插在花瓶里，因为她知道，它同样代表了一份诚挚的心意。就座后，大姐就关心地询问我目前的工作处境（那时我已经到中国人民对外友好协会工作），问了我几个"为什么"。望着她那慈祥的面容和关切的目光，我耳边又响起了她在一次电话中对我说的话："我是了解你的。你的一生真是坎坷不平，我很同情你！"这几句感人肺腑的话，就像一股暖流注入了我的心田，我的眼睛不由得湿润了。而今，在慈母般的大姐面前，我又怎能不打开我的心扉呢？于是，我们谈到了我还蒙受着的某种偏见、冤屈和不公正对待。一番推心置腹的交谈，真使我毕生难忘和铭刻在心。这使我深切感到，对人、对同志们的理解、关切和爱护，真是总理和大姐一贯的作风和崇高的品德呀！

回到家里，我赶紧找出一个大花瓶，灌上清水，把那一大把丁香与海棠插在瓶里，顿时屋里芳香四溢。我久久地凝视着它，眼前不时地浮现出总理和大姐那亲切的面容。

我选择了一小枝海棠和一小绺丁香，压在书里，至今还珍藏着，作为大姐对我的关心和爱护的纪念。

书中弥散着陆璀老人的细腻情感。她描写了安娜·路易斯·斯特朗、蔡畅、沈钧儒、郭沫若、陶行知、曹禺等近20位中外历史人物，语言朴实无华，所讲事件真实。字里行间，酸甜苦辣什么味道都有，夹裹了屈辱与尊严、成功和失意，让读者也看到了人与自然的同在。

我觉得，作为跨世纪的陆璀老人，她就是一颗晨星，一颗璀璨的启明星；她像一棵凌寒挺拔的青松；她又是一块熠熠生辉的"历史活化石"。我站在她的身边，忽觉历史离我们那么近、那么近……

孙犁：情操就是对时代献身的感情

1998 年 6 月，有幸接到天津解放区文学研究会一位同志的邀请电话，约我参加学习孙犁创作学术研讨会。拜访孙犁先生是我多年的愿望。6 月 28 日下午，我步行数里，来到位于友谊路 1 号楼孙犁先生的家里。

当孙犁先生的孙儿孙瑜告诉他北京一位青年作者来看望他时，躺在床上的孙犁先生微微道一声"谢谢"，目光里溢满了关切。我握着孙犁先生清瘦而微凉的手，心中无限感慨。这是写那篇欢快、幽默、乡土气息浓郁的《戏之梦》的作者孙犁吗？握手相言，顿觉这双攀登文学大山的手，是那样凝重，心里油然而生一种崇拜之意。

孙犁是我国有突出成就、有独特风格的老作家。在 65 年的创作生涯中，他为我国文学宝库贡献了一笔珍贵的财富。我永远忘不了教科书中那篇充满诗情画意的《荷花淀》。时间和历史是文学艺术最严厉的法官。许多当年红得发紫的作品，在岁月的磨砺中已经褪色的今天，孙犁的作品依然色泽亮丽。多少年来，我闭上眼睛就能想起月下结席的水生嫂，想起月光皎洁、秋水静穆、苇子柔顺、荷叶荷花之清芬的意境。

怕打搅孙犁先生的休息，在他家里我只短短坐了约一刻钟光景。望着墙上 1990 年 9 月孙犁先生书写的"崛然独立，快然独处，与义相扶，寡偶少徒"条幅，字里行间似乎蕴含着一种禅悟境界。犁垦、耘耕 65 个春秋的孙犁先生，看上去显得疲惫而面容瘦削，发疏鬓白，寡言少语，表情寂然。研讨会上听友人谈孙犁先生没有参加过任何一届文代会，并谢绝电视等众多媒体的采访，即使是与友人或晚辈往来，也都是淡入淡出。尽管评论界在研究他的著作对后来人的影响，得出他是文坛"荷化淀"派的文学宗师时，他自己也否认"荷花淀"文学流派的存在。孙犁针对一些年轻人以为解放区创作"不自由"，某些评论者认为解放区作家"文化低"的误解、偏见，而历数自己的亲身经历经验和看法，以求还原历史的本来面目，讨还公理。孙犁陈言，解放区作家创作一不存顾虑，二竞技状态良好，三心情活泼愉快，至于延安和各根据地的文化界，那里不仅拥有文化人士，也因其不畏艰险奔赴抗日前线而无愧于"民族精英"的称呼。孙犁先生对解放区文学的肯定和研究工作寄予了深切的厚望，并一直担任着我们解放区文学研究会的顾问。

进入 20 世纪 80 年代，随着改革开放的深化，特别是伴随着商品经济的发展，人们在价值观念、道德观念方面发生了许多变化，人际间的矛盾冲突日益激烈，在新潮迭起、新人辈出、一片繁荣的背后，文学领域也暴露出许多不容忽视的新问题。面对这种新形势，孙犁产生种种困惑，他对社会风气的败坏十分不满，对文坛的现状表现出一种愤慨之情，为此他忧心忡忡。这种心态，使他逐渐拉开了与现实的距离，而更深地躲进书斋。

1995年5月始，孙犁先生因泌尿、消化系统等疾病，连续几次住院，虽然治愈出院，可他的精神状态却突然发生出人意料的变化，他不再读书，不再写作，不再接待客人，甚至不拆来信，更不回信。他不理发，不刮脸，每天对着天花板枯坐。我在北京西单图书大厦买了一本孙犁先生的《曲终集》。我感到孙犁离我们远了。但他的一篇文章里却言词激烈地写着：

当前商品经济，或者说是市场经济，引发产生的个人第一、急功近利的意识，以及灯红酒绿、莺歌燕舞的新潮生活，不能不反映在我们的作品中，也不能不反映在他们的生活方面上："写作为的是金钱，编辑为的是金钱，出版也为的是金钱，文艺工作的关系，变成了金钱的关系，变成了交易所，变成了市场。"

可见晚年的孙犁先生是无尽伤感、孤独和忧愤的。

今天当商业主义文化渗透于社会生活的方方面面，中国如何改变文化处于浑浊、道德面临危机的状态，老作家的最后一曲给我们不少警示和感慨。比起物质文明来，一个真诚的作家，应该更加重视精神文明。这是历史的验证。孙犁先生的沉默封笔生成了层层迷雾……

坐上返回北京的火车，心潮难平。人生百年一转瞬。我衷心祝愿晚年悲凉的孙犁先生身体康寿，跃上跨世纪的列车。

"情操就是对时代献身的感情，是对个人意识的克制，是对国家对民族的责任感，是一种净化的向上的力量。"孙犁的话应作为跨世纪年轻人的警励名言，我也愿以此不断锤炼自己的人品和文品。

永远的巴金

2003年10月，我与我女儿一起逛北京大学。在校园里的旧书摊上，我淘得一本定价1元、由人民文学出版社1986年出版的巴金《真话集》。这本书放在我枕边案头，不知翻阅品咂了多少回。

巴金说："我快要走到生命的尽头了，我不愿意空着双手离开人世，我要写，我决不停止我的笔，让它点燃的火狠狠地燃烧我自己，到了烧成灰烬的时候，我的爱，我的恨也不会在人间消失。"

1978年，巴金觉得自己的时间并不多了，他拿起笔，写下自己"随时随地的感想"，"我在写作中不断探索，在探索中逐渐认识自己……不怕痛，狠狠地挖出自己的心"。

他与孙犁一样是当代中国活得很痛苦的老人！这个社会正在逐渐走向开放，人人都有权利追求事业成功、财富增长、名利双收……但唯独巴金，还在一字一句地写他的忏悔录。他沉浸在噩梦般的恐怖之中，把自己作为箭垛，一鞭一条血痕地解剖自己、指责自己，提醒人们不要忘记那场民族的劫难。

巴金在书中说：

　　大家对运动也有看法，不少的人吃够了运动的苦头。喜欢运动的人可能还有，但也不会太多。根据我的回忆，运动总是从学习与批判开始的。运动的规模越大，学习会上越是杀气腾腾。所以我不但害怕运动，也害怕学习和批判（指的是批判别人）。表态有一点是可以确定的就是说空话，说假话。起初听别人说，后来自己跟着别人说，再后是自己同别人一起说。起初自己还怀疑这可能是假话，那可能是误传，这样说可能不符合事实，等等。起初我听见别人说假话，自己还不满意，不肯发言表态。但是一个会接一个会地开下去，我终于感觉到必须甩掉"独立思考"这个包袱，才能"轻装前进"，因为我已经在不知不觉中给改造过来了。于是叫我表态就表态。先讲空话，然后讲假话，反正大家讲一样话，反正可以照抄报纸，照抄文件。开了几十年的会，到今天我还是怕开会，我有一种感觉，有一种想法，从来不曾对人讲过，在会议的中间，在会场里，我总觉得时光带着叹息在门外跑过，我拉不住时光，却只听见那些没完没了的空话、假话，我心里多烦。我只讲自己的经历，我浪费了多少有用的时间。不止我一个，当时同我在一起的有多少人啊！

　　"大家都在浪费时间。"这种说法可能有人不同意。这个人可能在会上夸夸其谈，也可能照领导的意思、看当时的风向发表言论。每次学习都能做到"要啥有啥"，取得预期的效果。大家都"受到深刻的教育，在认识上提高了一步"。有人说学习批判会是"无上的法宝"。而根据我的经验、我的收获却是"竹篮打水一场空"。我只是在混时间。但是我学会了说空话，说假话。有时我也会为自己的假话红脸，不过我不用为它担心，因为我同时知道谁也不会相信这些假话。

萧乾夫人文洁若在一篇文章中曾这样写巴金：

1954 年，我和萧乾结婚，那阵子萧乾不是很得意，在政治上遇到了一些问题。一批趋炎附势的人都不敢理睬萧乾，但巴老每次到北京来都叫上我们一起吃饭，那段时间我们一起吃过很多次饭。"让每个人都有住房，每个口都有饱饭，每颗心都得到温暖"，巴金心里始终珍藏着这一美好愿望。"人活着，不是为了白吃干饭，我们活着要给我们生活在其中的社会添一点光彩。一心为自己，一生为自己的人什么也得不到。"

1979 年，巴金率中国作家代表团访问巴黎。这是离别巴黎半个世纪后，巴金第一次再踏上这片土地。故地重游，对于任何人都会有很多感慨。每天早晨，巴金静静地坐在窗前，眼前看到的不是巴黎的街景。他说："出了国境，无论在什么地方，我总觉得有一双慈爱的眼睛关心地注视着我。不管你跑到天涯海角，你始终摆脱不了祖国，祖国永远在你身边。"巴金的财富，是他 26 卷本的不朽著作和 10 卷本的精彩译著。巴金的财富，更是他高尚的精神境界和完美的人格力量。他以自己的光和热成为中国文坛的领军人物。他在晚年，倡议、呼吁建立中国现代文学馆。他不仅率先捐出自己的存款、藏书、文献，也向朋友们鼓动，甚至致信有关领导。他说："这是表现中国人民美好心灵的丰富矿藏。""我绝不是为自己，我愿意把我最后的精力贡献给中国现代文学馆。"今天，每一位按着巴金手印推开文学馆大门的读者，都会为拥有这么一座富有的文化宝库而自豪。优秀的文学作品都是人民的精神财富。凡是忠实地反映了当时社会生活的作品，凡是鼓励人积极地对待生活的或者给人以高尚情操的，或者使人感觉到自己和同胞间的密切联系的作品，凡是使人热爱祖国和人民、热爱真理和正义的作品都会长久存在下去。

　　我觉得作为作家，我没有尽到自己的责任……我仍然讲得多，写得少，而且写得很差。有时我也为这个着急，感到惭愧，坐立不安。……我常常责备自己缺乏勇气，责任心不强。我们国家需要的是坚持真理热爱祖国的文艺战士，像爱护自己眼珠一样来爱护祖国社会主义建设的文艺工作者。今天我更加深刻地感觉到坚持真理，热爱祖国的勇气是非常可贵的。……

　　无论如何我们要顶住那些大大小小的框框和各种各样的棍子。只要作家有决心对人民负责，有勇气坚持真理，那么一切的框框和棍子都起不了作用。

　　这是巴金在 1962 年上海文代会上的一次发言，会场上便有听者瞠目结舌。会后，美联社立刻发文"巴金 5 月 9 日在上海市文化艺术家第二次代表大会上说，缺乏言论自由，正在扼杀中国文学的发展"。这种概括性的报道，使该发言成为巴金"文化大革命"中被迫害的重要罪证。然而，今天看来，这亦是老作家"勇气"和"责任心"的鲜明体现。手中薄而发黄的《真话集》是《随想录》第三集。巴金在很多篇章里，毫无保留地剖析自己的灵魂。实际上，他是在剖析我们的时代，我们的社会，我们一代知识分子的心灵。

赵子岳：常青的绿叶

那天上午，电话那端的年轻人（赵子岳的侄孙）以低沉的声音告诉我："爷爷昨天在海军总医院走了。"我放下电话，仍感受到赵老挥之不去的音容笑貌。

与赵子岳老人的第一次交往，还是纪念抗战胜利 50 周年的一次晚会上。赵老在观众的掌声中，第一个被请上舞台。他接过孩子们献的花束后，抑扬顿挫地说：慰问总该带点礼物来，我有什么礼物呢？我是从抗战过来的人，我那时候编了个《游击小调》，现在就给大家唱一唱。我已经 86 岁了，唱起歌上气不接下气，嗓子也哑了，不好听，但见到这么多新朋友，我还是把它唱一唱。

演出休息时，赵老在会议室接受了我的简短采访。当他得知我姓班时，十分风趣地说："我在电影里演过一个'班县长'，这么说，我们还是一家人呢！"1962 年，刚调到北影后不久的赵子岳同时拍两部影片，一部是《停战以后》，一部是《锦上添花》。一个是配角，一个是主角。当时，赵子岳想把《停战以后》的配角"班县长"辞掉，他向导演提出不演"班县长"了。导演想了想认为他演最合适不过，他就只好从命了。赵子岳在两个剧组之间跑，出乎他的意料，两个角色都获得好评。他告诉我，他父亲曾在阎锡山手下当过县长。那时，他的家里常常是满座高朋，来往的都是些有脸面的人物。这些人的外表和内心他都摸得很透。"这些形象从小就深深地印在我的脑子里，遇到演班县长就给用上了。生活是很重要的。"班县长这类为自己搂地盘的旧政客形象让他演得非常逼真。

赵老小时候受其爷爷的耳濡目染，学会了画画，爱摆弄乐器，吹笛子，拉板胡。后来，他父亲从北京给他买了一支笛子。"是我父亲这支笛子把我引进艺术的王国、音乐的圣地，我如饥似渴地寻找生活的音乐、生活中的艺术，整整奋斗了70年。"

时隔不久的一天午后，我顺路去北影厂赵老家里，送上一份报纸。这份报纸刊载了我写的一篇有关他的文章。同时，我表达了希望得到他的书法作品的想法。正赶上他休息，他的老伴曹孟珍告诉我，老赵刚从石家庄演出回来。我赶忙说，不要打扰他了。曹老一边忙着倒水，一边对我说，1984年，老赵离休，他有一条不成文的规矩，小事绝不允许去打扰领导，麻烦厂里。他本可以享受组织上给予的福利待遇，可他从不去享受。在家里，如果是给单位发函，用的是北影厂发的信纸信封；如果是给亲戚朋友写信，就用自己买的。平常写点文字什么的，是用收集起来的一面没字的废纸。他常说：小事最能说明问题，一个人犯错误，最初都是从小事开始的。节俭是他一辈子的特性。老赵年纪大，组织上为了照顾他，外出都得叫我陪伴护理。他有糖尿病，腿脚又不灵便，就是组织不安排，我也不放心他出远门。有一年，北影厂通知他去安徽合肥参加"庐州农民电影节"。坐了20多个小时的火车到了合肥，他一见合肥电影公司的负责人就说，我老伴是陪我来的，她的车票应该由我拿。人家跟他解释，您能来我们合肥就非常感谢了，一张车票又算什么呢？可他一意孤行，非要我把钱付给人家不可。我当时也有点生气了，心里想，这个老头子脑瓜儿怎么就不开窍。到了宾馆，他反复跟我解释：咱们也不缺这百十块钱，你没参加活动，怎能叫人家给你买票？再说安徽是你娘家，这里的经济还不富足，可别让别人无故花钱，这一回我做主了，下次，让别人安排，好吗？他像哄小孩似的哄着我。他为别人想得多，很少想到他自己。到外地拍戏或参加活动，总是替组织者着想，考虑别人的困难。因此，他从不挑剔，从不在年轻人面前摆老资格。与群众合影总是乐呵呵的，很情愿。

赵老家的客厅里摆放的竟是十分简陋而又普通的家什。朝阳的窗前是郁郁葱葱的常青的藤叶，以及一尊和蔼可亲的赵老的半身石膏塑像。被誉为"配角大师"的赵子岳，他一生上演了107部影视片，绝大多数都是配角。我想，他就像这浓郁的绿叶，给热爱生活的人们带去永恒的绿意和生气。过了半个多小时，赵老从里屋来到客厅，十分谦逊地说："让你久等了，记者们的时间是宝贵的，不能耽搁了人家。"

赵老不厌其烦且很有兴趣地回答着我们提出的一个个问题。

赵子岳，1909年生于山西古县，1926年加入共产主义青年团，1936年加入中国共产党。1938年开始随一二九师转战河北省西南靠近山西的涉县及太行山区十余年。新中国成立后，他当过山西省剧协副主席兼京剧团团长。1960年任北影演员剧团团长，一干就是6年。老人一生勤奋节俭，但在1980年他把自己积攒的1万元慷慨捐给北影剧团，设立了"赵子岳青年演员进步奖"。这是中国电影界唯一用个人捐款设立的奖项。此刻，我想到赵老比起那位宣传孔繁森一次要价万元的人，该是多大的"精神落差"啊！赵子岳在演艺界是德艺双馨的老前辈。

要赵老为我们年轻的新闻工作者说点什么时，他直率地说："报纸、电视新闻我天天看。在市场经济的今天，人们的道德标准和价值观念正发生着变化，扑面而来的金钱诱惑和物质享受使大家都面临着严重考验。新闻是推动社会发展的重要工具。新闻记者要有高尚的品格，要时常注意自身的修养。很难想象，一个品质低下的新闻工作者，能够成为洞察社会、评说时代、受到社会和人民欢迎的名记者。所以，锤炼人格，坚定政治、正派作风尤其重要。拿破仑说过'记者之笔，胜过三千毛瑟枪'。记者的责任也不轻。我随便说。"赵老谦逊地笑了笑。他的一席话使我永远不敢懈怠自己。

临别，赵老泼墨又为我题写了给人以精气神的两个大字"雄风"，并嘱托我将一副"民拥军同心共筑钢铁长城，军爱民携手育建精神文明"的条幅转交给一家部队的文化活动中心。谁知那次竟是与赵子岳老人的最后一面，也是我最后一次采访，以至于后来他因病住进积水潭医院、海军总医院，而自己身居外地未能前去探视他，心存万般憾疚。他的人品使我难忘，他的艺德励照后人。

王洛宾：恒久的音律

2012 年 5 月 21 日下午，美丽的青海湖畔的海北州金银滩草原，天空中飘着洁白的云朵。我怀着景仰的心情，踏着音乐的节拍，走进了王洛宾音乐艺术馆。

我喜爱音乐，更喜爱王洛宾的民族的文化情怀。享有"西北歌王""民歌之父"之冠的民族音乐家王洛宾，一生编曲作词近千首。

他的《在那遥远的地方》《半个月亮爬上来》《达坂城的姑娘》《阿拉木汗》《青春舞曲》《掀起你的盖头来》……几乎是每一个中国人多少能够唱出来的歌曲。其中《在那遥远的地方》和《半个月亮爬上来》被选录入《20 世纪华人音乐经典著作》。王洛宾荣获了联合国教科文组织为第一位华人音乐家颁发的"东西方文化交流特别贡献奖"。

利用现代声光技术体现王洛宾音乐文化和西部音乐艺术的纪念馆陈列了音乐家的大量照片、实物及 200 余件不同时期的歌曲、歌剧手稿。主展厅由"走向音乐圣地"、"在音乐圣地的多彩绽放"、"矢志不渝的音乐追求"、"西部音乐的传歌者"和"乐缘情未了"五个乐章构成，700 余张珍贵的照片和手稿印证了历史对这位中国民族艺术家的尊重和敬仰。他在大西北生活了近 60 年，将传奇般的一生都献给了西部民歌的创作和传播事业。

1913 年 12 月 28 日，王洛宾生于北京。他父亲是位画匠，会演奏多种乐器，喜欢京剧和昆曲。在家庭的熏陶下，王洛宾也喜欢音乐。1931 年考入北平师范大学，接受系统的专业音乐教育。1937 年七七事变后，王洛宾逃出北平，参加了由丁玲领导的西北战地服务团，在战斗生活间隙，他创作了《洗衣歌》《老乡上战场》等歌曲。1938 年在兰州改编了第一首新疆民歌《达坂城的姑娘》之后，便与西部民歌结下了不解之缘。1939 年，王洛宾来到青海，在青海西宁昆仑中学任教。无垠的戈壁、高耸的雪山、辽阔的草原、湛蓝的湖水、成群的牛羊、孤独的牧人，激发了他无限的情感与创作激情。1940 年春天，王洛宾随电影导演郑君里在青海金银滩草原拍摄《民族万岁》时，创作了不朽之作《在那遥远的地方》，这首歌曲让中国人如痴如醉，也让西部民歌走向了世界。1994 年，中南海举行了王洛宾音乐会。

音乐艺术馆展放着沙阿代提和王洛宾的照片，讲解员告诉我们，王洛宾搜集、整理的 1000 多首经典音乐作品，有 50 多首作品是在青海海北州境内的金银滩草原完成的。在王洛宾作词作曲的《撒阿黛》图片前，我停了下来。《撒阿黛》图谱左侧是新疆政法干校毕业后分到第一监狱的女狱警官沙阿代提的照片。《撒阿黛》这首歌刻画的就是美丽的女警官沙阿代提。

讲解员介绍说，1965 年，王洛宾被关进新疆监狱服刑，到 1972 年时，他已经在狱中度过了 7 个年头。这时的王洛宾身患疾病，体力不支，因经常完成不了劳动定额，屡屡遭受体罚。他在绝望中，甚至想到了自杀。

女狱警的出现，吸引了狱中所有人的目光。她不仅拥有年轻漂亮的容貌，还掌管着监狱大门的钥匙，对于囚徒们来说，那正是通往"自由之门"的钥匙。因此，王洛宾产生了创作的欲望。不久，三段优美、简洁的歌词，每一段都唱出了一个"撒阿黛"，每一段都唱出了作为囚徒的王洛宾对自由、幸福的向往。

王洛宾曾风趣地对人说："大家对撒阿黛的爱，一方面是撒阿黛的确很美，更重要的原因是撒阿黛掌管着监狱大门的钥匙，对囚徒来说，在大门外面就意味着自由。每一个囚徒走出大门之后，都不希望再走进来，所以，在大家的心目中，撒阿黛就是'自由女神'的化身。"

馆前，俊俏的讲解员对风格别样的《在那遥远的地方》大型建筑作品进行了全程讲解，还用甜美的歌声演唱了王洛宾在青海创作、改编的《在那遥远的地方》《炊烟》等几首经典民歌，把我们引入王洛宾的音乐世界中，寻找音乐家不受时空阻隔的精神之光。我记得2007年10月24日，我国嫦娥一号月球探测卫星发射成功。在距地球38万公里的太空，向地球播放了包括由王洛宾创作、改编的《在那遥远的地方》《半个月亮爬上来》等30首经典曲目。王洛宾说："一首歌在世上广为流传，才是真正的发表。"在我们的要求下，讲解员又为大家唱了一首《青春舞曲》。"太阳下山明早依旧爬上来，花儿谢了明天还是一样的开，美丽的小鸟飞去无影踪，我的青春小鸟一去不回来……"

当讲解员唱完这首欢快的舞曲，我却怎么也欢快不起来，眼里倒嚛满了泪水。

我想起了 1941 年 1 月，王洛宾被国民党以"共产党嫌疑"罪名逮捕。关押在兰州，在狱中却写出了《大豆谣》《来，我们排成队》《囚人之歌》等 30 多首歌曲，鼓励狱友向往自由。1944 年 3 月，经多方营救，王洛宾无罪释放。

我想起了 1960 年 4 月，王洛宾遭诬陷，以"反革命罪"被逮捕入狱。1961 年 3 月，被判处有期徒刑 15 年，剥夺政治权利 5 年。在狱中，还创作了《高高的白杨》《撒阿黛》等歌曲。1975 年，刑满释放，生活艰辛。

1981 年 8 月 1 日，新疆军区宣布《关于王洛宾平反的决定》，恢复了王洛宾的名誉和军职。

"太阳下山明早依旧爬上来，花儿谢了明天还是一样的开，我的青春一去无影踪……"

"在坎坷的一生中，我一直要求自己，把不快乐的事情全部忘掉，才能让新的快乐进来。"是王洛宾的那句话和舞曲的意境感染了我。

1996 年 3 月 14 日，83 岁的王洛宾与世长辞。这一年的 3 月 19 日，解放军总政治部在给新疆军区政治部的信中，代表全军文艺工作者向王洛宾的逝世表示深切哀悼。信中说："王洛宾同志是享誉海内外的民族音乐家。在遭际坎坷、命运多舛的一生中，致力于西北地区的民歌的发掘、整理，编创了大量的脍炙人口、广为流传的民族音乐作品，取得了杰出的成就，为丰富和发展中华民族的文化艺术作出了重要贡献。王洛宾虽然去世了，但他的作品将作为民族艺术宝库中的瑰宝，永葆艺术魅力，给喜爱他的作品的人们以永久的艺术的享受。"

王洛宾两受牢狱之灾，长达 18 年之久，晚年时期又遭人贬低否定，但他不抑郁、不沉沦。"我愿透过歌曲带给人们美的享受。"从他身上，我们看到了美好的爱情和升华了的生命意义，同时也应该反思那个时代所留下创痛的集体记忆。

"学习劳动要勤，生活享受要俭。勤俭是我们的家训，希望你能做到。"看到王洛宾 1986 年 10 月 10 日写给孙女王苹的家训，我心里也久久不能平静。

忆季羡林先生

2009 年 7 月 11 日中午，战友夏军给我发来信息——季羡林先生去世了，可知道消息？

我马上打开电视，找到了中央电视台新闻频道里的整点新闻，果然在新闻里播出了季羡林先生去世的消息。

我并没有和 98 岁的季老谋过面。但我的 2007 年夏季第三部散文集《心旅不寂寞》是季先生给我题签的书名。这是他一生中给一位年轻作家的最后一次题签书名。

2007 年的春天，我把自己的书稿小样和"心旅不寂寞"几个样字给了三〇一医院的刘殿荣兄长，并把我对季老的敬重和我的想法告诉了刘殿荣兄长。后来他把我的书稿郑重地转给季老住院的那个科室的护士长，并给她说，别着急，看季老精神好的时候，请他看看一位青年作家的书稿，作者特别想求季老题签个书名。有一天，护士长看季老正在读报，就趁机把我的书稿和求字的事情向季老汇报了。季老就请护士长给他读了其中的两篇文章——《永远的巴金》《晚年魏巍二三事》。季老说，这位作者的几篇散文还不错，有点自己的思考，谁颂扬巴金们，我就欢迎谁。季老铺开宣纸在上面给读者留下了他的墨宝——"心旅不寂寞·季羡林题·丁亥书"。外加上一枚"季（右）羡林（二字左）"的印戳。

我开始喜欢季老的文章，是我读了他的《赋得永久的悔》散文集。后来又买了他的《留德十年》《病床杂记》等。《病床杂记》的扉页上也是季老给我留下的题字。

喜欢一个人是有原因的，同样，恨一个人也是有缘由的。季老是闻名中外的学者、教授，兼容百家、学贯东西的学界泰斗，是知识分子的代表。几千年的历史表明，中国的知识分子最关心时事，最关心政治，最爱国。

千百年来，流传下来的为人所钦仰颂扬的作家或非作家无一不是敢说真话的人。说假话者，其中也不能说没有，他们只能做反面教材，被钉在历史的耻辱柱上。

但是，只说真话，还不能成为一个文学家。文学家必须有文采和深邃的思想。说真话离不开思想，但思想有深浅之别，有高下之别。思想浮浅而低下，即使是真话，也不能感动人，影响人。我在这里强调文采，因为不管思想多么高深，多么正确，多么放之四海而皆准，多么超出流俗，仍然不能成为文学作品。

季羡林说：如果不爱自己的祖国，巴老为什么以老迈龙钟之身，呕心沥血来写《随想录》呢？对广大的中国老中青知识分子来说，我想借用一句曾一度流行的，我似非懂又似懂的话：爱国没商量。

1966 年至 1977 年，对于季羡林而言，宛如做了一场噩梦。在这10 年内，他除了开会，被"打倒"，被关进牛棚，被批斗，被痛打之外，根本没有时间和心情搞学术研究。到了后期，他被分配到办公楼和学生宿舍去看守门房，收发信件和报纸。他枯坐于门房中，有时候忙，有时候闲得无聊，让珍贵的光阴白白地流逝。他实在不甘心，挖空心思，想找一点事干。季老这一生是翻译与创作并举，语言、历史与文艺理论齐抓，对比较文学、民间文学等也有浓厚兴趣，是一个典型的"大杂家"。

"我放心了，知识分子因言获罪的事情不会再发生了。"2008年4月，92岁的任继愈在国家图书馆参观完傅雷著作展后颤巍巍地说出这样一句话。我想，这也是任继愈对我们这个伟大时代的咏叹。季羡林把爱国主义当作人生信条，时常放在嘴边，他常说："爱国是第一位，是做人的基础。"

2008年10月，我到德国学习期间，曾到下萨克森州的沃尔夫斯堡参观德国大众汽车公司。尽管我们没有去下萨克森州南端的大学城哥廷根市参观，但我知道哥廷根大学同德国的海德堡大学、弗莱堡大学、图宾根大学一样属于传统的大学城，是"没有校门和围墙的大学"。45位诺贝尔奖得主曾在哥廷根大学学习、任教或研究。在阅读《留德十年》一书中，知道季羡林获哥廷根大学哲学博士学位。他把哥廷根称为他的第二故乡。

《留德十年》中的一篇文章叫《烽火连八岁·家书抵亿金》。季羡林曾写到他留学德国哥廷根时的战乱情形。

大战爆发以后，有几年的时间，哥廷根大学变成一个女子大学。男生几乎都被征从军，只剩下女生。奔走于全城各研究所，无论走进哪一间教室或实验室，都是粉白黛绿，仿佛到了女儿国一般。等到战争越过了最高峰逐渐走向结束的时候，从东部俄国前线上送回来了大量的德国伤兵，一部分就来到了哥廷根。这时候，在大街上奔走于全城各研究所之间的，除了女生以外，就是缺胳膊断腿的挂着双拐或单拐，甚至乘坐轮椅的伤残大学生。在上课的大楼中，在洁净明亮的走廊上，拐杖触地的清脆声处处可闻。这种声音回荡在粉白黛绿之间，让人听了，不知应当作何感想。德国的大音乐家还没有哪一个谱过拐声交响乐。我这个外乡人听了，真是欲哭无泪。

我曾在我的日记里写道："如今已近百岁的季羡林，对留下他青春和梦想的哥廷根是否又有新的感怀。如能故地再次重游哥廷根，对于百岁的季老该是多好啊！如今已是不可能了。"

季老在一篇文章里诙谐地说，北大教授按年龄顺序成一个长队。他还没有站在最前面。这个长队缓慢地向前迈进，目的地是八宝山。时不时地有人"捷足先登"，登的不是泰山，而是八宝山。他暗暗下定决心：决不抢先加塞，他要鱼贯而进。什么时候轮到他，他就要含笑挥手，向人间说一声"拜拜"了。但季老活在人们心中。

晚年魏巍二三事

2008 年 7 月 5 日，我应邀到北京中国现代文学馆参加 "时代的鼓手·诗人——田间诞辰 90 周年学术研讨会"。

在研讨会上，著名作家魏巍的女婿李新志宣读了魏老在病榻上写的纪念诗人田间的一篇文章。我这才得知魏老已经在医院住了好些日子。研讨会结束后，唐山晚报社记者安瑞华约请我一起来到解放军总医院探望魏老。

下午 3 时许，在解放军总医院南楼探视室认真地登记了身份证号码，我们便顺利地来到了病房门口。魏老的女儿魏平告诉我们，她爸爸还在午休，让我们在会客室里等待一下。

约一刻钟光景，魏平叫我们到魏老住的 10 号病房。魏老起床后简单地洗漱整理了一下，老伴刘秋华向魏老的手心上倒了一点大宝SOD 蜜。魏老很爽快地涂擦在自己的面颊上，红红脸膛顿时滋润起来。魏老见我们到病房，他不假思索地喊出我们两人的名字。

我们简约地向魏老汇报了上午田间学术研讨会的情况。魏老说，很遗憾在那篇纪念田间的文章里没有缀上他的战友、诗友邵子南的文字，并说没有必要让李新志念完自己的文章，应该把研讨会发言的时间多留给大家一些。我们为魏老惊人的记忆力和谦逊的风格而感动。交谈中，魏老把 2008 年年初由中国文联出版社出版的《新语丝》和《四行日记》两本新著送给了我们。《新语丝》收录了魏老最新创作的散文、杂文 70 余篇，为毛泽东百年诞辰创作的长篇报告文学《话说毛泽东》亦收录其中。《四行日记》是他 1952 年赴朝鲜战地深入采访、1965 年奉周总理之命与巴金共赴越南战地采访、两次重走长征路、深入石油一线了解工人生活而写下的作品结集。魏老对我们说，他对这两部作品很满意。

在魏老新版的两部著作的扉页上，他欣然握笔签名。在病房里签字的瞬间，我让安瑞华拍下了我和魏老的最后一次合影。

下午 4 时许，在魏平的提议下，我们与坐在轮椅上的魏老一起来到了医院里的小花园里游玩。魏老原来是为了一份承诺，他答应和自己的孙子、孙女来到院子里的鱼池旁来喂鱼的。孙子、孙女们拿着几个剩下的馒头片向池中的鱼儿投去，粉红色欢快的鱼儿竞相觅食。魏老看着孩子和我们围绕在身边，他是那么高兴，那么眷恋和孩子们在一起的时光！

花草鱼池，亭榭长廊，孩子在欢笑。突然，安瑞华轻轻地啜泣了。

"安瑞华，你……怎么……哭了？"魏老一边说，一边抚摸了一下轮椅旁边的拐杖，眼睛却望着池水中的鱼儿，眼神又是那么坚毅。

我为魏老惊人的观察力而感叹。我的眼睛也潮湿起来，我眼前仿佛又回忆起几年前的一件小事。

2000 年夏天的一个晚上，一位河南文友在我家看到我书柜里那一套广东人民出版社出版的 10 卷本《魏巍文集》后，他也想慕名索求一套《魏巍文集》。由于这位文友第二天急于赶回郑州，我便给魏老打电话说了此事。魏老愉快地答应了。当晚，我就去他家取回一套《魏巍文集》。在文集上，魏老为这位文友题了字，还专门为那位文友写了一张书法条幅。我记得是林则徐的一首诗。那天，我顺便给魏老放下 500 元书钱。谁知过了很长时间，魏老趁开研讨会的机会，送给我一个信封，里边装有 20 元钱。魏老告诉我，文集定价是480 元，退回你 20 元。我觉得魏老太较真。

他曾说，任何人都是以自己的言行写自己的历史，塑造自己的形象。文学艺术家写他人、画他人、演他人、唱他人，同时也是写自己、画自己、演自己、唱自己。做"一个高尚的人，一个纯粹的人，一个有道德的人，一个脱离了低级趣味的人，一个有益于人民的人"，很难。但那是我们所孜孜追求的人生理念。

"一首歌被听到是幸福；一首歌被记住，是更大的幸福；有几首歌被记住，是莫大的幸福。"著名音乐家王立平曾这样感慨地说。

我想，魏巍也应该属于幸福的人，因为人们记得他是"最可爱的人"。

8 月 24 日的晚上 7 点 12 分，也就是在我们到医院探视魏老后第 50 天，他在解放军总医院因肝癌病逝，享年 88 岁。8 月 30 日上午，前往八宝山送别魏巍的人络绎不绝。在送行的人群中，有一个坐在轮椅上的外国友人，引起我的注意，她就是国际主义战士寒春。她的丈夫叫阳早，也是来投奔中国革命的美国人。魏巍在《阳春白雪的故事——赞阳早和寒春》一文中曾称赞阳早、寒春是白求恩式的共产主义战士。望着参加告别仪式长长的队伍，我想，他们大都是怀着一种敬仰之情来向这位老人告别的。

回到家里，我翻开放在书架上的那本薄薄的"作品集"，看到魏老在扉页上用一封短信的形式写给我的几行字：

小班同志：看了你的这几篇小散文写得很不错，已经有一个好的起点。希望你在健康的道路上，继续跋涉，继续攀登。

记得在魏老的家里，挂着一张他自己题录的"宠辱不惊，看庭前花开花落；去留无意，任天上云卷云舒"的条幅，不知句中道出的是做人做事的一种精神境界，还是人类对生命和自然的敬畏之情，猜不透。

那年，采访魏巍

2003 年 6 月 22 日下午，一场夏雨洗涤了北京西山八大处，空气分外清新。在一位战士的引领下，我沿着盘山水泥路，来到半山坡上的一座小院。

精神矍铄的魏巍老人得知我要来采访他，早早就在一楼客厅里等我了。他穿着一条旧式绿军裤，两道寿眉给人祥瑞和蔼之感。客厅的墙壁上挂着画家李琦的画作鲁迅肖像。西墙上是一个大的镜框，框内装裱的是他的一幅书法作品——毛泽东词《沁园春·长沙》。

魏巍，1920 年 3 月生于河南郑州，原名魏鸿杰。17 岁辗转跋涉到山西临汾赵城马牧村，找到了八路军——五师军政干校投考，入学时把名字改为"魏巍"。魏巍长期在部队工作，曾任原总政创作室副主任，原北京军区文化部部长，原北京军区政治部顾问等。魏巍是一届、二届、三届全国人大代表，他还是中国文联荣誉委员、中国作协荣誉委员。他的长篇小说《东方》获首届茅盾文学奖、首届中国人民解放军文艺奖和首届人民文学奖，长篇小说《地球的红飘带》获"人生的路标"奖及人民文学奖。

魏巍同志告诉我："前几天辽宁丹东抗美援朝纪念馆给我来信，要我写点东西，我给他们寄去了我写的一幅字：'抗美援朝的胜利，是中华民族最辉煌的纪念碑'。严格地说，应该是抗美援朝战争的胜利，是中华民族近代史上最辉煌的纪念碑。"

经过三年浴血奋战，中朝人民胜利了，东方胜利了！美帝国主义在其霸道史上第一次遭到了沉重的打击，世界人民拍手称快，华尔街舆论大哗。侵略者搬起石头砸了自己的脚，只能哆嗦着手在停战协定上签字。新生的中华人民共和国经受住了抗美援朝战争的严峻考验。

魏巍深情地回忆了 50 多年前的那段战火纷飞的岁月……

1950 年 12 月中旬，魏巍接到任务，到朝鲜去了解美军战俘的政治思想情况。此次与他共同执行任务的有新华社的顾问、英国共产党伦敦区的书记夏庇若同志和新华社的处长陈龙同志。风雪弥漫，他们组成一个小组到了朝鲜，在志愿军总部与政治部主任杜平同志见了面后就前往碧潼战俘营了解美军情况。魏巍等三人在那里接触了许多美国士兵和军官，同他们进行了个别谈话。这些俘虏中不少是参加过第二次世界大战的官兵，多数表现出厌战情绪，不愿远离故土，不理解也不愿意参加这次战争。

他们完成了调查美军情况的任务，给总政写了一份报告。可是大家不约而同地都想到前方阵地去看看。于是他们顶着严冬的风雪，冒着敌机、敌炮的轰炸奔赴汉江南岸。夏庇若等同志到了汉城，魏巍则到了前线部队。

在志愿军里，魏巍耳闻目睹了许多撼人心魄的事情，他决心留下来。此次在部队采访历时三个月，他看到我们的战士在面临艰巨的任务和艰苦的环境时所表现出的英勇、顽强的精神，比起过去在抗日战争和解放战争中所看到的还有更高的发展，特别是这种英勇精神的普遍性，更是空前的。伤员随队作战的比住院疗养的人数还多，这是世界战争史上的奇迹。

在朝鲜时，魏巍曾无数次问过自己，我们的战士为什么那么英勇，硬是不怕死呢！那种高度的英雄气概是怎样产生的呢？他带着这些问题访问了志愿军中各种岗位上的同志。

1951 年 3 月，他从朝鲜回国，调任《解放军文艺》副主编。4 月 11 日，他撰写的战地通讯《谁是最可爱的人》在《人民日报》头版发表。毛泽东主席读后批示"印发全军"。朱德同志读了这篇文章连声称赞："写得好，很好！"《谁是最可爱的人》在全国以及朝鲜战场的志愿军内部产生极其强烈的反响，鼓舞了部队的斗志和士气，激发了国内开展抗美援朝运动的热情。自此，"最可爱的人"便成为志愿军官兵的光荣称号，从此，写给"最可爱的人"的慰问信，雪片似的从祖国四面八方飞过鸭绿江，魏巍的名字也由此传遍全国。后来，《谁是最可爱的人》入选中学语文课本，影响了几代中国人。

从 1950 年到 1958 年，魏巍三次赴朝。在志愿军撤离朝鲜的时候，他还写了《依依惜别的深情》等文章。这些文章后来被结集出版为《谁是最可爱的人》一书，并被译成多种外国文字。

魏巍同志说："他们由于锻炼与认识的不同，虽然有些差异，但是都有着共同的一点，即对于伟大祖国的爱，对于朝鲜人民深刻的同情，和在这基础上做一个革命英雄的荣誉心。于是，我了解了在党的教育下这种伟大深厚的爱国主义与国际主义的思想和感情，就是我们的战士英勇无畏的最基本的动力。"

"近100年来，我们中华民族经历了许多灾难和不幸，签订了许多丧权辱国的不平等条约。抗日战争和抗美援朝战争的胜利是中国人民战争史上的华章。抗日战争的胜利是国共两党合作下取得的。而抗美援朝战争的胜利却是在中国共产党领导下夺取的。那时中国人民刚刚胜利，新中国刚刚成立不久，西藏还没有解放。立足未稳，战争的创伤还没有恢复。敌我力量悬殊，武器装备也不好，美强我弱。我们打败了美国支持的蒋介石，还不曾与美军直接交手。我们处在恢复百孔千疮经济的艰难时期，美帝国主义打来了，你能够说，现在我们没有力量，要先把经济搞上去，不去支援朝鲜？唇亡齿寒呀，不能！所以，'抗美援朝、保家卫国'八个字成了全国人民的强大精神动力。抗美援朝战争的胜利有四个方面的决定因素：一是毛泽东同志的英明决策和指挥，如果不具有毛泽东同志那种异于常人的胆略，是不会做出这种果断的决策的；二是我们的将士无比英勇；三是全国人民的大力支援；四是与朝鲜军民的亲密合作。正是这四方面的因素，才充分发挥了正义战争的威力，越战越强，最后才达到了完全的胜利。"

我分明看得出魏巍老人眼神里有一种对信仰的坚定和执着。

"记得杨得志司令员和我谈话时说道：我们对军事形势要有正确的估计，当前，美军攻下我们的阵地是不可能的，上甘岭的战斗就是一个例子。而我们志愿军却可以攻破敌人的阵地，金城战役就是一个例子。所以美国不能不同意停战。"

魏巍同志说："中国人民志愿军与朝鲜军民并肩奋战，击败了美帝国主义的猖狂进攻，保卫了中朝两国的社会主义制度，也保卫了

127

世界和平。抗美援朝战争，空前沉重地打击了美帝国主义，使这个最强大、最凶恶的帝国主义遭受空前未有的失败。50多年前，伟大领袖毛泽东主席与中国人民所表现出的不怕帝国主义，敢于斗争、敢于胜利的胆识与豪气，不仅向全世界宣告了东方人民的新生及其不可战胜的力量，同时它将永远昭示我们的子孙后代，牢记历史，继承先辈精神，并以之去建设我们的社会主义国家，去正确认识和对待世界上发生的种种事情，并百倍地提高警惕以防止和反对帝国主义随时可能发动的侵略战争。"

生命在柯岩的作品中延续

2011年12月19日上午，我参加了女作家、诗人柯岩的告别仪式。灵厅里，没有低回的哀乐，这里静悄悄。

柯岩的诗歌《周总理，你在哪里》曾被收入小学语文课本，产生了巨大的影响。她的长篇小说《寻找回来的世界》被改编成同名电视剧，是反映挽救失足青年的现实题材作品，在当时引起强烈反响。柯岩的儿童诗对孩子们倾注了纯真的母爱。大家去医院探望她时，她总说，你们就把购买鲜花的钱献给希望工程吧。

柯岩是很有良知、很有骨气、有着悲悯情怀的作家，她关心、爱护作家。改革开放后还经历了被一些评论家一会儿认为偏"左"，一会儿又说偏"右"的非议。她从一开始坚持的就是一种大的文学观，与国家、民族关联的文学让她的文字始终都充溢着力量。她把文学的事业本身与民族的解放、理想、信仰等联系在一起，并且这种信念从来没有动摇过。柯岩的作品表现了中国气派、中国风格、中国特色，是对中国文化传统扬承。

柯岩为人民写作、为人民担当、为人民而歌。她是当代文学史上绕不过去的重要作家，作品从来都是描写老百姓、劳动者和奉献者的形象。她"与史同在"。柯岩说："我是谁？我是祖国密密森林里的一棵小树，我必须像我的前辈老树们那样学习着为人民送去新鲜的氧气、片片绿荫和阵阵清风……"

在送别者的队伍里，我看到躺在鲜花丛中的柯岩身旁是贺敬之手书的挽歌：

小柯，你在哪里？谁说你已离我而去？不，你我的同一个生命永在！永在这里——在战士队列，在祖国大地，在昨天、今天和明天，永远前进的足迹里……

我感佩贺敬之与柯岩的"诗情话意"和他们永不泯灭的激情。以柯岩为代表的老一代的写作者，不管时世怎样变化，心中一直有一种理想的感召、情感的燃烧。她勇于坚持自己的创作信仰和理想，她的生命永远在她的作品中延续。

怀念戈焰

戈焰走了，她是著名抗战诗人钱丹辉的夫人。钱丹辉曾任陕西省社会科学院副院长，他是 2007 年 7 月 6 日去世的，时年 89 岁。记得 2005 年夏天我去西安时还曾拜访过他。戈焰去世的消息是我从一位朋友发给我的一封邮件中得知的。

2010 年 6 月 5 日的《陕西日报》报道中这样写道：

报社离休干部、高级记者戈焰同志，因病医治无效，不幸于 2010 年 6 月 1 日凌晨 2 时逝世，享年 89 岁。戈焰，重庆涪陵人，1923 年 9 月出生，1938 年 10 月参加革命并同时加入中国共产党。1987 年元月离休，离休时享受副厅局级政治生活待遇。

我曾在出差西安的时候，去她家看望过她，是到报社家属院打听着找到她家的。她还为我做了一顿早餐。后来我曾写了一篇《戈焰小记》并将其收录到我 2007 年出版的《心旅不寂寞》一书中。

她是一个非常有激情的老人。记得在 1997 年以后召开的几次研讨会上，她还即兴表演了踢踏舞。她声如洪钟，是一个很奔放的人。我们相识了 10 多年。她年轻时一定是风姿绰约的貌美女子。她原名郭丽君，是中国作协会员，当代著名作家、诗人、高级记者。1939年参加西北战地服务团。1942 年毕业于华北联合大学文学系，抗战期间在一线从事记者工作。1965 年调来西安，1972 年起成为专业作家。她的散文《满城的一个游击小组》，在 1995 年被中国作协推荐为抗战文学作品 100 名篇之一，荣获中国作协赠予抗战老作家"以笔为枪投身抗战"铜质纪念牌。

据说抗战诗人邵子南，曾是她的第一位诗友、恋人。我在研讨会上认识了邵子南遗孀以及邵子南女儿，她们在郑州居住，后来我们还通信了几次。

戈焰因为出版了《邵子南与〈白毛女〉》一书，而遭到了是是非非的评论。是否她的辞世与此事有关呢？历史上的许多细节是需要付出很大的精力和思考来证明的。

记得我在和她谈到诗歌创作时，她曾说：

我曾读过诗，学过诗，然而依然是不会写诗。之所以写诗，而且在那整天穿越在硝烟弥漫的日子里，竟写下数十首诗，真可说得上是我写诗的黄金时代。因为我曾在延安圣地，在晋察冀模范抗日根据地，那里充满了阳光，到处是歌声，真正的民主、自由、平等、博爱，一种不可抗拒的激情，就自然而然从内心泛开出诗花。诗，源于生活高于生活激情于生活，没有激情的诗，就不是诗，至少不是好诗。好诗不但要有激情的震撼，更要有灵感的冲击。可是要来灵感真不是容易之事，有时一夜夜不能眠。灵感也不会从天而降；有时灵感是"逼"出来的；有时又似乎神出鬼没一瞬间飘浮在脑海

里；有时走在街头，灵感和你擦肩而过……没有别的办法，只有穷
追，像追求心中的人一样，决不丢弃时机，哪怕是深夜，得紧紧抱
住她，她就会使你雕琢出别人没有而你自己独有特色的诗情、诗语。
诗就会增添独特的具有魅力的色彩。

诗要有丰富的想象力，需要灵感。灵感是什么？是诗人沉睡的
梦幻突然觉醒，是智慧的花儿突然开放，是积淀的意念突然展现，
是生活的天窗突然打开，是窗外新鲜空气突然吸摄你的心灵。灵感
钟情于生活，钟情于情理，钟情于大自然。灵感来源于苦思苦念，
来源于认知，来源于生活的实践。作为诗人，最重要的是看你的诗
是不是能吸引和撼动人的心灵。

那一天，她说了很久。1939 年，她当了文艺兵，以后又当了记
者，一个风华正茂的女战士，一腔热血，穿越在激烈的炮火连天的
包围圈里，一只手持六轮小枪，一只手拿笔杆，以爱之花，泛开在
人民群众的身上。"文化大革命"时，她受到迫害，劳动改造了 4 年。

戈焰老人眼里似乎有一些泪水。她说：

我一点也不心抖，依然冷静，我写作灵感降临，写下散文《月
亮作证》。刚一落笔，不知怎的，就倒于地上。四小时后活过来，正
是深夜。是月亮救活了我，是我的小女儿救活了我，是作协的同志
救活了我。从此与人不同的是我获得第三次生命。激情和灵感促使
我，在散文的最后，抒发出一首诗《我是月亮的女儿》。这才深深体
会到：诗，是真正从内心发出的震撼的美声。

戈焰老人还说了自己的爱情观。"我一辈子都在追求真实的爱情、

爱情的真实。或者说是个理想主义者。"

我没有想到 80 多岁的老人，战时流过血，和平时期流过汗、流过泪，还被改造过。她到死还是一个享受副局级政治生活待遇的老革命的乐观派诗人。想起那个战乱年代，一个个青春芳华的年轻人挣脱羁绊奔赴光明，他们激情如火，投入战斗。我们怎能不为那一代人付出的"血和泪"而唏嘘呢！

从你这本散文集看，我已看出你的人品、文品，你是一个富有思索具有高度概括能力、正派的青年作家。现在这个时代，极需要你这种作家，去为党、为人民呼吁啊……愿你再接再厉，更上一层楼！

戈焰在 2007 年 8 月 18 日写给我的一封信中这样勉励我。

我非常汗颜，非常内疚。甚至对于戈焰晚年的一些言行也不甚理解，以至于没有主动地回复过一次她的电话。所以她的家人可能也因为我和她后来思想上的差异没有寄给我她去世的消息，乃至半年后从网上她的"遗著"两个字中才知悉她已驾鹤远去。

气势磅礴的路遥

2009 年 7 月，我到延安调研。早就知道路遥长眠在延安大学的后山坡上，这次延安之行，我前往路遥墓祭拜了我崇拜的路遥。

1992 年 11 月 17 日，路遥在西安病逝，生于 1949 年的他年仅 42 岁。2009 年是路遥 60 周年诞辰。14 日上午，拜谒路遥的愿望终于匆匆成行。

进大门时，我看见吴玉章老人的塑像立在学校的一座大楼前。我从一座楼的后面沿着蜿蜒的小道向文汇山上前行。没走多远就不见一开始在脚下铺就的水泥山间小道，山腰上泥石流一样的混合物从前方流泻下来。身边还有背着满满一袋子石子的民工艰难地蹒跚着向山上运送。随着路遥墓地的接近，才知道那是民工们在修筑一条通往墓地的水泥小道。看来过去来瞻仰路遥的人，都是走平时没有铺就的山间小道了。由于过去的小道正在用水、石子、水泥等混合物在改建，我就在民工的帮助下，从东南角的一个斜坡上爬了上去。

我终于来到了《人生》和《平凡的世界》的作者路遥的永远睡

着的地方。陵墓坐北朝南，依山而建的是一堵墓墙，左上角是一头拓荒牛画像。墙体上写道：像牛一样劳动，像土地一样奉献——路遥。

墙的前面就是高高耸起、圆圆的、宛如立起的一个高粱馍馍，周围都是一块块方石垒砌而成。这就是路遥的安身之处——路遥之墓。再前面就是两米多高四方长柱石体托起路遥的头像。他戴着眼镜，忧郁地思考着，并坚毅地注视着前方。路遥的"脚"下的石体两层台阶上放着一个花篮，篮子里的绿色植物，在阳光灼烤下，有的叶子已经干枯，有的却依然鲜活。

在墓的左前方还有两处圆石桌，桌上面刻着"平凡的世界，辉煌的人生"，那是《平凡的世界》的责任编辑李金玉为路遥修建的。另一个石桌上写着"陕北的光荣，时代的骄傲"。石圆桌的四周还摆放着小石凳，看来是为了方便大家追思路遥时休息用的。这是和路遥心灵对接的一种方式，在哪里能见到这种设计呢？这就是平等与平和的风格彰显。

1988年，中央人民广播电台播出了《平凡的世界》这部小说，随即引起轰动。那时我在北京的一所军校里读书。战友们尤其是为平凡人物的"青春之歌"感叹而振奋。从那时起我认识了演播《平凡的世界》的"李冶默"（音）。我手里的三本《平凡的世界》还是20年前刚刚发行时从新华书店里买的。我清楚地记得当时还给我在张家口的战友买了一套寄了去。我手里的这套《平凡的世界》，几乎每章里都有我密密麻麻的批注。我曾给我的一位恋人以及现在的妻子分享过阅读的快乐，去品咂爱情的悲欢离合。

文学可以给人带来力量，给人生以启迪。阅读是社会精神生活的延伸。在紧张繁忙的工作中，人很容易迷失自己。人经历得多了，渐渐被生活磨去了棱角，偶尔翻看回忆起《平凡的世界》里的文字，更能体会出作者的精神家园。我发现，我还可以感动，还可以从平凡中读出高尚，还可以为人物的命运而流泪。

这一部用生命写成的书，值得每一个愿意走进文学和历史的人读一读。作者运用严谨的现实主义创作手法和态度使得这部小说成为读者了解那段历史的一本生动而不可多得的辅助教材。路遥不为时尚所动，坚持走自己特色的写作路子，再次攀登艺术之峰，历史和读者也赋予了这部书真正的生命力、感染力。作家的劳动绝不仅仅是为了取悦于当代，更重要的是给历史一个深厚的交代。写小说不了解历史不行，不懂政治也不行，不能把握时代脉动更不行，尤其是创作鸿篇巨制。像《红楼梦》《静静的顿河》《战争与和平》等，都证明了这一点。而路遥翻阅了中国 1975 年到 1985 年整整 10 年间的《人民日报》《红旗》杂志等带有中国政治符号的报刊。正如贾平凹所说的，他是一个"政治家"。

在书中，路遥融入黄土地的深情，把国家大事、政治形势、家族矛盾、社会的深刻变革、农民生活的艰辛、新一代的感情纠葛，以及黄土高原古朴的道德风尚、生活习俗都真实而细腻地描绘出来，构成了一幅 20 世纪 70 年代中期至 80 年代中期，即"文化大革命"末期至改革开放初期我国城乡社会生活的全景式画卷。

路遥在小说里说：

不仅黄原地区，整个中国发生了多么大的变化呀！许多不久前人们连想也不敢想的事，现在却成了我们生活中最一般的现象。中国的变化震动了资本主义国家，震动了社会主义国家，也震动了中国自己。阐述这个变化的深远历史意义也许不是小说家所能胜任的。我们只是在描绘这个历史大背景下人们的生活。我们这一代人经历了如此深刻而又富于戏剧性的历程，现在还是孩子的人们，将不会全部理解我们这代人对生活的那种复杂的体验。是的，我们经历了一个大时代。我们穿越过各种历史的暴风骤雨。上至领袖人物，下至普通老百姓，身心都不同程度地留下了伤痕。甚至在我们生命结束之前，也许还不会看到这个社会的完全成熟，而大概只能看出一个大的趋势来。但我们仍然有理由为自己生活过的土地和岁月而感到自豪！我们这代人所做的可能仅仅是，用我们的经验、教训、泪水、汗水和鲜血掺和的混凝土，为中国光辉的未来打下一个基础。毫无疑问，在这一历史进程中，社会和我们自身的局限以及种种缺陷弊端是不可避免的。但这绝不能成为倒退的口实。应该明白，这些局限和缺陷是社会进步到更高阶段上产生的。可是，在具体的现实生活中，坚持前行的人们，步履总是十分艰难的。中国式的改革就会遇到中国式的阻力。

多么气势磅礴的路遥啊！我们也不得不佩服路遥深远的政治眼光和深厚的政治文化。我从路遥之墓下山的时候，还遇见三三两两背着石子前行的农民般的工人。下山后，我又来到路遥在延安大学内经常读书的地方，那里也立着与山上一样的路遥的一尊头像，那是中国作家协会、中华文学基金会和陕西省作家协会一起为他修建的。大学生们还在为本学期课程考试而拼命地默诵着曾经学习过的内容。看得出这些学生真心苦读的认真精神。路遥远去了，而孩子们仍然绵延不息地"像牛一样劳动"着，像蜜蜂们一样地忙碌着。

坐在回学院的车上，我又在想：为什么一个在 1909 年 9 月 9 日出生的、延安大学的终身教授名字叫布里几德·克阿的女士于2007年6月1日在日本辞世后，也葬在这座依山而建的大学里？

回到家里，查找了布里几德·克阿女士的资料，才知道她于2007年6月1日在日本东京逝世。克阿女士1909年9月9日出生于美国纽约，1986年应聘来延安大学外语学院任教，先后承担了美国历史、美国文学史、美国文学欣赏、英国历史、英国文学史、英国文学欣赏、写作等课程的授课任务。她热忱关心学校的建设与发展，曾在香港《大公报》撰文呼吁海外侨胞支持延安大学的建设，并选送8名教师和学生赴美留学，募款捐资20万美元帮助修建了外语教学楼。由于为延安大学的发展建设作出了巨大贡献，她多次被评为陕西省优秀外籍教师。她与路遥一样都是延安大学的骄傲。

迟到的哀思

元旦过去了，一切的感受都还是新的。每逢这样的日子，人们总是在相互祝福。

1991 年 1 月 20 日，星期天，我轻轻叩开安定门外康老的家门，一下子给呆住了。小客厅的墙壁上挂着"康濯同志千古"的巨幅挽联，桌子上摆放着令人惊悸的花环。我意识到我来迟了。没有见到一向精神矍铄的康老，也永远看不到他的笑貌音容了。

我想伏案大哭，但哭不出来。我和康老的交往不算长，始于1989 年秋。康老住我们医院，康老的爱人王勉思阿姨办理入院手续时认识的。

在解放军艺术学院，老师曾饶有兴致地结合《我的两家房东》给我们一帮学子讲析康濯小说的创作特色，评介这位解放区成长起来的以描写新的农村生活著称的作家。于是，在医院的日子里，便开始了我们的忘年之交。他给我讲赵树理、陈登科等作家写作的故事，讲在延安的日子和同岁战友魏巍的《地球的红飘带》，讲他的学生从维熙《远去的白帆》……他还给我修改小散文，并一再叮嘱我

140

多学哲学、多读多写，形成自己的风格。想起来很惭愧，这方面，自己做得太少太少。

在生病住院期间，康老仍在看，仍在写，仍在接受稿约，仍在给年轻作者改稿子。身体支撑不住，自己就口述，让女儿记录。后来在康老住进和平里医院、中医医院时，我总要去探望他，聆听他的教诲。记得一次是他在不得不吸氧的情况下，讲述了他和孙犁同志半个世纪的情谊。在那场浩劫中，他的许多珍藏也都散失殆尽，唯独孙犁的信件奇迹般地片纸无损。说到他珍藏的1939年7月孙犁手订的长不过4寸、宽不足3寸、厚仅有9页，岁月淘洗了50年，纸张亦已焦黄的手抄本，在康老为之动容的表情里，我看到这不起眼的小本本却比许多精装的鸿篇巨制都要珍贵。在生命的最后一年里，他写下了40多万字的东西。《中国新文学大系》第三个10年短篇小说、《中国解放区文学书系》小说篇分工由康老主编，写分卷序言。老伴劝他把这件事交给其他同志办算了，身体又不好，可康老说："这是我接受了的任务，怎么能推给别人？再说我对这些作家作品非常熟悉，交给别人哪能像我这么顺手呢？"康老凭超常的记忆，提出哪些作家哪些作品应该入选。他满怀感情为穿越枪林弹雨的战友做这项工作，使这两部有历史意义的书卷更充分地反映出那个时代。选目定下后，他着手写出1万多字的分卷序言。他太累了。一位青年收到康老从病榻上寄去的信稿，小伙子哭了，来信说什么也不忍心让康老为扶持青年作者耗尽最后的一丝生命。在近年康老交往的人中，一多半是青年朋友。他的日记一直写到1月13日。也是在13日，我看到了1990年12月28日《人民日报》"大地"副刊上康老的《写在亚运会之后》，我特意拨响了电话，勉思阿姨说，康老一切很好。可万万没想到在事隔两天的 1 月 5 日 22 时 30 分，康老永寂了，永别了人民的"大地"。

午饭，勉思阿姨和孩子们同餐。康老可爱的小孙女毛米米还和往常一样读不懂大人们的表情。我久久凝望着桌上那幅延安时期康老的青年形象。照片下的白纸上，是勉思阿姨亲笔写的一条挽辞：

老康啊！在你弥留之际，你是多么难舍下胜过你的生命的文学事业，难舍你的亲人，我们忍着心灵的剧痛，陪伴你度过这最后的时刻。

"春种秋收音容宛在，水滴石穿遗篇永存"，引李凖同志的挽联作尾，但伤感哀思不尽。

朱子奇：诗情永远

2020 年 4 月 13 日，是著名诗人、中国作家协会原党组副书记朱子奇同志 100 周年诞辰。中国作家网推出了"纪念朱子奇同志百年诞辰"专题，以视频、图文等方式缅怀前辈，来回顾朱子奇同志的生平与创作。

诗页回响，诗情永远。我和诗人朱子奇同志第一次见面是在 1999 年 6 月。中国解放区文学研究会第九届学术研讨会在北京北郊的石油干部学院召开。

那时我还在部队工作，临时为研讨会做会务服务。魏巍同志是中国解放区文学研究会的会长，朱子奇同志应邀出席研讨会。那一天，出席研讨会的文艺界的老领导、老作家、老艺术家还有林默涵、贺敬之、胡可、曾克、钱丹辉、葛文、雷加、徐非光，等等。那是我与朱子奇同志的第一次相识。

席间，听魏巍同志介绍，早年在延安时，他和朱子奇同志一起办抗日诗歌墙头报，有战友情谊、革命友谊，是患难诗友。那次会后，我收藏了魏巍同志题写书名的《朱子奇诗选》、李琦同志题写书名的《朱子奇诗创作评论选》等书籍。

后来我还参与了由朱子奇、魏巍、邓力群、袁宝华、李尔重等同志任顾问的《人民领袖毛泽东丛书》的编辑工作，采访并整理的陈明回忆毛泽东同志的文章《永远怀念毛泽东》被收入该书。

2012 年 10 月 12 日至 14 日，我在朱子奇同志的家乡湖南汝城参加了《红旗漫卷诸广山》电视专题片的审片会。其间，我参观了汝城籍革命前辈朱良才、李涛、宋裕和同志故居，也走进了由贺敬之同志题写匾额的朱子奇故居。

在研讨会上，我结识了朱子奇同志的儿子朱宁生、女儿朱维平，后来我们也成了多年的好朋友。朱维平大姐还曾送给我一本汝城县编印的《红色记忆》画册，内有一则"半条棉被"的故事，深深感染了我。故事讲的就是我们党和人民群众的鱼水情。我为此曾撰写了一篇评论，题为《脱离群众是危险的》，后被收入我的一本文集里。

故事记录的是 1934 年 11 月 6 日的晚上，湖南汝城县文明乡沙洲村，"半条棉被"的故事从这里开始。那天，当地百姓徐解秀和前来借宿的 3 位红军女战士睡在自家的厢房里，4 个人盖着她床上的一块烂棉絮和女红军自带的一条被子。第二天下午 3 点多，红军要开拔了，3 位红军女战士把她们仅有的一条被子剪下半条留给徐解秀。这个故事今天读后仍然让人唏嘘不已。当年看到《经济日报》记者罗开富写的这篇报道，邓颖超、蔡畅、康克清等十几位参加过长征的女红军委托他人发表的谈话也见了报："悠悠五十载，沧海变桑田。可对那些在革命最艰难的时候帮助过红军的父老乡亲们，我们永远不会忘记。请罗开富同志捎句话：我们也想念大爷、大娘、大哥、大嫂们！"

2016 年 10 月，习近平总书记在纪念红军长征胜利 80 周年大会上的讲话中深情讲述了发生在朱子奇同志家乡汝城县的这个"半条棉被"的感人故事，就是要教育全党：走好今天的长征路，必须把人民放在心中最高位置，坚持一切为了人民、一切依靠人民，为人民过上更加美好的生活而矢志奋斗。

朱宁生兄回忆说，父亲朱子奇小时候随祖母长大。祖母常教他父亲读诗词，背诵岳飞的《满江红》，唱《木兰词》，这可以说是对他父亲进行了爱国主义启蒙教育。1927 年，朱德与陈毅带领部队路过家乡，播下了红色革命火种。他父亲曾两次偷偷离家出走，去寻找红军，都被家里用绳子捆了回去。家里怕父亲出事，就把他父亲送到南京小叔叔那里看管。小叔叔因公事繁忙，无暇照顾他父亲，便把他父亲送到了南京教会孤儿院，他父亲便成了一名有父母的"孤儿"……

朱宁生兄说，他父亲晚年重病缠身，神志模糊，要求再看一眼天安门。他便陪着父亲坐车围绕天安门广场慢慢行驶了两圈，他父亲疲倦的面容上露出满意的笑容。我想，朱子奇同志或许也在构思着《我在天安门前走过》这样一首长长的抒情诗。

朱宁生兄曾提到，党的五大书记之一的任弼时同志因病在苏联疗养期间，朱子奇同志担任任弼时同志的秘书。朱子奇同志一生中多次受到毛主席的接见，一直想把它写下来，但他颤抖的手已经拿不起笔来，朱宁生兄便在他父亲断断续续的述说中记录下了朱子奇同志记忆中最重要的六次。

我想，这也是朱子奇同志的一份珍贵的口述史料。2012 年 9 月 16 日和 11 月 18 日，朱宁生兄又安排我两次采访了朱子奇同志的夫人陆璀同志，文章《跨世纪老人与她的晨星集》被《党史博览》杂志刊登，被数十家媒体转载。

朱子奇同志的诗歌最突出的特点，是他始终把个人命运和党的命运、祖国和人民的命运紧密联结在一起。在光明与黑暗、进步与倒退以及真善美与假恶丑之间，他毫不动摇地站在歌颂光明、鞭挞黑暗、歌颂进步、反对倒退、歌颂真善美、批判假恶丑的立场上，体现出一个革命诗人始终不渝的情操与气节。开阔的国际视野，坚定的政治立场，真挚的爱党爱国感情，与党和祖国共命运的自觉意识，构成了他诗歌作品最主要的感情基调和思想特点。正是他这种始终不渝的立场和真挚纯粹的感情，使朱子奇同志长期保持创作的热情，用炽热情怀歌咏时代。

一位叫陈明仙的老同志撰文说，朱子奇同志为人单纯，没有城府，丝毫不像参加革命多年的老干部。无论对人对事，他总是保持着一种朝气蓬勃、热情澎湃的样子。

在朱子奇百年诞辰之际，中国作家协会主席铁凝专门写下一段深情的话，评价了朱子奇同志的为人与他的文章。

回顾朱子奇同志的一生，出现在我们眼前的，是一位行进在烽火硝烟中的革命战士，是一位投身于新中国文艺事业发展、致力于世界人民友谊与交流的文化活动家，是一位热情讴歌祖国与人民的卓越诗人。朱子奇同志的诗集《春鸟集》《春草集》《友谊集》，散文集《十二月的莫斯科》《飞向世界》等，铭刻着中外文学交流的一段光荣历程，是新中国文学的重要收获。朱子奇同志的诗与人，始终秉持着坚定的信仰、燃烧着火热的激情。这种信仰与激情，将长久地感染并激励着今天的写作者和时代的后来人。

下　篇

难忘五月的风

2008 年 5 月的山东之行，在我心中留下印象颇深的，还是要数在青岛那天风雨交加的晚上看到的那座高大而飘逸的火炬形红色雕塑——"五月的风"。它耸立在亮丽的青岛五四广场南端半圆形的场地上。这座巨型雕塑整体用钢板 700 吨，高 30 米，最大直径 27 米。那艳似霞、红如血的火炬，牵引着我回想到近百年前的红五月。

1918 年第一次世界大战结束。1919 年 1 月，战胜国在巴黎召开"和平会议"。中国代表团以战胜国身份参加巴黎和会，提出了取消列强在华的各项特权，取消日本帝国主义与袁世凯订立的"二十一条"不平等条约，归还大战期间日本从德国手中夺去的在山东的各项特权等要求。巴黎和会在帝国主义列强操纵下，不但拒绝中国的要求，而且在对德和约上，明文规定把德国在山东的特权，全部转让给日本。北京政府竟准备在"和约"上签字，激起了中国人民的强烈反抗。

巴黎和会上中国外交失败的消息传到国内，久郁在中国人民胸中的怒火，像火山一样爆发出来了。5 月 3 日晚，北京大学校园一片沸腾，北京大学学生和北京十几所学校的学生代表聚集在这里讨论如何拯救祖国、挽回主权等问题，并决定 5 月 4 日齐集天安门举行学界大示威。5 月 4 日下午，北京大学等十几所学校的学生 3000 多人在天安门前集会，随后举行示威游行。

现在日本在万国和会要求并吞青岛，管理山东一切权利，就要成功了！他们的外交大胜利了，我们的外交大失败了！山东大势一去，就是破坏中国的领土！中国的领土破坏，中国就亡了！所以我们学界今天排队到各公使馆去要求各国出来维持公理，务望全国工商各界，一律起来设法开国民大会，外争主权，内除国贼，中国存亡，就在此一举了……国亡了！同胞起来呀！

这是血泪凝成的文字，这是催人前行的号角。北京学生的爱国运动，得到了全国各地青年学生和人民群众的同情和支持，学生爱国运动的烈火迅燃全国，发展成为全国性的反帝爱国运动。济南、天津、上海、南京、郑州、成都、长沙、武汉、广州等大中城市的学生，在日本、法国的中国留学生，以及海外华侨，都积极展开不同形式的反帝爱国运动。

五月的风，吹醒了在巴黎的中国代表团，他们在国内外强大舆论压力下最终没在和约上签字。五月的风，吹遍了华夏大地，情愤激昂的青年学生奔走呐喊，不畏强暴，他们用自己的热血和行动维护了国家主权的完整，他们用年轻的身躯捍卫了中华民族的利益，并为民族的新生播下了燎原的火种，为中国的现代史书写了厚重的一笔。五四运动是一座丰碑，是中国青年运动与国家前途、民族命运血脉相连、共同奋进的历史起点。

青春的豪情只有在时代潮流中燃烧，才能汇聚成推动历史进步的强大力量。近百年来，一代又一代有志青年，在爱国、进步、民主、科学的五四精神感召下，心系民族命运，心系国家发展，心系人民福祉，用青春和热血书写了中国青年运动的壮丽篇章。

五月的风啊，您以先驱们的血肉与现代的钢筋混合，以单纯洗炼的元素排列成旋转腾升的风，彰显了五四运动反帝反封建的爱国主义基调和张扬腾升的民族气魄。

近百年后的今天，当中华民族洗刷了昔日的耻辱站立于世界民族之林的时候，我们仍然追念那些为了今天自由、美好、安宁、祥和的美好时光献出生命的长袍大褂的人。向上升腾的红色风旋啊，是青岛人，不！是整个轩辕子孙对那些为国土一统的先驱者的最大褒扬，它凝涵着他们的血肉和神灵。向上升腾的红色风旋啊，您是一尊火把，点亮了国人心中希冀的灯。让我们力擎着它向着光明，向着未来，去高扬、去奋争、去践行！

五月的风啊！您凝重，您飞扬。您让我神形遐思、豪情盈怀，您让我回望昨天、远眺将来！

五月的风啊！我心中——希望的风、火红的风、青春的风！

秋兴悲歌

最近翻阅《陈独秀与胡适》(湖北人民出版社，朱洪著)一书，看到陈独秀录杜甫《秋兴八首》之八诗作送"怀甫先生"的书法屏幅，屏幅上写道："昆明(应为'吾'，此疑为陈独秀笔误)御宿自逶迤，紫阁峰阴入渼陂。香稻啄余鹦鹉粒，碧梧栖老凤皇(应为'凰')枝。佳人拾翠春相问，仙侣同舟晚更移。彩笔昔曾干气象，白头吟望苦低垂。"陈独秀从小临池习字，不仅写得一手好字，而且对书法有很高的鉴赏力。这幅书法是陈独秀用草书书写的。整幅作品62个字，外加上一枚陈独秀的名章，一气呵成，血肉丰满，刚柔相济，气势雄浑，笔法圆熟，具有很强的艺术感染力，堪称陈独秀的一幅不可多得的草书佳作。由于作品上没有写年份，只能推测其完成于1933年以后的蹉跎岁月里。

1932年10月，54岁的陈独秀在上海租界被捕，旋即被引渡到国民党当局，随后又被押解到南京监狱。据沈鸿鑫撰文说，当时南京有个经营中药的商人，名叫龚怀甫。

他非常仰慕陈独秀，也非常渴望得到他的手迹。得知陈独秀被关在南京狱中，而他刚好认识监狱的狱卒，就通过狱卒提供的方便，带着文房四宝，请陈独秀给他写一幅字。陈独秀答应了，就给龚怀甫写了杜甫的《秋兴八首》中的第八首。

作品分写在四张屏条上，上款书"怀甫先生"，落款是潇洒飘逸的"独秀"二字，并加盖白文朱印"陈独秀印"。看来"怀甫先生"，应该是龚怀甫。

《秋兴》八首是唐代宗大历元年（766年）55岁的杜甫旅居夔州时的作品。只有了解了杜甫《秋兴》诗作的时代背景，才能更有助读者体会到陈独秀默录《秋兴》时的内心世界，从而感怀陈独秀在国家残破、几次身陷囹圄后的忧伤和抑郁。

《秋兴》是八首蝉联、结构严密、抒情深挚的一组七言律诗。杜甫晚年多病，知交零落，心境是非常落寞的。他羁旅江上，面对满目萧条的景色而引起对国家盛衰及个人身世的感叹；以对长安盛世的追忆而归结到自己现实的孤寂处境、今昔对比的哀愁。这种忧思不能看作是杜甫一时一地的偶然触发，而是自经战乱以来，他忧国伤时感情的集中表现。杜甫因秋兴感，表达了强烈的故国之思和伤逝怀旧、悲秋叹老的思想感情。《秋兴八首》在怀、恋、吊、伤方面有较多述描，如他日泪、秋江冷、沉云黑、入边愁、苦低垂等，其间也穿插有轻快的抒情，如"佳人拾翠春相问，仙侣同舟晚更移"。春天里，姑娘们一起结伴来此踏青采花，互相馈赠。诗友亲朋如仙侣同舟，移棹夜游，乐而忘返。

1934年，陈独秀的第三位夫人潘兰珍也移居南京，就近照料陈独秀狱中的生活，使其孤寂的感情有所改善。"彩笔昔曾干气象，白头吟望苦低垂。"上联用形象的词句对杜甫一生的追求来了个豪壮的总结："彩笔"，五彩斑斓之笔；"干气象"，堪与山水争奇斗艳而凌云其上；下联的"苦低垂"又陡然转到现实的悲苦之中，既是总结点明全诗的情感线索，也是总结杜甫一生凄苦的遭遇。

通览陈独秀的这幅书法作品深感有一种荡气回肠之气势，也似乎看出力透纸背后的鲜血来。第七首的首联"昆明池水汉时功，武帝旌旗在眼中"，前两字为"昆明"，第八首的首联"昆吾御宿自逶迤，紫阁峰阴入渼陂"前两字为"昆吾"，陈独秀却将"昆吾"顺手写成"昆明"。"碧梧栖老凤凰枝"一句中的"凰"字省去了"风"字框，写成了"皇"字。此诗句乃一气泼墨而就，丝毫不影响整个书法结构和布局。

从另外一个角度看，"凤凰"二字共用了一个"风"字框，也算是陈独秀书法的创新。

陈独秀通过饱蘸浓墨的笔端，把自己人生经验中最深刻的感情融入进去，用杜甫的最生动、最有概括力的诗句表现出来，这样书法作品就有了生命，而陈独秀希望表现的感情也更加丰富。陈独秀用此诗作来反衬他目睹国家动荡不安，自己身陷牢狱，而不能有所作为，个中曲折，作者不忍明言，也不能尽言。这也形神一致地再现了与杜甫作《秋兴八首》时年岁相差无几的陈独秀翻腾起伏的忧思和胸中的郁闷不平，也象征了国家局势的变易无常和他对自己余生的一种忧患。作为"终身反对者"的陈独秀与壮志难酬的杜甫的悲情是何等地神似。

宁都起义：革命精神之歌

2021年，宁都起义胜利暨红五军团成立90周年。1931年12月14日，江西宁都爆发了土地革命战争时期国民党军一次大规模起义。国民党第二十六路军1.7万余名官兵响应中国共产党的号召，投入红军。

第二十六路军原属冯玉祥西北军之第五路军。1930年中原大战中冯玉祥失败，10月，蒋介石收编该军为国民革命军第二十六路军，令其由河南、河北交界地区移驻山东济宁。

1931年春，第二十六路军被调到江西"围剿"中央苏区，"围剿"失利后防守宁都。九一八事变后，多为北方人的第二十六路军希望返回北方抗日，但蒋介石派重兵堵住他们北上的道路，引起官兵们的强烈不满。同年12月上旬，在第二十六路军秘密工作的中共特别支部得知蒋介石下令逮捕军中共产党员的情报，立即与该部参谋长、中共秘密党员赵博生商定，向中革军委汇报得到指示后，决定于12月14日举行起义。起义后，部队被改编为中国工农红军第一方面军第五军团，下辖三个军，季振同任军团总指挥，董振堂任军团副总指挥兼第十三军军长，赵博生任军团参谋长兼第十四军军长，萧劲光任军团政委，刘伯坚任军团政治部主任，黄中岳任第十五军军长。宁都起义壮大了红军力量，在中国革命史上写下了光辉的一页。

第二十六路军被改编为红五军团后，先后参加赣州、漳州、南雄水口和第四、第五次反"围剿"等许多重大战役。长征中，红五军团主要担负红一方面军的后卫任务，阻击敌军追兵，多次完成阻击任务，形成善打防御战、阻击战战斗风格，赢得了"红五军团殿后，守无不固"的赞誉和"铁流后卫"的美名。

1935 年 6 月，红五军团被改编为红五军，其后又被编入西路军，征战河西走廊，血洒高台。

在宁都起义 6 周年之际，毛泽东在延安接见了参加起义的部分同志并合影留念，他还亲笔为合影题字："以宁都起义的精神用于反对日本帝国主义，我们是战无不胜的。"1981 年 12 月 10 日，红五军团首任政委萧劲光在宁都起义和红五军团诞生 50 周年之际，撰文指出："宁都起义的精神是永世长存的。"

宁都起义自始至终是在中国共产党的领导下开展的。早在大革命时期，我们党就派刘伯坚、邓小平等共产党员到国民党第二十六路军的前身西北军工作，使这支部队较早地受到党的影响。在民族危机日益严重的情况下，第二十六路军被蒋介石强令开赴江西打内战。九一八事变后，国民党政府对日本侵略东北的行动采取妥协退让的方针，却集中力量"围剿"红军，加剧了第二十六路军对蒋介石的"攘外必先安内"反动政策的不满，军参谋长赵博生和旅长董振堂、季振同等许多将士开始积极寻找救国救民的出路。起义前夕，党的特别支部根据中革军委的指示，在毛泽东、朱德、叶剑英等领导人的悉心指导下，组织第二十六路军举行宁都起义。起义胜利后即向全国发出通电，声明"永远在中国共产党的领导之下"。起义胜利后，官兵即向世人发出"为解放全中国几万万被压迫的工农打仗"心声，充分体现了起义官兵深厚的人民情怀。民心是最大的政治。江山就是人民，人民就是江山。打江山，靠人民；守江山，守的是民心。

红五军团成立后，各级指挥员身先士卒，率部奋勇杀敌，前赴后继，不怕牺牲。先后有军团参谋长赵博生、军团副总指挥董振堂、红三十七师政委欧阳健、红三十九师师长王树亚、红三十四师师长陈树湘和政治委员程翠林等一批师以上领导干部，在战斗中英勇牺牲。赵博生、董振堂等被评为"100位为新中国成立作出突出贡献的英雄模范人物"之一。

1933年1月8日，红五军团参谋长兼十四军军长赵博生在中央苏区第四次反"围剿"的黄狮渡战役中英勇牺牲。中华苏维埃共和国临时中央政府在红都瑞金叶坪建"博生堡"以示纪念。

党的每一段革命历史，都是一部生动教材，都是宝贵精神财富。新征程上，学习革命先辈的宝贵精神和崇高风范，我们就要不断从这座红色富矿中挖掘出珍贵精神财富。宁都起义精神跨越时空，历久弥新。我们要讲好宁都起义和红五军团故事，赓续红色血脉，弘扬优良传统，把红色基因一代代传承下去。

我有幸参加了宁都起义胜利暨红五军团成立90周年活动。在宁都县第一小学的大门口，我看到背着书包匆匆走向课堂的同学们，看到了学校门口小吃店里吃早餐的同学们，看到了"做有责任心的中国人"的学校校训，也看到了校园里飘扬的五星红旗。那天早上，我还见到街道路边几位卖菜的淳朴老人。我的耳边还响起那些誓言——"再穷不能穷教育""再穷不能穷孩子""我们不要忘记老区人民"……我的耳边还听到那天在赵博生烈士之墓的凭吊现场，"赵博生班""董振堂班""季振同班""黄中岳班"的同学们在高唱"我们是共产主义的接班人"。参加宁都起义和红五军团的将士后代们眼含泪花，主动和这些班的同学们合影留念。我还听到同学们诵读赵博生《革命精神歌》的清纯童声：

> 先锋！先锋！
> 热血沸腾，
> 先烈为平等牺牲，
> 做人类解放救星。
> 侧耳远听，
> 宇宙充满饥饿声，
> 警醒先锋，
> 个人自由全牺牲。
> 我死国生，
> 我死国荣，
> 身虽死精神长生，
> 成功同仁，
> 实现大同。

湘江血泪

　　2020 年 11 月 10 日，我在参加"追寻——迎接建党百年红色故事会走进广西桂林"活动之余，专程前往全州瞻仰红军长征湘江战役纪念馆园。这个馆园刚刚落成一年多，湘江战役纪念馆是新建的，馆内的陈列品厚重、全面、丰富，令人震撼。

　　源于桂北的湘江，滔滔北去。湘江上游，位于横跨湘南、桂北地区的越城岭和都庞岭两大山脉之间的湘桂走廊谷底，桂林至黄沙河通往湖南的桂黄公路与它平行。湘江由南向北穿越桂林的兴安、全州两县。全州是湘江战役的主战场，横跨全州 11 个乡镇。这里的每一寸土地都浸染了红军烈士的鲜血，每一个山头，每一棵树下都依偎着红军烈士的英魂。这里的老百姓中至今还流传着这样的民谣：

　　　　湘桂古道红军路，寸土千滴红军血；

　　　　湘桂古道红军路，一步一尊烈士身；

　　　　湘桂古道红军路，一草一木一英魂；

　　　　湘桂古道红军路，一山一石一丰碑。

　　1934 年 9 月上旬，中国工农红军第一方面军（中央红军）的先遣队红六军团长征经广西北部地区。11 月下旬至 12 月中旬，红一方面军主力以及中央机关长征途中又再次经过桂北地区。中央红军在广西的灌阳、兴安、全州三县之间的湘江地域，遭到国民党军队三面重兵包围封锁。蒋介石和他的智囊们精心策划了湘江之战。他们抓住红军队伍辎重压身，行动迟缓的弱点，从容调兵遣将，共投入兵力约 16 个师 77 个团，近 30 万人，并任命湘军首领何键为"追剿军总司令"，中央军薛岳为"前敌总指挥"，统领湘、粤、桂军和中央军，合力"堵剿"红军。国民党军队在桂北地区构设了一个大包围圈，自东向西收缩，将红军堵截在全州、兴安、灌阳三县交界的一块东西不足 120 公里、南北不足 200 公里的三角区域内，凭借湘江天险，逼迫红军主力决战，企图一举将红军全歼于湘江东岸。红军义无反顾地同前堵后追、三面夹击的国民党军队展开一场殊死较量。这是红军长征史上第一场大战，也是历时最长、规模最大、战斗最激烈、损失最惨重的一场生死决战。初冬的湘江地域，硝烟弥漫，面对强敌的层层包围、封锁、阻击和飞机的扫射、轰炸，英勇的红军克服长行军作战疲劳和饥饿，身受"左"倾错误路线羁绊，以"保卫党中央"的钢铁般意志，在灌阳的新圩、全州的觉山铺、兴安界首的光华铺等主战场，与四倍多敌人展开殊死搏斗，进行夜以继日的枪炮战、白刃战。

　　12 月 1 日黎明后，渡口仿佛成了敌机轰炸的靶场，抢渡的红军成了敌人的靶子。罪恶的炸弹在急速赶往渡口的人堆中炸响，在泅渡的人流中开花。红军在抢渡、在泅渡，敌机在滥炸、在扫射。印着"不投降就要葬身湘江"的敌空投传单，伴随着炸弹在硝烟中飘飘忽忽，从天而降。地面上，红军丢弃的行李和笨重的机器随处可见，牺牲的红军战士不计其数，负伤的红军仍然忍着伤痛顽强地向渡口爬去。他们抱着"无论如何都要渡过湘江"的决心，互相鼓励"不掉队""不落伍"。江水中，不断有人倒下，有人溺沉。红军的斗笠、八角帽和敌机撒下的传单顺江漂流，红军将士的鲜血染红了一江碧水。中午 12 时，红军在江东八个师中的六个多师在掩护部队和后卫部队的护卫下，在付出重大牺牲后，终于冲破了敌人精心设置的凭借湘江天堑构筑的更为严密的第四道封锁线，粉碎了蒋介石妄图全歼红军于湘江以东的计划，赢得了战略上的胜利，渡过这条生死之江、悲壮之江。

红军渡过湘江是国民党军队将领和一般军事家无法想象的。"追剿军总司令"、湘江战役的敌方指挥官何键也不得不承认：敝部奉令"追剿"西进红军，"未能达到歼其于湘水以东地区之任务，实深惭悚"。

据有关方面统计，中央红军从长征出发时的 8.6 万人，到渡过湘江后锐减到 3 万余人。

在"全国一百个爱国主义教育基地丛书"《红军长征突破湘江》中，作者这样描述横刀立马湘江之滨的彭德怀和"断肠明志"的铁血师长陈树湘。

以善打恶仗著称的军团长彭德怀，不顾个人安危，横刀立马湘江之滨，把军团指挥部设在了界首镇最南端，紧靠江水的三官堂里，这里周围无任何隐蔽物，虽是危险地带，但地势稍高，视野开阔，能直接从望远镜里观察到渡口情况，白天敌机多次轰炸扫射，屋顶被打出两个大天窗。晚上，敌人两次进攻，已攻到距离指挥部不到一百米的地方，机枪狂扫，庙墙上都是弹痕累累。政委杨尚昆和警卫员三番五次劝他转移到安全的地方去，但彭德怀仍镇定自若，以他特有的大嗓音发布命令，指挥着左翼的掩护战。三军团以"人在阵地在""誓与敌人血战到底"的英雄气概，一次又一次顶住了四倍于己的桂军的全线进攻。直到12月1日早上，在军委纵队已安全过江，五、八、九军团等江东部队开始抢渡湘江时，彭德怀才率军团部撤离三官堂庙。

红三军团不仅在界首渡口两岸阻击阵地的掩护部队受到很大损失，而且协助五军团打后卫的三军团六师第十八团，于11月30日下午赶到新圩接防五师时，与桂军恶战至晚上，又遭敌分割包围，无法向湘江前进，最后全团损失于全州、灌阳两县交界的地域。五军团的三十四师则遭到了全师覆没的厄运。该师是长征队伍最后的后卫，他们最后一个进入广西后，又奉命到灌阳枫树脚接防六师十八团，因为红十八团被敌包围联系不上，而桂军正在切断他们前进的道路。师长陈树湘立即带领部队绕道冲破桂军的包围，向湘江渡口急赶，但为时已晚，敌人已全部封锁湘江。12月3日早上，红三十四师在全州安和的文塘村被桂军伏击，遭受重大伤亡。政委程翠林和红一〇二团政委蔡中也不幸战死。由于战斗中通信器材受损，无法与军委取得联系。师长陈树湘和参谋长王光道，根据战斗前军委的最后指示，又果断决定带队伍往回打。一路上几次被敌人截击包围，最后队伍所剩无几。师长陈树湘在道县负重伤昏迷后被俘。敌人用担架抬着他去请功。苏醒过来的师长陈树湘奋力拽断从伤口露出来的肠子而英勇牺牲，悲壮至极。敌人还残忍地割下他的头颅，悬挂到他的家乡长沙市小吴门的城墙上。

面对尸体漂浮的湘江，中共中央负责人博古感到责任重大，痛不欲生。他深知眼下红军的危急处境跟自己有关，但又无法挽救这一切，想以死谢罪。《聂荣臻回忆录》叙述道：

> 博古，越想越感到恐惧和害怕，痛苦地掏出了腰间的勃朗宁手枪，慢慢地举起来，对准自己的太阳穴，就在他的手指已经触到冰冷的扳机时，突然背后传来一声惊呼。"你要干什么，别开玩笑。"恰巧红一军团政委聂荣臻由此经过。"你冷静点，别开玩笑，防止走火，这可不是瞎闹着玩儿的。"博古举枪的手软绵无力地垂了下来，他依旧有些神情恍惚，喃喃自语道：伤亡太大了，太惨痛了，我……我不想活了。

博古才27岁，还非常年轻，更缺乏经验。也正是因为没有经验，才会人为地将战争这架"绞肉机"安置在湘江两岸，使数万红军将士的鲜血染红了湘江。

我军高级将领、国防部部长耿飚之子耿焱撰文《血战湘江，父亲一生不愿提及》，文中写道：

> 我去过两次桂林，一次2012年，一次是2014年。我对自己说，一定要去看一看湘江，那是父亲曾经浴血战斗过的地方。每次去桂林就觉得特别沉重，对所有参加过湘江战役的红军后代来说，心里都很沉重。那是我们军的历史上非常非常惨烈的一次战役。我父亲很少谈湘江战役，直到他写回忆录，要把他一生经历的事都记录下来，他不能不讲。我父亲是军人，非常刚强，战争不会使他流泪。但面对记录的同志，湘江战役他每讲一次，情绪都非常激动，都会落泪。

父亲说，尖峰岭失守，他们处于敌人三面包围之中。敌人直接从侧翼的公路上，以宽大正面展开突击。父亲所在团一营与敌人厮杀成一团，本来在阵地中间的团指挥所，成了前沿。七八个敌兵利用一道土坎做掩体，直接蹿到了指挥所前面，父亲组织团部人员猛甩手榴弹，打退一批又钻出一批。警卫员杨力一边用身体护住父亲，一边向敌人射击，连声叫父亲快走。父亲大喊一声："拿马刀来！"率领他们扑过去格斗。收拾完这股敌人后，父亲的全身沾满了血浆，血腥味使父亲不停地干呕。上级一直没有传来撤离的命令，他们就只能咬紧牙关死守。这一守就是5个昼夜。每一分每一秒，都有红军战士牺牲，遗体漫山遍野，现场十分惨烈。我父亲曾说：每一分钟，都是红军战士用鲜血和生命换来的。这场战役终生难忘，自己几乎是流尽了最后一滴鲜血拼杀出来的。但哪怕我们全部牺牲，也要完成党交给我们的阻击任务。直到湘江战役最后一天，到中午时，撤离的命令终于下来了。大家撤下来清点人数，一个团上千名红军战士，最后只剩三分之一活着，其他全部壮烈牺牲了。我父亲自己也遍体鳞伤，奄奄一息，只能靠警卫员把他背下了战场。

每当回忆到这里，父亲都会非常动情，禁不住会掉泪。一个经历过多次战争的军人，他对死亡是没有惧怕的，但他忘不掉的是那些牺牲的战友。直到他90多岁的时候，他还能清楚地记得他们的名字。提起湘江战役，他总是说，我们是幸存者。

著名作家魏巍在他的长篇小说《地球的红飘带》中这样写道：

从湘江两岸直到西面一带大山，几十里内，全是坡度很缓的起伏地，高处满是幼松，低处尽是稻田。稻田已经收割完毕，原野显得十分空旷。加上一连几天都是响晴天气，这就给敌人的空军以极好的机会。从早到晚，几十架敌机大显身手。它们飞得只比树尖高一点，得意洋洋地轰炸扫射着渡江的红军。那些从浮桥上行进的和在江中徒涉的红军战士竟无能为力，成批地倒在江水里，漂在江水上，把碧绿的江水染成了红色。

周恩来登上三千界的顶峰时，已将中午。他往西一望，远远近近，苍苍茫茫，真是一片山海。山都是那样高，在江西数年间走过不少山，也没见过高得那样出奇。他回首东望，方圆五六十里的战场，仍然炮声隆隆，硝烟弥漫。湘江像一条带子，弯弯曲曲地伏在脚下。他取过望远镜凝神观察，界首渡口，中央纵队和军委纵队的大部分似已过完，只是后面还有一小批一小批的零散人员。再看看凤凰嘴和太平渡两处渡口，也是这样。他心里觉得稍稍轻松一些，但是殿后部队——五、八军团，是不是过来了，还是疑问。想到这里，心里又沉重起来。至于湘江，从望远镜里仍然可以看到水流里星星点点，那是漂浮着的红军战士的尸体……

史无前例的激战，空前绝后的惨烈，铭心刻骨的悲壮。这是红军撤离中央苏区以来打得最为激烈、损失最为惨烈的一仗，让红军付出了极为惨重的代价。特别是红三军团第十八团、红五军团第三十四师全军覆没。这是中国共产党自建立自己的武装以来所遭受的最大损失。

> 三年不饮湘江水，
> 英雄血染湘江渡。
> 十年莫食湘江鱼，
> 江底尽是英烈骨。

　　"从一处处红军罹难的遗骸堆中、从失散老红军的亲笔书信里，我们依然能感受到当年英雄的中国工农红军拼死突围的激烈与悲壮，深切地感受到失散伤病红军战士们的苦难与艰辛，深切地感受到我们共产党人历尽艰辛取得革命胜利的荣光与辉煌。湘江战役是一部红军斗争史、苦难史、悲情史，也是桂北人民冒着生命危险救治掩护红军的拥军史、军民鱼水情的见证史。每次敛放红军烈士的遗骨、每次看到失散红军的档案，我都感动得落泪。"同行的桂林市委党史研究室的同志感慨地说。

　　弘扬用坚定信念和烈士鲜血铸就的伟大长征精神，要建好用好湘江战役纪念设施，安葬好红军将士的遗骨，引导青少年深刻认识红色政权来之不易，新中国来之不易，中国特色社会主义来之不易。

　　"对此江山人自豪，使我青春永不老。"桂林山水甲天下。每每徜徉在秀美的阳朔，每每游览美丽的象鼻山，每每寄情于激昂的山歌……你是否会想起那一片土地上牺牲的红军战士，你是否会想起今后会不会有类似于全州的另一个悲伤的城隅。你会不会想到，今天的你，幸福来自哪里呢？

走近黔东门户铜仁

2020 年 10 月 20 日，我来到贵州省铜仁市参加第五届长征论坛，此次论坛的主题是"长征精神与长征国家文化公园建设"。出席这届论坛的有中央部门和军队院校的专家学者、长征沿线 15 个省党史文献部门和革命纪念馆的代表等近 100 人。

铜仁是黔东门户，历史文化丰厚、民族风情浓郁，也是全国民族团结进步示范市。

它不仅有秀美的风光，而且有光荣的革命传统。1934 年，贺龙、关向应等领导的红三军与任弼时、萧克、王震率领的红六军团在印江木黄胜利会师，开辟了黔东革命根据地。红三军恢复红二军团的番号，红二军团、红六军团木黄胜利会师促成两支部队的力量整合并孕育了红二方面军，有力策应了中央红军战略转移，为中国革命作出重要贡献。红军在黔东大地上与敌人展开艰苦卓绝的斗争，谱写了无数可歌可泣的动人华章，创造了辉煌历史，孕育了伟大长征精神的铜仁篇章，也使铜仁成为长征国家文化公园建设的重点片区。

我和与会代表先后来到周逸群烈士陈列馆，印江县木黄会师纪念碑，木黄会师纪念馆，红三军、红六军团政治部旧址等重要场馆和长征革命遗址地进行参观学习。

贵州作为中国革命的转折之地，是长征精神的重要孕育地。数据显示，全省 88 个县（市、区）中，60 多个地方留下了红军长征的光辉足迹，革命遗址和红色遗存星罗棋布。

长征故事发生在中国，长征文化属于世界。长征这一人类历史上的伟大壮举，留给我们最宝贵的精神财富，就是中国共产党人和红军将士用生命和热血铸就的伟大长征精神。红色景点凝结着我党我军的光荣历史、优良传统和奋斗精神。保护、开发、利用好红色旅游资源，发展红色旅游，具有政治、文化、经济等多重意义。让广大党员、干部、群众，特别是青少年了解党的历史，传承党的优良作风，接受红色精神的洗礼。

10 月 20 日下午，我们来到廖汉生同志题写馆名的——周逸群烈士陈列馆。周逸群，出生在铜仁。他是中国共产党的优秀党员，杰出的无产阶级革命家、军事家，贺龙元帅的入党介绍人，早期中国共产党军队的缔造者之一，湘鄂西红军和苏区创建人。1931 年 5 月，在湖南岳阳贾家凉亭附近遭国民党军伏击，英勇牺牲，时年 35 岁。2009 年 9 月 14 日，周逸群被评为 100 位为新中国成立作出突出贡献的英雄模范人物之一。他曾说："只要我一天活着，我就一天不停止党的工作。"

周逸群的革命思想深刻影响着贺龙，形成了贺龙选择共产党的思想基础。贺龙 1924 年 5 月率部进驻铜仁后，不仅拜读了周逸群创办的《贵州青年》等刊物，还了解一些中国共产党的主张和俄国十月革命的情况。由此，贺龙对苏联和中国共产党表示了极大兴趣。

1926 年 8 月，贺龙部在常德改编为第九军第一师，贺龙升任师长。恰好这时周逸群受国民革命军总政治部派遣，率领左翼宣传队来到常德。周逸群担任第一师政治部主任，帮助改造部队，使之成为共产党可以信赖并掌握的南昌起义的主力军。

周逸群参与了南昌起义的酝酿、决策和指挥，是南昌起义的关键人物之一，是南昌起义中最积极、最坚定、最具斗争经验的领导者之一，"不愧为南昌起义的英雄"。

如果说红六军团西征奏响了红军长征的序章，那么红二、红六军团木黄会师则吹响了策应中央红军长征的战斗号角。

贺龙元帅说："二、六军团会师团结得很好，可以说是一些会师的模范。"

木黄会师不仅为解决两军团建设中各自存在的问题创造了良好的条件，而且使来自两个战略区的红军结成了一个团结战斗的整体，形成了一支强大的战略突击力量，为完成更大的新的政治、军事任务奠定了可靠的基础。通过会师，两军彻底摆脱了各自的困境，获得了巨大的发展，开拓出一个崭新的局面，同时也为尔后的历次会师积累了丰富的经验。

在木黄会师纪念馆里，讲解员深情地为我们讲述了困牛山战斗的情景。困牛山战斗虽不是军团主力与敌人主力之间面对面的直接较量，背后却展现了红六军团与湘桂黔强敌的决战态势。红十八师五十二团 1934 年 10 月 15 日在板桥与敌交战，10 月 16 日断后在关口被截，牵敌西走困牛山，10 月 17 日困牛山血战结束。五十二团与敌苦战三昼夜，完成了掩护红六军团主力突围的艰巨任务，他们在身陷绝境之时，不忘使命、不忘主义、不忘纪律、不忘红军是穷人的队伍，宁愿跳崖就义，也不愿误伤一个老百姓。困牛山红军精神深深地感染着百姓，他们誓死拥护红军，不顾自己和家人安危冒死救助红军，收藏红军遗物，安埋尸骨，传颂红军故事，逢年过节到红军坟前敬香化纸，供奉酒菜，寄托哀思。

红二、红六军团长征途中遭遇强敌的围追堵截，险战、恶战无数，谱写了一曲惊天动地的英雄赞歌。红二、红六军团坚决遵循遵义会议确定的军事路线，坚决执行毛泽东和中革军委的指示。过草地后，红二、红六军团分兵两路，兼程北上。贺龙经常向干部战士宣传毛泽东及中央北上抗日的正确主张，认为北上抗日是唯一正确的路线，只有北上抗日才有出路。甘孜会师后，同张国焘分裂党和红军的阴谋进行了坚决的斗争，捍卫了党和红军的统一；在远离中央的情况下，奋勇创建了湘鄂川黔、川滇黔革命根据地，扩大了党和红军的影响，播下了革命的种子，为抗日战争乃至民主革命的胜利保存了一支非常宝贵的军事骨干力量。

在漫漫长征途中，红军将士同敌人进行了600余次战役战斗，跨越近百条江河，攀越40余座高山险峰，其中海拔4000米以上的雪山就有20余座，穿越了被称为"死亡陷阱"的茫茫草地，用顽强意志征服了人类生存极限。红军将士上演了世界军事史上威武雄壮的战争神话，创造了气吞山河的人间奇迹。

红军打胜仗，人民是靠山。面对正义和邪恶的交锋、光明和黑暗的抉择，我们党始终植根于人民，以自己的模范行动，赢得人民群众真心拥护和支持。广大人民群众是长征胜利的伟力源泉。

扎西散记

2020年10月27日，我来到云南省昭通市威信县扎西干部学院学习调研。这是我第一次到扎西。

凡了解红军长征史的人，大抵都知道红军长征途中的重要会议之一——扎西会议。1935年2月初，中共中央在云南省威信县扎西老街江西会馆等地召开了系列会议，史称"扎西会议"。中共中央书记处发布《中央政治局扩大会议总结粉碎五次"围剿"战争中经验教训决议大纲》，这个文件以两千多字的篇幅，简明扼要地叙述了遵义会议决议的大意与要点。随后，党中央开始在军团传达遵义会议精神，讨论中央红军的进军方向及部队缩编问题，决定放弃北渡长江计划，"应以川滇黔边境为发展地区……并争取由黔西向东的有利发展"，令各军团迅速脱离四川追敌，向滇境镇雄集中，待机歼敌。

习近平总书记指出："'扎西会议'改组了党中央的领导特别是军事领导，推动中国革命走向胜利新阶段。"

扎西会议是遵义会议的继续和发展，会议作出了一系列事关党和红军生存与发展的重大决定和战略部署，实现了以遵义会议为标志的中国革命的伟大历史转折。

10月28日上午，我和扎西干部学院西南地区党史和文献部门业务干部培训班的学员们一起到威信县罗布镇郭家村革命先烈殷禄才故居，看望殷禄才、陈华久的后代。

在烈士殷禄才故居前，我们看到两位90多岁高龄的老人，她们分别是殷禄才的女儿及陈华久的养女——殷禄才的儿媳妇，殷禄才的女儿个子矮小，殷禄才的儿媳妇身着蓝色上衣站在殷禄才的女儿旁边。

学员们走上前去和她们拉家常。扎西干部学院的老师告诉我：在殷禄才、陈华久牺牲后的37年，即1984年年底，当地政府和组织才承认殷禄才的党员资格，承认殷禄才、陈华久领导的云南游击支队是边区特委和红军游击纵队组织发展起来的，是党派干部直接领导下的地方革命武装；对于过去国民党反动派对这一武装的造谣诬蔑和新中国成立后一些含混不清的说法，予以澄清纠正，给予正名，两位老人才被认定为烈属，而不是"土匪"家属。

云南游击支队是中央红军长征集结扎西，部队缩编在边区建立党组织和游击纵队，边区特委和纵队在云南滇东北地区最早建立的一支地方人民武装。从1936年秋组建成立，到1947年3月被国民党整编七十九师重兵"围剿"失败，云南游击支队经历了土地革命战争、抗日战争、解放战争三个历史阶段，坚持游击武装斗争的历史长达12年。在国民党统治后方大西南滇川边境，在与上级党组织联系被割断，条件极为复杂艰苦的情况下，云南游击支队始终坚持党的纲领和红军的宗旨，贯彻执行党的路线方针和政策，高举革命的旗帜，宣传发动组织群众，独立自主，灵活机动，坚持地方人民武装游击斗争。他们的活动反映了边区各族人民的迫切要求，得到了广大民众的拥护和支持。在抗日民族统一战线方针的指引下，他们不断发展进步势力，争取中间力量，孤立打击顽固分子，使得队伍不断发展壮大，由几十人逐步发展到几百人，再加上与之联系的外围武装，这支接近上千人的队伍，对滇川边境国民党区乡政权和特务地霸豪绅反动顽固分子的反动统治，给予了一定的打击。他们截击了国民党军用汽车运送的军火，并多次反击国民党正规军和地方团队的"围剿"，赢得了一个又一个胜利，对国民党大西南滇川交界边防造成了威胁，为支援前线、唤醒民众、争取全民族的解放事业作出了应有的贡献。

原中共川滇黔边区特委书记兼红军川滇黔边区游击纵队司令员、时任内蒙古自治区农学院党委书记刘复初同志 1976 年、1979 年、1982 年几次证明："殷禄才是一个深受统治阶级剥削、受苦受难，最后逼上梁山的绿林兄弟，是我们发展的一个秘密党员，而我就是他的入党介绍人。殷禄才的入党问题，是经过三次考验才批准的。"

刘复初在《发展殷禄才入党成立云南游击支队》一文中回忆指出：

在党的教育培养下，殷禄才不辜负党的教育，部队培养，组织群众干革命。后来我们又继续帮助殷禄才，并派陈华久（原政治保卫局第五连二排排长）同志去担任云南支队政委，协助殷禄才工作。

1936 年冬末，红军游击纵队在敌军"围剿"中被打散。我因患病不能行动，密留大雪山休养，后因叛徒出卖，被捕关在泸州监狱，故同殷禄才等游击支队失去了联系。国共合作后，1937 年 11 月下旬，我经党组织保释出狱，到了八路军驻武汉办事处，向李克农同志汇报红军川滇黔边区游击纵队的发展和失败情况，又谈到为了创建革命根据地开展地方工作，配合我部打击敌军，秘密发展组织的地方游击队，其中有以殷禄才为首的云南游击支队。

1939年春，李克农同志要我回川滇黔边区了解红军游击纵队失散人员的情况，并向游击队传达党的抗日政策，发动群众支援抗日。但当我到川南古宋县边境，了解一些情况，正拟在川滇黔边区调查时，得知叛徒王逸涛等已向川军告密："共匪刘复初来川南收容残匪，组织力量要进攻川军。"因此，川军策划派人暗杀我。这时，我见到原纵队第三大队副大队长兰澄清，即派他先去川滇黔边区找游击队，并向同志们传达党的抗日救国主张，发展群众支援抗日。

事后，党组织决定叫我去延安。当时，国民党愈加反动，在全国各地反共反人民，阶级斗争尖锐复杂，我们又无可靠通讯设备，因而除派兰澄清找游击队传达党的指示外，未能直接与地方游击支队取得联系。

1947年冬，我在内蒙乌兰浩特开会，得见参考消息说，据四川报道："'共匪'刘复初率领残部，在川滇黔边区煽动民众，扰乱治安，正被围中……"等，这时我才知道，川滇黔边区的革命火种仍在燃烧，游击队还在敌后坚持斗争。据说殷禄才、陈华久率领的游击队，有四百多人，曾经反对国民党破坏团结抗日，反对国民党反共反人民，袭击国民党运军火去前方进攻解放区的军车。国民党调集整编七十九师和地方团队，残酷"围剿"以殷禄才为首的云南游击支队。在敌军围中，支队被打散。殷、陈二人在战场上壮烈牺牲了，他们为人民事业英勇杀敌，流尽了最后一滴热血，这是云南威信县各族人民的光荣。

在威信县委党史和文献部门的同志帮助下，我看到了 1984 年 12 月 5 日"地复字（1984）16 号"中共昭通地委给中共威信县委《关于殷禄才入党问题及其所领导的游击队伍的结论意见报告》的批复。批复中指出："经地委研究，同意你们意见。一、殷禄才同志是中国共产党党员；二、殷禄才、陈华久同志领导的云南游击支队是我党川滇黔边区特委和红军游击纵队组织起来的，是党组织派干部直接领导下的革命武装；三、川滇黔边区游击纵队云南支队在与党组织失去联系之后，在极其困难的条件下，坚持斗争十二年，虽在国民党反革命'围剿'下遭到失败，但他们英勇顽强，宁死不屈，为党和人民的革命事业作出了光荣的贡献；四、按照有关规定，认真落实政策，做好善后工作。"

在另一份资料里，我看到了当年英烈喋血前的画面：

这天，多次击退敌军进攻。但敌军增援部队和地方民团越打越多，围攻火力越来越猛，队伍伤亡严重。殷、陈二人被迫只好带领剩余部分队员转入岩洞隐蔽，由于缺乏补给，不几天又转移至王棚山大硝洞藏匿。之后又被敌军搜索发现，围着大硝洞整天用机枪封锁扫射，洞内不能久留，支队干部又带领少数队员深夜突围转移至观音塘山梁之上。

在山上贫苦农民杨子斌家搞了点吃的，敌军跟踪追来，殷、陈二人带领少数队员钻入山林，队员王国清受伤被抓捕。农民杨子斌因给支队干部弄吃的，被敌军以"窝匪不报"的罪名杀害。敌军和民团发现殷、陈二人踪迹，迅即将观音塘梁子包围起来，严密封锁道路隘口，纵火烧山，疯狂用机枪扫射丛林和山口，被追捕到的队员一个个被打死或受伤后被杀。殷、陈二人生死相依，怀着极大悲痛和内疚带领剩下的几个队员乘夜突围，又转移到依耳山梁子上隐蔽。3月19日，殷、陈二人下山到农民陈子华家寻找食物，不料被陈家唆使小孩告密。民团队长牟正举迅即带领二九四团一个连扑来包围住草房。殷、陈二人发觉事情危急，迅即冲杀，突出重围向水沟头关子洞去。殷禄才帮助陈华久爬上洞口后，就躲在洞口下岩石后面阻击敌军，敌军用机枪严密封锁洞口，并使用枪榴弹向洞内发射，政委陈华久不幸在爆炸中牺牲。殷禄才怀着满腔悲愤和强烈的阶级仇恨，两支快慢枪轮换交替猛击敌人，接连击毙敌军一个排长和几名士兵，打得敌人官兵畏缩伏地不敢抬头。但这时弹药已经用完，为了不被敌军抓捕活口，他留下了最后一颗子弹，推上枪膛，怒视敌军，饮恨献身，死难时年仅35岁。

敌军俯伏等待多时，未见丝纹动静，胆战心惊地迂回爬到洞侧，又猛烈扫射一阵。未见还击才慢慢接近洞口，发觉殷、陈二人已死，指派民夫将尸体抬到顺河场，请地霸民团熟人辨认，确认是支队领导人殷禄才和陈华久，立即上报请功，并将尸体送至古宋县城关拍照示众。几天后，当地群众怀着沉痛的心情趁夜将殷、陈二人的尸骨，悄悄地收拾埋于城东的苏家坟山地。

支队长殷禄才全家8人，"清剿"中先后死难4人，只剩下十岁以下的4个子女，两个随即病死，余下两个被毒打后，留下终身残疾才幸免于难。

这次"进剿"云南游击支队人民武装的疯狂攻势，原限时3月底前，因支队顽强抗击和分散隐蔽，又延长两个多月。

据国民党《新蜀报》记载和二九四团班长饶一萍提供的资料，以及支队幸存战士、群众的回忆可知，在4个多月的"梳篦清剿"

血腥镇压浩劫中，七十九师重兵及民团先后共屠杀支队干部战士和无辜民众 200 多人，有的干部战士全家被杀。苗族少年杨少聪，因拜继给殷禄才当干儿子，不满 16 岁的他也被定为"匪老幺"遭抓捕枪杀。支队分队长俞顺明在被俘后遭受各种严刑拷打，宁死不屈，敌军便将其怀孕之妻抓来当着他的面剖腹杀害，手段残忍凶狠之极，骇人听闻。大队干部张占标、殷禄坤等人被抓捕送古宋大坝关押，被烤大火，坐老虎凳，吊鸭儿凫水，忠贞不渝。枪杀张占标时，张占标铺一个毡子席地而坐，死时正气凛然。

看到两位深明大义的老人，我眼里充满泪水。她们等了 37 年，才被认定为烈士家属啊，才挂上"烈属光荣"的匾牌……

在聆听完干部学院的老师现场教学后，我又和学员们一起到离殷禄才故居不远的川滇黔边区游击纵队云南支队革命烈士纪念碑前向纪念碑敬献了鲜活的菊花。

在纪念馆里，我还看到了 1986 年春节，国防部原部长张爱萍将军为川滇黔边游击纵队斗争史题写的诗文："红军主力长征北上，川滇黔边游击战场，孤军奋斗牵制强敌，壮烈牺牲万代敬仰。"

临近文尾，我在手机上看到了扎西干部学院的一条消息：

12 月 11 日，扎西干部学院党委书记林昌虹一行到罗布镇郭家村看望革命先烈殷禄才、陈华久后代，将中央党史和文献研究院西南地区党史和文献部门业务干部培训班看望革命先烈殷禄才、陈华久后代的慰问金 7100 元转交于其女殷光芬、段吉先手上。扎西干部学院副院长骆德毅说："今天来到烈士殷禄才、陈华久家中，主要表达三层意思，一是转交中央党史和文献研究院组织的培训班送来的慰问金，对他们表示慰问，二是看望两位老人，三是学习烈士的精神，我们要把这个精神带回学院，把红色的故事讲好，把红色的基因传承好。"郭家村街村民小组组长、中共党员、殷禄才的孙子、陈华久的外孙殷远林说："今天扎西干部学院带来了党史部门对我们全家的慰问，我们感到无比的高兴和自豪，觉得祖辈在革命中流的鲜血没白流，政府对我们一直都很关心、照顾。谢谢！谢谢！"

彝海结盟情意长

    如果你能亲临历史现场，追寻峥嵘岁月的一份印记，那该是多么幸运的一件事。

    风和日丽的 2021 年 3 月，我从美丽的钢城攀枝花驱车赶到凉山彝族自治州冕宁县，前往彝海结盟纪念地学习参观。

    历史的镜头回放到 1935 年 5 月 19 日，为了摆脱国民党军的围追堵截，迅速北进，以达到渡过大渡河、向红四方面军靠拢、在川西北建立苏区根据地的目的，中革军委决定派刘伯承为先遣司令，罗瑞卿为政委，担任指挥战略侦察任务，并作为全军的渡河先遣队。因罗瑞卿患病，改由聂荣臻任政委。

    19 日拂晓，刘伯承和聂荣臻从礼州出发，当晚到达冕宁县境的松林。冕宁地下党派出 8 名同志向红军汇报冕宁的情况。次日拂晓，红军先遣部队到达冕宁泸沽镇，红军第一团在杨得志、黎林率领下，先期到达待命，并派出侦察组到前面侦察。

    西昌北面的冕宁县，地形险要，东有相岭山，中有牦牛山，西有锦屏山，雅江和安宁河贯穿境内。

20 日下午，朱德电示先遣队："据报泸沽越西均无敌，冕宁有少数敌人。"

由泸沽到大渡河有两条路：一条经登相营、越西到大树堡，由此渡河，对岸就是富林，这是通往雅安的大道；另一条经冕宁大桥镇、拖乌到安顺场，是崎岖难行的山路，还要通过一向被汉人视为畏途的彝族聚居区。红军侦察组向刘伯承、聂荣臻汇报了两条行军路线的里程、敌情、民情和给养等详细情况。根据了解的情况，刘伯承认为，敌人已判定红军将走西昌至富林的大道，把富林作为防守的重点，建议军委改变行军路线，走冕宁、安顺场这条小路。聂荣臻同意刘伯承的意见，于是立即起草电报，交电台发出。但因军委正处于行军途中，无法及时联系。刘伯承、聂荣臻商量后，决定派先遣第一团去冕宁，到冕宁后再与军委联系。

出发前，刘伯承对部队讲话说，过了冕宁县城，就是彝区了。有一种传说，《三国演义》诸葛亮七擒孟获，就是发生在这个地区。彝人对汉人疑忌很深，语言又不通，他们会射箭打枪，但他们不是在奉蒋介石的命令，和国民党军队不是一回事。我们要严格执行党的民族政策，广泛宣传朱德总司令署名的《中国工农红军布告》，争取和平通过彝区。没有聂政委和我的命令，谁都不许开枪。

冕宁县长钟伯琴听说红军将至，急忙纠合川康边防军第二十旅旅长兼夷（彝）务指挥官邓秀廷靖边部的团长李德吾和处长邱维刚，率领亲信卫队和两个连的地方武装，裹胁着被关押在监狱里的彝族人质弃城向北逃窜，企图去雅安寻求刘文辉的保护。他们到了冕宁以北的冶勒，就被三支彝人武装包围缴械，人质被救。钟、李、邱三人被杀。冕宁的地主、乡绅和官员纷纷逃命，冕宁成了一座不设防的空城。

冕宁石龙桥的地下党负责人陈野苹和地下党员廖志高得悉红军将至，积极准备接应，主动配合工作，发动群众，欢迎红军到来。红军先遣队来到石龙桥时，就与陈野苹、廖志高接上了头，并受到群众热烈欢迎。进城后，红军宣传队在城中心钟鼓楼开展宣传活动，说明红军是工农队伍，不要相信国民党的谣言，同时贴出了"红军是穷人的军队，不拿群众一针一线，实行公买公卖""打富济贫，打土豪、分田地""红军不派款，不拉夫"等标语。

当红军先遣团终于与军委电台联系上后，刘伯承以他和聂荣臻的名义立即将侦察报告上报军委。中革军委接电后，完全同意红军主力改经冕宁、安顺场北进。

冕宁北面是彝族聚居区，仍然处于奴隶制社会形态。过去的历朝统治者推行民族歧视和民族压迫政策，国民党四川军阀也实行大汉族主义，对彝族群众进行残酷的剥削压迫，挑拨彝族内部各家支的关系，拉拢、利用一部分家支打击和削弱另外的家支，故意制造彝族和汉族之间的矛盾和严重的对立，刻意制造彝族内部和各家支之间的不和甚至械斗。但当外族侵入他们的聚居区时，彝族各家支也会联合起来共同对付。所以汉族民众都视彝区为畏途，彝族民众也视汉人特别是国民党军队为剥削者、压迫者。

冕宁县拖乌区，是全县最大的彝族聚居区，彝族人口约占总人口的三分之二。按家支划分区域，形成各自的独立局面，家支之间世代械斗不止。红军来时，果基家支正和罗洪家支械斗。安宁河源以西为罗洪家支聚居地，县城北部安宁河支流拖乌河到南垭河一线为果基家支所据，这一线的道路正是红军主力所要经过的。

　　果基家支的头人小叶丹派了精通汉语的沙马尔各和他的四叔来喇嘛房姜家店子试探情况，二人看见红军与以前欺压他们的国民党军队不一样，于是便和萧华、冯文彬等人进行交谈。萧华抓住机会向他们宣传党和红军的民族平等、民族团结政策，特别向他们说明红军是为受压迫的人民打天下，来到此地不打扰彝族同胞，只是借路北上。萧华根据事前了解到彝族重义气、歃血为盟的习俗，告诉他们统率大队人马的刘伯承司令愿与彝族首领结为兄弟。二人听了很高兴，急忙回去向小叶丹说明了解到的情况，小叶丹听后也十分高兴。另一边，萧华赶紧去向刘伯承、聂荣臻报告与小叶丹家支谈话的情况，并带领刘伯承赶到部队前面。

　　"彝海"海拔两千多米，是以生长细鲤鱼闻名而被称为"鱼海子"（彝语叫"乌勒苏泊"）的高山淡水湖，许多人称它为"彝海"。湖水清澈如镜，古木横卧湖面，山林倒映水中。

　　刘伯承骑着马在萧华等人陪同下来到海子边，小叶丹带着沙马尔各等人也来了。双方寒暄问好之后，刘伯承诚恳地重申红军的来意，表示红军打败国民党反动派后，一定帮助彝族人民建设自己的美好生活。

　　结盟仪式简单却又庄重。按照彝族的习惯，由毕摩（巫师）沙马尔各念了咒语，用刀将一只大公鸡顺着脖子向下剖开，让鸡血滴进刘伯承从腰带上解下来、装上了湖水的一个旧茶缸子里，然后由结盟人喝"血酒"发誓。刘伯承与小叶丹虔诚地并排跪下，面对蔚蓝的天空和清澈的湖水，刘伯承先端起"血酒"，大声发出誓言："上有天，下有地，我刘伯承与小叶丹今天在海子边结义为兄弟，如有反复，天诛地灭。"说罢，喝了茶缸里的"血酒"。小叶丹端起

"血酒"激动地说:"我小叶丹今日与刘司令结为兄弟,如有三心二意,同此鸡一样死。"说罢,将剩下的"血酒"一饮而尽。刘伯承当众将自己身上带的小左轮手枪和其他战士的几支步枪送给小叶丹,小叶丹则将自己的骡子送给刘伯承。

夕阳西下,红军先遣部队决定返回三十里,到大桥镇宿营。刘伯承邀请小叶丹叔侄一同到大桥镇。红军把大桥镇的酒全部买来,宴请小叶丹,同时还请了大桥镇的知名人士陈志喜等人。席间,刘伯承说:"彝族内部要团结,不要打冤家,要和好,汉族彝族是一家,不要隔阂,要共同对付军阀刘文辉。"然后,刘伯承代表红军宣布:将小叶丹的武装编为"中国夷民红军沽鸡支队"[①],任命小叶丹为队长,并将一面写有"中国夷民红军沽鸡支队"的队旗授予小叶丹。

23日晨,红军队伍从大桥镇出发,小叶丹随行到喇嘛房与红军分手后返回羊坪子,并派沙马尔各、果基于达等送红军到拖乌,再由果基其他支一站一站送到了箐箕湾,直至到了岔罗。从岔罗到纳儿坝渡口就是汉族居住地了,红军顺利地通过彝族聚居区。

站在刘伯承同志与小叶丹结盟处的石碑前,冕宁县史志办公室原主任王大钊同志告诉我们:现有的三块石头为原物原地保留。刘伯承年长坐在北方稍高的石头上,小叶丹与刘伯承相向而坐,祭司坐在两人中间主持结盟仪式。彝海结盟使得红军能够和平顺利地通过彝族区,为抢渡大渡河、粉碎蒋介石"围歼"红军于大渡河以南的险恶企图赢得了宝贵的时间。

1950年3月,中国人民解放军解放冕宁后,小叶丹的妻子遵照

---

① 沽鸡即果基——编者注。

丈夫的遗嘱，将"中国夷民红军沽鸡支队"的队旗亲手献给人民解放军。现在这面队旗珍藏在北京中国人民革命军事博物馆，成为党和红军民族政策伟大胜利的实物见证。

蓝天白云，惠风和畅。清清的湖水映照着远处的山峦。大家在"刘伯承同志与小叶丹结盟取水点"欢快地留影，身边的三只黑天鹅在水中是那样悠闲而怡人。

在我和王大钊同志握手话别的那一刻，我突然发现他的双手长满了厚茧，粗糙得有点儿扎手。这好像是我第一次握住一双长满了茧的手，我的耳畔也仿佛传来了那首歌：

> ……九送红军，上大道。
>
> 锣儿无声鼓不敲，鼓不敲。
>
> 双双（里格）拉着长茧的手，
>
> 心像（里格）黄连，脸在笑。
>
> 血肉之情怎能忘，红军啊，
>
> 盼望（里格）早日（介支个）传捷报。

大渡河畔的沉思

2021年3月27日下午，我和友人一起来到四川省雅安市石棉县安顺场大渡河畔。在生活中，能够实现自己梦想的人，是幸运的。在安顺场，在大渡河畔的安顺场，我终于实现自己的梦想，目睹了安顺场的百年风华。

大渡河是位于长江上游岷江的一条峡谷河流，水深流急，为一道天险。安顺场地处大渡河中游，是大渡河畔的一个重镇，也是兵家必争之地。

伴随着《十送红军》的音乐，我走进安顺场红军强渡大渡河纪念园。这里有红色风景带，墙上有红军书写的标语。这里有红军指挥楼、大渡河红军渡口、红军炮台、红军机枪阵地、红军战斗遗址。这里有红军强渡成功登岸的安靖坝桃子湾。在中国工农红军强渡大渡河纪念馆前的广场上，一座纪念碑巍然挺立。碑前摆放着人们敬献的花篮，白色的缎带上寄托着后人对红军将士的哀思，碑座上还有一枝枝鲜活的菊花。碑上是邓小平同志题写的"中国工农红军强渡大渡河纪念碑"十四个遒劲有力的大字。碑体雕刻着巨大的红军战士头像。下半部是强渡大渡河勇士冒枪林弹雨、战惊涛骇浪的浮雕，一侧为手执大刀的浮雕。

在陈列着革命文物的纪念馆里，我们听讲解员深情地讲述"翼王悲剧地，红军胜利场"的感人故事。

1935 年 5 月，长征途中的中央红军在会理召开会议决定继续北上。此时，蒋介石调集中央军和川军十余万人，对红军形成南攻北堵之势，企图将中央红军全歼于大渡河以南。蒋介石当时还致电其各路将领称"大渡河是太平天国石达开大军覆灭之地"，要让红军成为"第二个石达开"。

中国工农红军由会理沿安宁河谷抵达大渡河安顺场渡口。刘伯承、聂荣臻亲临前沿阵地指挥。红一团第一营营长孙继先从第二连挑选十七名勇士组成渡河突击队，与勇士们一起战胜惊涛骇浪，冲过敌人的重重火网登上对岸，并陆续渡过了一个师，取得强渡大渡河的首战胜利。

渡河战斗胜利的消息传来，时任红一军团政委的聂荣臻心情激动赋诗一首：

> 大渡河水险，
>
> 我非石达开。
>
> 一举强渡胜，
>
> 三军大步前。

在 1957 年 7 月出版的《红旗飘飘》革命回忆录中，收录了一篇当年指挥大渡河战斗的杨得志同志的力作——《大渡河畔英雄多》。杨得志用"光荣的使命"、"胜利的前奏"、"天亮以后"、"我一定要去"和"庄严的时刻"五个章节记录了红军部队成功地强渡大渡河，十八勇士在作战中的英雄壮举，在中国革命战争史上写下光辉一页。杨得志在"我一定要去"和"庄严的时刻"中写道：

十八个勇士（连孙继先同志在内）每人佩带一把大刀，每人背一挺花机关枪（冲锋枪）、一支短枪，每人带五六个手榴弹，并且带着工作器具，以二连长熊尚林同志为队长。因船小，船工不同意上船的人太多，临时决定十八人分两批渡过。庄严的时刻到了，熊尚林带领八个同志跳上了渡船。过了河的船很快地又回来了。八个勇士在营长孙继先同志的带领下，又登上了渡船。

两批登陆的十八个勇士一起冲上去，十八颗手榴弹一齐扔出去，十八挺花机关枪一齐打过去，十八把大刀一齐在敌群中飞舞。号称"双枪将"的川军被杀得败不成军，拼命向北边山后面逃。我们渡河的勇士完全控制了大渡河北岸。

《大渡河畔英雄多》在社会上引起强烈反响。1959年，上海人民美术出版社根据杨得志原作，出版了连环画。《大渡河畔英雄多》还曾被编进全国初中语文课本。大渡河十八勇士的故事，几乎家喻户晓。

勇士们正是凭着对中国革命的无限忠诚，发扬大无畏的革命英雄主义精神，不怕困难，不怕牺牲，冒着敌人密集的炮火向河对岸冲去，并成功地为后续部队打开了一条通道。

强渡大渡河的那十八名勇士是：红一团第一营营长孙继先，二连连长熊尚林，二排排长罗会明（一说曾会明）；三班班长刘长发、副班长张表克，战斗员张桂成、肖汉尧、王华停、廖洪山、赖秋发、曾先吉；四班班长郭世苍、副班长张成球，战斗员肖桂兰、朱祥云、谢良明、丁流民、陈万清。

　　整个强渡大渡河战斗中，有四名勇士受伤。刘元清、宋明清、陈一金、余正论、刘老七等九名船工牺牲。红军落水牺牲的也有二十多人。

　　5月26日上午，毛泽东、周恩来、朱德等随军委纵队到达安顺场。朱德刚一到渡口，就用通俗的四川方言向船工们宣传革命的道理。

　　陈云在1935年所写的《随军西行见闻录》中，记载了李富春在安顺场"召见一老者，年已九十以外，为当地童馆教师，曾亲见当年石达开在此失败者""由李富春享之以酒肉"，请其讲述石军往事。新中国成立后经调查，此老者名叫宋大顺，他当时还建议红军尽快离开安顺场这个彝汉杂居、隘口险窄、不利于大部队活动的险区。

　　红军强渡大渡河以后，为了奖励强渡的勇士，专门发给乘坐第一、二船的指战员和杨得志、神炮手赵章成每人一件按列宁穿的军装样式做的套袖衣服"列宁装"。

　　在魂系大渡河巨石前，我看到了这是在长征中曾是红一军团红一师红一团一营营长的孙继先同志的骨灰抛撒处。86年前，他亲自挑选并带领十七勇士强渡大渡河，从而在被敌人视为插翅难飞的天险防线上，打开一个缺口，为中央红军北上开辟了一条通道。后来他铸剑戈壁，成为中国酒泉卫星发射中心首任司令员、中将。1959年初夏的一个晚上，毛泽东把孙继先请到自己在中南海丰泽园的住地，和颜悦色地说："孙继先同志，我们见过面。当年的大渡河的勇士，如今的导弹司令，好啊！"毛泽东一再鼓励孙继先："尽量多学一点儿本事，把我们自己的导弹发射出去！中国的导弹技术，一定要掌握在自己手里！"1960 年 9 月 10 日，第二十训练基地用国产液氧成功地发射了一枚地对地导弹。11 月 5 日，我国自主生产的"东风 1 号"导弹发射成功。聂荣臻紧紧地握住孙继先的手，激动地说："我们成功了，谢谢你，感谢二十基地……"这是我军军事装备史上一个重要的转折点，从此以后有了自己的导弹！孙继先为我国导弹事业呕心沥血，奋斗不止，书写了他人生辉煌的篇章。

孙继先将军，你为什么把骨灰抛撒在大渡河畔？我想，你是想和在这里牺牲的战友们在一起，与帮助你们摆渡而落水的船工们在一起，和你一辈子都难忘的安顺场乡亲们在一起。

站在大渡河畔，看到水深流急的滔滔江水，看到两岸险峻的群山，看到地势险要的河对岸敌军一大一小的碉堡工事，看到河岸边散步的三三两两的游人和一尊尊军民相助强渡大渡河的群雕，我们还会记起从这里走过的红军队伍吗？他们为什么这样舍生忘死？如今我们的生活，不正是他们所期所愿所盼的吗？

我的耳畔，纪念园仍在播放着那首《十送红军》的歌曲，旋律还一直在萦绕、在回荡、在激扬、在交响。不知不觉中，我的眼角竟溢出泪来。

泸定桥畔眺远峰

2021 年 3 月的清晨，站在四川雅安蒙自山上，望着远处高高低低的山峦，不远方那条明快的银链般河流，一定是大渡河了，而我的心绪业已飞到泸定桥畔。

泸定桥又称铁索桥，位于四川泸定县境内，康熙四十四年（1705 年）动工兴建。康熙四十五年（1706 年）泸定桥竣工之际，康熙皇帝为该桥题写"泸定桥"桥名。泸定桥是大渡河上建造最早最长的一座桥梁。桥体由桥身、桥台、桥亭三个部分组成。桥身由 13 根碗口粗的铁链组成，其中底链 9 根，左右扶手各两根，每根铁链由 862 个至 997 个由熟铁手工打造的铁环相扣，总重量达 21 吨多。底链上满铺木板，扶手与底链之间用小铁链相连接，使 13 根铁链连为一个整体。桥台为固定地龙桩和卧龙桩的基础；桥亭属清式古建筑。河对面西侧山坡上的古建筑，是一座观音阁。红军飞夺泸定桥时，它成为红军飞夺泸定桥的指挥部和炮台、机枪阵地。正是在它的掩护下，红军 22 名勇士从 13 根铁索上奋勇爬过。

泸定桥，是连接川藏交通咽喉之地，也是红一方面军北上的必经之地。这座历史名桥，因红军"飞夺泸定桥"那场战斗闻名中外。泸定桥离水面有几十米高，人走在桥上摇摇晃晃，就像在荡秋千。向桥下望去，河水湍急汹涌。英勇的红军战士，为了心中的理想和信仰，奋不顾身、义无反顾，创造了人类战争史上的奇迹。泸定桥也成为中国共产党重要的历史纪念地。

艳阳高照，清风徐来。站在由邓小平题写的"红军飞夺泸定桥纪念碑"前，讲解员告诉我们：纪念碑的主碑运用锁链的几何体，象征着革命武装斗争，底座平台又着重刻画了红军战士日夜兼程强行军后疲乏而又顽强的战斗姿态。棱角凹凸有致，线条环环紧扣。铁锁链与碑体紧紧相连的前部平台上，耸立着两尊重约4吨，身高4米的红军战士铜像，一个在举枪射击，一个在挥臂投弹。铜像用470块铜片特殊处理而成。碑内又分八层，每层都装饰了以藏汉团结、红军长征为主题的壁画。

1935年5月25日，红军第一师在安顺场强渡大渡河后，中革军委鉴于仅用几只木船载着全军过河费时太久，容易陷入被动，于是便以渡河的第一师为右路纵队，其余部队为左路纵队，沿河北上，向敌人把守的泸定桥前进。

5月26日，蒋介石由重庆飞成都，督导"剿匪"。当日凌晨时分，得悉安顺场方面有"赤匪"便衣队扰乱。27日晨，川军刘文辉部由雅安出发，亲赶前方，得悉红一方面军正沿大渡河两岸溯河上行的消息，担心西岸红军进取康定、泸定，急令袁国瑞派第四旅一部赶往泸定桥增防。袁国瑞遂令第三十八团火速开往泸定桥，阻击红军左纵队从桥上过河。

因为敌情发生了新的变化，中革军委旋即要求红四团比原来部署提前一天夺取泸定桥。28日凌晨，从左右两路纵队侦悉川军在大渡河两岸部署的情况后，中革军委遂电令两岸部队首长林彪、刘伯承、聂荣臻，要求左纵队红一军团先头部队加速前进，"万一途程过远，今日不及赶到泸定桥，应明二十九日赶到"，而右纵队"刘、聂率第二团亦应迅速追击北岸之敌一营，以便配合四团夹江行动"。林彪接到该电后，又向红四团指挥员发出了时限更为急迫的命令函。红四团接到"提前一天夺取泸定桥"的命令时，离限期仅仅一个昼夜，而距泸定桥还有240里。两天的路必须一天走完，还要突破敌人的堵截。此举事关全军安危，决不容许一分钟的迟疑。如果红军不能抢在敌人增防部队到达之前夺取泸定桥，我大渡河东西两岸的部队就可能被分割，因此必须与敌人争时间、抢速度。

在红四团向泸定桥强行军的时候，对岸川军刘文辉的部队也在向泸定桥增援。当对岸敌人实在疲惫不堪，就地宿营之时，红四团战士却在拼命前赶，硬是创造了一天一夜强行军240里的奇迹，于29日清晨抢占了泸定桥西桥头。

如期赶到泸定桥畔的红四团指挥员旋即在沙坝天主教堂召开干部会议，决定在二营二连挑选二十二名英雄（包括从三连抽调来的支部书记刘金山），组成夺桥突击队。突击队配备短枪、手榴弹、马刀，由连长廖大珠和指导员王海云负责。二营三连由连长王友才率领担任第二梯队，紧跟在突击队之后铺桥，以便后续部队冲过去。红四团还在桥头配备了强大火力，堆放好木板，一切准备停当。下午16时左右，黄开湘、杨成武在桥头指挥，司号员集中在桥头附近吹起了冲锋号，顿时，机关枪、迫击炮、手榴弹的爆炸声和呐喊声震天动地，打响了夺桥的激烈战斗。二十二名英雄快到对岸桥头时，敌人放火把桥头的亭子点燃，顿时火光冲天。红军战士不顾衣服、帽子着火，冲进城和敌人展开了巷战。敌人集中力量又反扑过来，红军奋力抵抗，子弹打完了，情势万分紧急。正在这时，担任第二梯队任务的三连战士冲了进来。接着杨成武和黄开湘带着后援部队也迅速过桥进城，将守城敌军彻底打垮。

与此同时，红军右纵队占领了龙八铺以后，由刘伯承、聂荣臻率领向泸定桥奔来。右纵队到泸定桥已是深夜时分。刘伯承、聂荣臻由杨成武陪同，持马灯观看了这座从此闻名于世的铁索桥。随后，毛泽东、周恩来等和红一方面军大部队陆续从泸定桥上越过天险大渡河。

1984年12月，聂荣臻元帅应四川省委之约欣然为《红军飞夺泸定桥纪念碑》题写了碑文。碑文重点说明了红军飞夺泸定桥的过程及胜利的重大意义。

飞夺泸定桥，是毛泽东同志在安顺场根据当时的情况决定的。

先头部队是沿大渡河西岸北上的二师四团。他们受领任务后，立即紧急开进，一边走一边消灭沿途碰到的敌人，第二天昼夜竟强行军240里，按时赶到泸定桥并组织了二十二人的突击队，冒着东岸敌人的火力封锁，在铁索桥上边铺门板，边匍匐射击前进，奇绝惊险地夺取了泸定桥。

师和干部团不断击溃和消灭河东岸沿途的敌军，对四团夺取泸定桥起了策应作用。强渡大渡河和飞夺泸定桥成功，打破了蒋介石妄图把红军变成第二个石达开的反革命迷梦，是红军长征中具有战略意义的重大胜利之一。

聂荣臻元帅的女儿聂力在一篇文章中写道：

父亲在推敲这一碑文时，回想起当年战斗胜利的情景。父亲说，他和刘伯承率领红一师和干部团，在强渡大渡河以后，沿河东岸北上，歼灭和击溃了多股敌人，有力地策应了两岸红军飞夺泸定桥的行动。所以当他们29日午夜赶到泸定桥时，心情非常激动，他俩在四团团长杨成武陪同下，站在桥中间，刘伯承在桥上连跺三脚，大声说："泸定桥啊泸定桥，我们为你花了多少精力，费了多少心血，现在我们胜利了。"父亲也激动地连说："我们胜利了，我们胜利了！"

刘伯承、聂荣臻深情称颂的"我们胜利了"，强烈地宣达了红军夺取泸定桥后的振奋心情，也表明了飞夺泸定桥的异常艰险和深远意义。后辈们对红军战士的那种景仰和感佩之情不由得浸入每个人的心海，乃至灵魂深处……

在泸定桥东岸桥亭两边，我看到了胡耀邦早年为泸定桥撰写的一副对联"飞身可夺天堑，健步定攀高峰"。我想，这也是展现当年的一位红军战士、我们党的前总书记胡耀邦的一种豪迈情怀吧。

从泸定桥岸边眺望，可以看到远山峰顶上的皑皑白雪，那里是常年积雪的贡嘎山，红军过雅安宝兴就是夹金山了。"长征万里险，最忆夹金山"。夹金山，那可是中国工农红军万里长征徒步翻越的第一座大雪山啊！

"红军不怕远征难，万水千山只等闲。""金沙水拍云崖暖，大渡桥横铁索寒。"穿越时空看长征，"而今迈步从头越"。毛泽东的不朽诗篇，激励着无数革命者一步步走向胜利、走向辉煌。

　　天空湛蓝，群山连绵；康美泸定，时序迭换。今天，我借用这方天地的纯净和凝重，庄严地向红军致敬，向信仰致敬，向未来致敬！

突破天险腊子口

2020 年 10 月 16 日，我来到名闻遐迩的天险腊子口。远远近近的山峦和松树都披上了一层白雪，山野上有些松枝上还形成了内地很难见到的雪松奇观。

我站在高高耸立的、由当年攻打天险腊子口战役的红一军四团政委杨成武题写的腊子口战役纪念碑前，心潮澎湃。腊子口战役纪念碑的一侧是纪念碑的碑文：

一九三五年九月十六日，毛泽东、周恩来同志率领的中国工农红军第一方面军，在举世闻名的二万五千里长征途中，越过雪山草地之后，突破了国民党重兵扼守的腊子口天险，打开了通往陕甘革命根据地的胜利道路，实现了北上抗日的伟大目标。腊子口战役的辉煌胜利将永远彪炳我国革命史册，在腊子口战役中光荣牺牲的革命烈士永垂不朽。

我仿佛又看到敌我双方战斗胶着的惨烈画面，仿佛又听到要隘腊子口的密集枪声、手榴弹的爆炸声。

让我们把镜头闪回到 1935 年。9 月 16 日，红一方面军击溃了国民党新编第十四师第六团的拦阻，逼近要塞腊子口。

腊子口为四川通向甘肃的咽喉要道、岷山山脉的隘口，隘口中有水流湍急的小河，河上小桥是通过腊子口的必经之路。

夺取腊子口，是红军突破敌人封锁，进入甘南的关键性一仗。9 月 16 日，毛泽东与第一军军长林彪、政治委员聂荣臻，联名致电彭德怀："顷据二师报告，腊子口之敌约一营踞守未退，该处是隘路，非消灭该敌不能前进。"

国民党鲁大昌的新编第十四师以及王均的第三军第十二师兵力比较薄弱，西固到岷县的封锁线尚未筑成。

第一路军总司令朱绍良还急转蒋介石关于悬赏缉拿毛泽东等红军领导人电，不惜重金招揽甘南之西固、岷县、临潭一线各县县长，新编第十四师、第三军第十二师，企图杀害中共中央和红军领导人等。

腊子口的口子很窄，两边都是悬崖峭壁，中间还有一条咆哮奔腾的河流，水深流急，河上架有一座木桥，桥头筑有碉堡，这是进入腊子口的唯一通道。

红军要北上，必须攻克天险腊子口。先头部队第一军第四团受命后，提出了响亮的口号："腊子口就是刀山，我们也要打上去。鲁大昌就是铁铸的，我们也要把他砸成粉碎！""坚决拿下腊子口！"四团战士英勇善战，向腊子口兼程疾进，并连续打垮敌鲁大昌第十四师二个营的堵击，歼敌一部，至下午 4 时，先头营开始在腊子口接敌，但被敌人的机枪火力和下冰雹似的手榴弹挡了回来。这时，团长王开湘、政委杨成武赶到。他们立即率领全团营、连干部，到前面察看地形，重新组织战斗。后来，杨成武回忆道：

　　我们来到前沿，用望远镜抬头一看，果然这里地形险峻极了。沿沟两边的山头，仿佛是一座大山被一把巨型的大刀劈开了似的，既高又陡。周围全是崇山峻岭，无路可通。从下往上斜视山口只有三十来米宽，又像是一道用厚厚的石壁构成的长廊。两边绝壁峭立，腊子河从沟底流出，水流湍急，浪花激荡，汇成飞速转动的漩涡，水深虽不没顶，但不能徒涉。在腊子口前沿，两山之间横架一座东西走向的木桥，把两边绝壁连接起来，要经过腊子口，除了通过这个小桥别无他路。桥东头顶端丈把高悬崖上筑着好几个碉堡。据俘房称，这个工事里有一个机枪排防守，四挺重机枪对着我们进攻必须经过的三四十米宽、百十米长的一小片开阔地。因为视距很近，可以清楚地看到射口里的枪管。这个重兵把守的堡，成了我们前进的拦路虎。石堡下面，还筑有工事，与石堡互为依托。透过两山之间三十米的空间，可以看到口子后面是一个三角形的谷地，山坡上筑有不少的工事。就在这两处方圆不过几百米的复杂地形上，敌人有两营之众，此外还有白天被我们击溃逃到这里的敌人。

　　经过反复缜密的侦察，和我一营攻击时敌人暴露的火力，我们发现敌人有两个弱点：一是敌人的炮楼没有顶盖；二是口子上敌人的兵力集中在正面，凭借沟口天险进行防御，两侧因为都是耸入云霄的高山，敌人设防薄弱，山顶上没有发现敌人。我们又把望远镜对向敌人石堡旁边的悬崖峭壁。这一面石壁，从山脚到顶端，约有七八十米高，几乎成仰角八九十度，山顶端倒是圆的，而石壁既直又陡连猴子也难爬上去，石缝里零星星地歪出几株弯弯扭扭的古松。敌人似乎没有设防，可能是因为它太陡太险。团长和我边观察边研究，觉得倘若能组织一支迂回部队从这里翻越上去，就能居高临下用手榴弹轰击敌人的碉堡，配合正面进攻，还可以向东出击，压向口子那边的三角地带。如何上得去？在这关键时刻，我们又召集连队的士兵开了大会，讨论的中心议题是如何打下腊子口，要大家献计献策。哪知，一个贵州入伍的苗族小战士来了个"毛遂自荐"，说他能爬上去。大家都惊奇地望着他。

这个战士外号叫"云贵川"，作战非常勇敢。他说：在家采药、打柴，经常爬大山、攀陡壁。眼下这个悬崖绝壁，只要用一根长竿子竿头绑上结实的钩子，用它钩住悬崖上的树根、崖缝、石嘴，一段一段地往上爬，就能爬到山顶上去。于是，他们把希望寄托在这个苗族小战士的身上。天将黄昏时，部队做好了两面出击，即翻山迂回和正面强攻的准备工作。迂回部队由侦察队、信号组和第一、第二连组成，由团长王开湘率领；正面强攻的任务由第二营担任，第六连是主攻连，由团政委杨成武指挥。

天一擦黑，王开湘率部队过了腊子河，开始向绝壁上攀登。那个苗族小战士捷足先登爬了上去，将随身携带的长绳从上面放下来，后面的人一个一个顺着长绳爬了上去。与此同时，担任正面强攻的第六连选择20名战士组成突击队，由连长杨信义和指导员胡炳云指挥，乘着朦胧夜色向敌人的桥头阵地接近，从正面展开了猛烈的进攻，以掩护迂回部队的行动。但攻了几次都没有攻上去，直到凌晨3时，他们才偷偷地涉水过河占领了桥的另一端。担任迂回的第一连在毛振华率领下首先爬到山顶，但到处都是悬崖陡壁，找不到往前和往左的去路，当时又不能照明，只好摸着黑找，直到天亮前，他们才找到了道路，立即发出一红一绿两颗信号弹。这是进攻的信号！杨成武在山下看到以后，命令立即发出三颗红色信号弹，向敌人发起总攻。

我们就抢占了独木桥，控制了隘口上的两个炮楼。经过两个小时的冲杀，部队突破了敌人设在口子后面三角地带的防御体系，夺下了一群炮楼，占领了几个敌人的预设阵地和几个堆满弹药、物资的仓库。全团一边作战一边就地补充弹药，随后向敌人发起了更加猛烈的攻击。经过我二营近一小时的连续冲锋，敌人终于全部溃败。

17日早晨，四团终于攻下了天险腊子口，并在当天穷追猛打90里。腊子口一战，是长征途中少见的硬仗之一，也是出奇制胜的一仗。这一仗打出了红军的威风，红军战士智勇双全，彻底粉碎了蒋介石企图把红军困死、饿死在雪山草地的罪恶计划。

顺利占领天险腊子口的意义重大。正如聂荣臻在回忆中所说："腊子口一战，北上的通道打开了。如果腊子口打不开，我军往南不好回，往北又出不去，无论军事上政治上，都会处于进退失据的境地。现在好了，腊子口一打开，全盘棋都走活了。"

腊子口战役是一次非常重要的战役，红一方面军因这次战役而打通了北上的通道，也迎来了革命大本营在西北奠基的曙光。

我在想，为什么红军将士会前仆后继，不怕牺牲，勇夺关隘、强渡大渡河……这正是信仰的力量。

突破天险"腊子口"，如今已成为克服艰难险阻迈向新征程的借代语。今天我们仍在新的长征路上。我们还有许多"雪山""草地"要跨越，还有许多"娄山关""腊子口"要征服。只要我们保持坚定信念和坚强意志，就能把一道道坎都迈过去，就会迎来苦难后的辉煌，赢得历经风雨后的阳光和彩虹。

哈达铺记忆

2020 年 10 月 16 日，我们参观完腊子口战役纪念馆后，即驱车直抵我敬仰已久的红色地标之一：哈达铺。中国工农红军第一、二、四方面军都曾经过这个村镇。

哈达铺，位于甘肃省南部的宕昌县城北部约 35 公里，腊子口东南不到 70 公里处，地处岷山东麓的丘陵川坝之中，海拔 2225 米，盛产当归、红芪等中药材，是一个较为繁荣的村镇。

1935 年 9 月 12 日，俄界会议后，中共中央率领红军继续北上。9 月 17 日突破天险腊子口。18 日，党中央率领红一方面军一、三军团和军委直属纵队到达岷县旋涡村。20 日，毛泽东、张闻天、周恩来、博古等中央领导到达哈达铺。至此，红军走出了雪山草地，走过了长征中最为艰苦的地区。

中央红军从苏区出发，到哈达铺之前，队伍到哪里去，一直没有明确。长征路上，中共中央召开了多次会议，遵义会议和扎西会议虽然解决了领导权和军事指挥权的问题，基本上摆脱了红军和国民党军队的正面交锋和被动挨打的不利局面，取得了一次次战斗胜利，但红军的落脚点和最后目的地却随着战事、敌我形势和国际国内形势的不断变化而改变。最终将陕北作为红军长征的落脚点，而这一重大战略决策就是在哈达铺开始提出的。提起长征，大多会说到哈达铺。

1976 年，毛泽东长征时的警卫员陈昌奉重访哈达铺时说道：

主席一进哈达铺，没有直接进他的住所，而是到这里（邮政代办所）翻阅国民党的报纸，记得这些报纸是《大公报》《晋阳日报》《西安报》。主席把有用的报纸拿到住室后，几个中央首长也来了，大家一起轮流翻阅报纸，主席把有用的消息用红蓝铅笔勾了起来。党中央、毛主席在《大公报》得知陕北红军和根据地仍然存在的消息后，立即作出将红军长征落脚点放在陕北的重大决策。

红一军团直属侦察连指导员、开国少将曹德连回忆道：

红军突破腊子口后，9 月 18 日，侦察连即智取哈达铺。根据毛泽东"给我们找点精神粮食来！国民党的报纸杂志，只要近期和比较近期的，各种都给搞几份来"的指示，从哈达铺邮政代办所和其他地方找到一批《大公报》等报纸，中央领导人从这些报纸上了解到陕北还有刘志丹和徐海东的红军，革命根据地依然存在。

1935 年 9 月 22 日上午，在毛泽东住地义和昌药铺召开了中央领导人会议，进一步分析了形势，研究制定了有关红军今后的发展方向。下午，中央又在哈达铺关帝庙召开了红一、红三军团以上干部会议。毛泽东作了《关于形势和任务的政治报告》。在这个报告中，毛泽东向大家宣布了"到陕北去"的决定。

聂荣臻元帅撰文回忆道：

> 毛泽东在会上说，目前日本帝国主义侵略中国，我们就是要北上抗日。首先要到陕北去，那里有刘志丹的红军，我们的路线是正确的。现在我们北上先遣队人数是少一点，但是目标也就小一点，不张扬。大家用不着悲观，我们现在比1929年初红四军下井冈山时的人数还多哩！

这是中央红军自长征开始以来第一次提出明确具体的最终目的地。

对于毛泽东在团以上干部会议上的讲话，杨成武将军在《忆长征》中也作了详细记述：

> 国民党的报纸为我们提供了陕北红军的比较详细的消息，那里不仅有刘志丹的红军，还有徐海东的红军，还有根据地！……同志们，胜利前进吧。到陕北只有七八百里，那里就是我们的目的地，就是我们的抗日前沿阵地！

关于毛泽东在哈达铺会议上提出"到陕北去"的决策，除聂荣臻元帅、杨成武将军外，在李维汉、刘英、杨得志等同志的回忆中都有记载。党中央决定到陕北去的消息宣布后，中共中央负责人张闻天立即撰写了《发展着的陕甘苏维埃革命运动》。时任红一师宣传科长的彭加伦听到中央决定北上的消息后激动不已，连夜创作了《到陕北去》歌曲，作者自注"彭加伦创作于哈达铺"。

《贾拓夫传》中记述：

> 聂荣臻发现了一份7月份的国民党报纸，上有消息写道，"陕北

刘志丹部占领六座县城，拥有正规军五万多人。"聂荣臻立即将报纸专送第三纵队司令员叶剑英。为核实消息真伪，充分了解陕北红军情况，叶剑英找到中央红军中唯一来自陕北革命根据地的红军总政治部白军工作部部长的贾拓夫。看完报纸后，贾拓夫高兴地说："陕北是个闹革命的好地方，群众生活很苦，迫切要求革命，加上穷乡僻壤，可以和反动势力周旋。"贾拓夫言简意赅阐明了陕北具有进行革命的牢固阶级基础、良好的群众觉悟以及充分的战略机动空间等优势。听完贾拓夫的汇报，叶剑英把报纸拿给彭德怀。彭德怀看完后，又带着报纸找到毛泽东。彭德怀回来后对叶剑英说："你提供的报纸很重要，老毛和中央其他同志已初步决定，到陕北去靠刘志丹。"由于长征落脚点的选择事关重大，毛泽东找来贾拓夫当面询问陕北详情。贾拓夫将1933年7月陕西省委被破坏以前陕甘游击队、红二十六军的活动及陕西革命斗争等情况作了详细汇报，并建议中央到陕北立足。毛泽东听后兴奋地说："别说陕北有几万红军，能有一万就好了！"

从长征亲历者回忆和传记叙述看，党中央通过报纸，得知陕北有红军活动并建有根据地的消息，中央领导人经过集体分析研判，酝酿形成了把红军长征落脚点放在陕北的重大决策，决定了红军的前进方向和命运。在中央红军经过哈达铺后一年，红二、红四方面军也于1936年8月过境哈达铺，在此驻扎战斗了四十多天。

哈达铺是红军长征三大主力都经过的地区。哈达铺人民不但为红军提供了丰厚的给养，同时还有五千多儿女参加了红军。这里现存最重要的红色旅游资源为哈达铺红军长征旧址，由毛泽东、张闻天住过的义和昌药铺，红一方面军司令部及周恩来住过的小院同善社，一方面军团以上干部会议会址关帝庙，二方面军总指挥部及贺龙、任弼时住过的张家大院，原哈达铺邮政代办所五处旧址组成。

1935 年 9 月 23 日，党中央率领陕甘支队离开哈达铺，向天水东北方向前进。26 日成功突破渭河防线。27 日，党中央和主力部队到达渭县榜罗镇。28 日，中共中央在榜罗镇召开了政治局常委会，会议分析了日本帝国主义侵略日益加剧，民族矛盾不断上升的国内外形势，讨论了红军面临的任务，研究确定了今后的战略方针。会议正式决定将中共中央和红军的落脚点放在陕北。

开国上将萧华创作的《长征组歌》被评为 20 世纪华人经典音乐作品之一。1978 年 6 月，萧华将军对哈达铺题诗赞曰：

红军越岷山，哈达大整编。

万里云和月，精兵存六千。

导师指陕北，军行道花妍。

革命靠路线，红星飞满天。

在人生的际遇中，有些地方，人一生中，一次也难抵达。有些地方，一次相遇却又再无归途。关键是人们不应该淡忘那些曾经为后世留下无穷财富的精神高地。

这就是说，我们走得再远，也不能忘记来时的路。

在国家长征主题文化公园的建设中，红军长征中的哈达铺红色文化建设不应遗忘，也不能遗忘。

革命圣地延安

2020年9月23日，我前往延安参加"老一辈革命家与中共七大"研讨会。这是我第五次踏上延安这片热土。

第一次是15年前，2005年5月，我作为论文入选作者前往中国延安干部学院参加纪念党的七大召开60周年学术研讨会；第二次是2009年10月，陪同领导到延安调研，组织召开党史工作座谈会；第三次是2011年11月，我到中国延安干部学院参加全国党史干部专题学习班；第四次就是2018年10月，我参加中国延安干部学院举办的"加强党性修养"专题培训班，补精神之"钙"，壮信仰之"骨"。

这一次，我又目睹了延安宝塔山，杨家岭、凤凰山革命旧址，延安文艺纪念馆，党的六届六中全会旧址；再次观看了大型红色历史舞台剧《延安保育院》，剧中有如泣如诉的旁白，舞台上有十几个天真可爱的儿童在演出。他们是红军后代，有的还是孤儿。他们同样为迎接新中国的胜利转战南北，是革命的火种。每一次到延安，我都能从感性到理性、从无形到有形、从现实到历史，全面感受老一辈革命家和我军的指挥员、战斗员和宣传员在延安 13 年的战斗生活和精神风貌。

中国现代革命史，延安这个名字永远都闪耀着时代的光辉。诚如毛泽东所言，没有延安这块土地，我们就下不了地。在那样狭小、阴暗、简陋的窑洞里，毛泽东等老一辈革命家，运筹帷幄、决胜千里，指挥了全国的抗日战争和解放战争。就是在这窑洞的小油灯下，他们写下了一篇又一篇决定中国革命方向、指导中国革命的光辉经典，在这里培育了光耀后世的延安精神，谱写了可歌可泣的壮丽华章。

9 月 25 日下午，我和与会的同志一起来到了毛泽东凤凰山旧居拜谒。在院里的花丛中，我看见一个翻开的书页形状的雕塑，上面刻写着这么一段话：

毛泽东初到延安的三个住处。凤凰山革命旧址，现在对外开放的毛泽东旧居，是毛泽东到延安的第三个住处。院子原来的主人叫吴鸿恩，是当地有名的乡绅，因此，这个院子常被称作吴家窑院。二道街罗廷桢的东厢房是毛泽东到延安后的第一个住处，大约住了一个礼拜。现在这个院子已经不复存在了。第二个住处是凤凰山麓下的李家石窑。主人是一个叫李建堂的中医郎中，院子背光，洞里阴暗潮湿，在此艰苦的环境下，毛泽东写下了哲学著作《实践论》《矛盾论》。

大家耳熟能详的、毛泽东影响世界的哲学巨作"两论"——《矛盾论》《实践论》和《论持久战》一书就诞生在这里。当时贺子珍与毛泽东就生活在这里。后来贺子珍到苏联养伤。

毛泽东、周恩来、朱德率领中国工农红军经过二万五千里长征，到达陕北吴起镇（今吴起县），又经瓦窑堡（今子长县）、保安（今志丹县），于1937年1月来到延安，就住在这里领导中国革命，指引全国开展抗日战争。因此可以说，延安凤凰山是接引凤凰的凤凰台，凤凰在这里通过涅槃升华出"两论"这样的伟大文献，通过这些理论指引中国革命取得了胜利。

凤凰山革命旧址北边的院子，分前后两院。后院有三孔石窑洞，是毛泽东同志旧居。1937年1月至1938年11月，毛泽东在这里居住。中间的窑洞是会客室，里面陈设木质桌凳，墙上挂有毛泽东和白求恩大夫谈话的照片；西南边的窑洞是办公室兼卧室，里面陈设有木质办公桌椅、柜子，并陈列着毛泽东当年用过的网套等。

院子的第四孔石窑正在进行纪念白求恩图片展。白求恩，这是一个令人崇敬的国际主义战士。他那么远来到这么艰苦的地方帮助我们抗击日本侵略者。看到墙上挂着的当年白求恩在这里与毛泽东谈话时留下的照片，心中充满对白求恩人品的敬意。

白求恩对毛泽东说，训练医护人员的工作只有去前线，才更有成效、更实际。最后，毛泽东答应了他"到抗日前线去，到抗日的人民中间去"的请求。谈话一直持续到午夜。当晚，白求恩在他的日记中这样写道：

我在那间没有陈设的窑洞里，和毛泽东面对面地坐着，倾听着他那从容不迫的谈话的时候，我想起了长征……我现在才明白，为什么毛泽东那样感动着每一个和他见面的人。这个人是一个巨人，他是我们世界上最伟大的人物之一。

207

1937 年 1 月至 1938 年 11 月，毛泽东和周恩来、朱德等党中央领导曾住在这里。后来，1938 年 11 月，侵华日军飞机轰炸延安城，为了安全，中共中央机关由此迁往杨家岭。

"到延安去"，成为那个时代青年人的向往。延安窑洞的光芒永远照亮一切向往真理、向往进步的人砥砺前行，为中华民族奔腾的历史长河汇聚涓涓细流！

鲁迅艺术文学院的燃情岁月

倘若你喜欢诗和远方，你应该到延安看看；倘若你非常喜欢诗和远方，你不能不到延安城东北角的桥儿沟——鲁迅艺术文学院（以下简称"鲁艺"）感受一下那个年代的燃情岁月。

2020年9月25日，我有幸第三次来到鲁艺。这里有一座著名的天主教堂。党的六届六中全会曾在这里召开。在风云际会的抗战时期，这座西式建筑曾经是鲁艺所在地，一代著名文艺家从这里走向新中国，一代"红色经典"在这里诞生。

1938年初，中共中央决定成立鲁迅艺术学院。由毛泽东亲自领衔，与周恩来、林伯渠、徐特立、成仿吾、艾思奇和周扬一起作为发起人，联名发布《鲁迅艺术学院创立缘起》，里面这样写道：

艺术——戏剧、音乐、美术、文学是宣传、鼓动与组织群众最有力的武器。艺术工作者——这是对于目前抗战不可缺少的力量。因之，培养抗战的艺术工作干部在目前也是不容稍缓的工作……因此，我们决定创立这艺术学院，并且以已故的中国最大的文豪鲁迅先生为名，这不仅是为了纪念我们这位伟大的导师，并且表示我们要向着他所开辟的道路大踏步前进。

1938年4月10日，鲁艺举行了开学典礼。鲁艺第一期只设音乐、戏剧、美术三个系，共招收60名学员。文学系是第二届开始招生的。创办初期的鲁艺，教师少、学生少，办学条件简陋，但毕竟是党的历史上第一所文艺院校，在中国现代文艺教育史上也是一个创举。

1939年5月，毛泽东为鲁艺创建一周年题词："抗日的现实主义，革命的浪漫主义。"1940年，毛泽东为鲁艺题写校名"鲁迅艺术文学院"，并题写了"紧张、严肃、刻苦、虚心"的八字校训。

可以说，"枪杆子"与"笔杆子"是革命的两支军队。如何培养和训练一支高效的"笔杆子"队伍，如何建设新民主主义的文化体系，一直是毛泽东思考的重要内容。毛泽东实事求是，具体问题具体分析，向中国本土的民间文化寻求资源，把党的文艺方针调整为为中国绝大多数老百姓服务，即"我们的文学艺术都是为人民大众的，首先是为工农兵的，为工农兵而创作，为工农兵所利用的"。他号召"有出息的文学家艺术家，必须到群众中去，必须长期地无条件地全心全意地到工农兵群众中去，到火热的斗争中去……"

令人热血沸腾的《黄河大合唱》《生产大合唱》就是鲁艺音乐系主任冼星海谱曲的。正如毛泽东《在延安文艺座谈会上的讲话》中所言："我们的整个文艺工作，戏剧工作，音乐工作，美术工作，都有了很大的成绩。"应该说，抗战之初的延安乃至陕甘宁边区的文艺运动，有力地推动了抗战事业，也繁荣了陕甘宁边区的文化生活。

25日下午，细雨中，我来到刚刚落成不久、由著名诗人贺敬之题写馆名的"延安文艺纪念馆"。在馆内，我的心中徜徉着景仰之情，并不时地追寻着文艺前辈的身影。

鲁艺在延安办学期间，戏剧、美术、音乐、文学四个专业，前后有六期（文学系只有五期），共培养学生千余名，教师和工作人员总计有二三百人之多，还给地方和部队培养艺术人才上千名。新中国成立后，鲁艺师生大都在全国文艺界从事文艺领导、创作、教育、表演、出版编辑等工作，成为新中国文艺界领军人物。

我在人民艺术家冼星海展陈前驻足。冼星海是"永远的黄河"。我似乎听到了那令人热血沸腾的"风在吼、马在叫，黄河在咆哮……"音乐史诗回响！

1938年9月，武汉沦陷后，诗人光未然带领抗敌演剧队第三队，从陕西宜川县的壶口附近东渡黄河，转入吕梁山抗日根据地。途中他们目睹了黄河船夫们与狂风恶浪搏斗的情景，聆听了高亢、悠扬的船工号子。

1939年1月，光未然抵达延安后，创作了朗诵诗《黄河吟》，并在这年除夕联欢会上朗诵此作，冼星海听后非常兴奋，表示要为演剧队创作《黄河大合唱》。

这年3月，在延安一座简陋的土窑里，冼星海创作一星期，半月之内又完成了该作品八个乐章及伴奏音乐的全部乐谱，写就了这一时代的中华民族的音乐史诗。

《黄河大合唱》是冼星海最重要的和影响最大的一部代表作。冼星海以黄河为背景，用丰富的艺术形象、壮阔的历史场景和磅礴的气势，表现出黄河儿女的英雄气概，热情歌颂中华民族源远流长的光荣历史和中国人民坚强不屈的斗争精神，痛诉侵略者的残暴和人民遭受的深重灾难，并向全中国、全世界发出了民族解放的战斗号角。

冼星海在民族危亡的严重关头，站在民族斗争的前面，加入了中国共产党。为了民族解放，"为抗战发出怒吼"。他在日记中写道："我有我的人格，良心不是钱能买的，我的音乐要献给祖国，献给劳动人民大众，为挽救民族危机服务。"

冼星海的艺术人生，是短暂的、闪光的、伟大的一生。苦难给他意志，阅历给他经验，文化让他自信，艺术又使他敏感。他创作的三百余首音乐作品，成为中华民族宝贵的精神财富。延安岁月，他找到了艺术的知音，得到了心灵的共鸣，激发出极大的创作热情。他创作的《黄河大合唱》等音乐作品，艺术地再现了中华民族生生不息的中国故事和中国气派，成为抗战时代的最强音。汹涌澎湃、一泻千里的黄河，是华夏文明的摇篮，在20世纪民族解放历程中，黄河成为中华民族不屈不挠的象征。抵御外辱、同仇敌忾的民族复兴事业，激励着千千万万中国人前赴后继、勇往直前。在这场波澜壮阔的历史画卷中，人民音乐家冼星海，与黄河一起成为永恒，一起成就跨越时代的经典旋律。

载入革命史册的小河会议

2020年9月26日上午，我怀着崇敬心情来到了陕西省靖边县小河村"小河会议旧址"瞻仰。

陕西省靖边县小河村是毛泽东、周恩来、任弼时率领的中共中央机关转战陕北时两次居住过的地方。

1947年7月，党中央在小河居住期间召开了中共中央扩大会议，即著名的"小河会议"。会议研究部署了人民解放战争一系列重大决策，指挥人民解放军拉开了全国性战略大进攻的序幕。从此，"小河"这一光辉的名字永远载入中国革命史册。

在毛泽东的精心筹划下，从1947年7月开始，中国人民解放军由战略防御转入战略进攻，而战略进攻是在独特的形势下以独特的方式展开的。

1947年年底，毛泽东高兴地宣布："中国人民的革命战争现在已经达到了一个转折点。""这是一个历史的转折点，这是蒋介石20年反革命统治由发展到消灭的转折点，这是100多年来帝国主义在中国统治由发展到消灭的转折点。"

　　1947 年 7 月 21 日至 23 日，毛泽东在陕北靖边县小河村主持召开了这次中共中央扩大会议。参加会议的有周恩来、任弼时，有中央部门和西北地区领导人陆定一、杨尚昆、彭德怀、贺龙、习仲勋、贾拓夫、张宗逊、马明方、王震、张经武，还有从晋南前线赶来的陈赓。会议在院子里临时搭的凉棚下举行。在紧张的战争环境中，能有这样多负责人参加，是一件很不容易的事。这次会议通常被称为"小河会议"。

　　小河村坐落在靖边县城东南约三十公里的地方，依山傍水，绿树掩映，是一个风景优美的小山村。但当时，小河村位于战争前线。只是在一个多月前，毛泽东率领中央机关撤离延安后，几经辗转，曾在 6 月 9 日从王家湾冒着大雨迁移到这个村子。两天后，国民党军队又从王家湾向这个村子扑来，离村只有十来里，毛泽东不得不率中央机关离开小河村向西北方向的小山村天赐湾转移。这次转移十分艰险。部队还没有出村，大雨又下起来，小河水暴涨，把原有的小桥也冲走了，只能临时赶搭浮桥。这时天已完全黑下来，敌人就在邻近，队伍不能有一点亮光和声音，只能在大雨中摸黑从羊肠小道爬上山顶。第二天清晨到达在山梁上的天赐湾。这是一个只有二十几户人家的小村，毛泽东、周恩来等挤在一间小窑洞里住，很多随从人员只能在外露宿。一星期之后，6 月 17 日，他们在形势稍见缓和后又回到小河村。这以后没有几天，解放战争开始进入第二个年头。全国性的战略大进攻就要开始了。"小河会议"就是在这样的背景下召开的。

　　在毛泽东旧居简介中这样记载：

中共中央转战陕北时，毛泽东两次来到靖边县小河村，这里是毛泽东 1947 年 6 月 16 日第二次来到小河村时的住处。毛泽东在这里与小河人民一起度过了 45 个难忘的日日夜夜。在这里，毛泽东为中共中央和中央军委起草了大量的电报，为新华社修改《努力奋斗，迎接胜利，纪念中国共产党创立 26 周年》《总动员，总崩溃》等社论，主持召开了中共中央扩大会议。1947 年 8 月 1 日，毛泽东等率领中共中央离开小河村。

中国人民解放军转入战略进攻取得的这些重大胜利，都是毛泽东在转战陕北那种极端艰苦而险恶的环境中指挥的。那时，周恩来担任中央军委副主席兼代总参谋长，许多重大战略决策由他们两人商议后就付诸实施了。后来，周恩来曾说过：毛主席是在世界上最小的司令部里，指挥了最大的人民解放战争。

靖边属于陕西榆林市，在悠远的历史长河中，这里涌动着一幕幕金戈铁马的边塞风云，涌现出一批批尽显风流的英雄豪杰。在革命战争年代，这里作为西北革命策源地和西北革命根据地的重要组成部分，一批革命理想高于天的共产党人，书写了一个个前仆后继的铁血传奇，绘制了一幅幅波澜壮阔的革命画卷。

这是一场国共双方的大决战，更是一次决定中华民族前途命运的大对决。从 1947 年 3 月 18 日到 1948 年 3 月 23 日，毛泽东、周恩来等中国共产党人以非凡胆识和卓越智慧，运筹帷幄，灵活机动，住着陕北的土窑洞，吃着陕北的小米饭，走着陕北的黄土路，在陕北的梁峁沟壑、迂回穿插 2000 余里，驻留陕北 12 个县的 38 个村，其中经由榆林的有 8 县 33 个村落。在陕北、在榆林这块神奇的土地上，创造了新的时代传奇，孕育了新中国的萌芽，谱写了中共党史、人民解放军军史和中国革命史上的光辉篇章。

瞬间成永恒，史册承记忆。回望党中央转战陕北之路，这既是一条艰险曲折、走向胜利的开国之路，也是由一个个关键的节点、重大的事件相互演绎的传奇之路。

自古成败，皆在民心。"政之所兴在顺民心，政之所废在逆民心。"人心，蕴藏着看不见的软实力。有人曾向毛泽东同志请教，共产党为什么能够打败蒋介石？他的回答言简意赅："共产党赢得了民心。"回首百年光辉征程，中国共产党筚路蓝缕、不畏险阻，始终与人民站在一起。"人心向背、力量对比决定事业成败。"正是一代代共产党人的无私无畏、全心为民，才能"唤起工农千百万"。得民心则兴，失民心则衰。只有深深植根于人民群众的沃土之中，彰显人民的神圣与伟大，才能得到人民的支持与拥护，才能无往而不胜。

这也是党中央在陕北 13 年最重要的历史启示。

革命圣地西柏坡

2020 年 11 月 28 日，我又来到 7 年前曾和当过兵的父亲一起来过的西柏坡。2013 年的 5 月，我是推着轮椅上的父亲来拜谒的。我没有问父亲，他到党的七届二中全会的会场时，为什么哽咽；没有问父亲到毛泽东故居前的石磨前，又因为想起什么而再度哽咽……

已经作古的父亲，不会再到河北省平山县的这个普通的小山村了。

"中国命运定于此村"的西柏坡，我想，我们应该记住的是，它是解放全中国前的最后一个农村指挥所；中共中央在这里领导全国的土地改革运动；党中央、毛主席在这里指挥了著名的辽沈、淮海、平津三大战役；1949 年 3 月在这里召开了具有深远历史意义的七届二中全会。

思考之一：赶考。1949 年 3 月，党中央即将离开西柏坡前往北平。临行，毛泽东意味深长地对周恩来说："进京赶考去。"周恩来回答道："我们应当都能考试及格，不要退回来。"毛泽东自信地说："我们决不当李自成，我们都希望考个好成绩。"

"赶考"，考什么？毛泽东这个形象化的比喻，包含了两大考题：一是要经受住长期执政的考验。共产党能否在夺得天下后，不学李自成。二是接受人民的考验。能否建立、建设一个新中国，实现国家富强，人民富裕。

在人生的道路上，我们都是在"赶考"途中，我们的答卷及格了吗？我们考出了好成绩了吗？

思考之二："四种情绪"要不得。在西柏坡，毛主席指出了四种情绪要不得：一是党内的骄傲情绪；二是以功臣自居的情绪；三是停顿起来不求进步的情绪；四是贪图享乐不愿再过艰苦生活的情绪。在我们人生的后半程，这"四种情绪"可能生长，可能会增长。我们不可掉以轻心。

思考之三：记住"两个务必"。毛主席提醒我们，可能有这样一些共产党人，他们是不曾被拿枪的敌人征服过的，他们在这些敌人面前不愧英雄的称号，但是经不起人们用糖衣裹着的炮弹的攻击，他们在糖弹面前要打败仗。我们必须预防这种情况。"务必使同志们继续地保持谦虚、谨慎、不骄不躁的作风，务必使同志们继续地保持艰苦奋斗的作风。""两个务必"是人生必修课，我们也一定要修好。

思考之四：要牢记新的历史条件下的"四大考验"和"四大危险"。"四大考验"是：长期执政的考验，即在长期执政、执政环境日趋复杂、执政基础有所变化的背景下，如何加强和改进自身建设，以巩固党的执政地位；改革开放的考验，即如何在全面深化改革开放的同时，坚持和发展中国特色社会主义；市场经济的考验，即我们党既要经受住市场经济对党负面影响的考验，又要经受住市场经济所引发的意识形态安全的考验；外部环境的考验，即我们党面临的国际大环境和周边环境日趋复杂严峻，包围、遏制、打压、分化、唱衰中国的行径日趋激烈。"四大危险"是：精神懈怠危险，即有的党员干部缺乏理想信念，缺乏自信，缺乏斗志；能力不足危险，即有的党员干部难以胜任所肩负的历史重任，难以应对诸多挑战和"四大考验"；脱离群众危险，即有的党员干部高高在上，不愿深入群众，背离党同人民群众密切联系的传统；消极腐败危险，即一些领域腐败现象易发多发，严重侵蚀着党的肌体。

在西柏坡纪念馆里的"新中国从这里走来"大型雕塑前，望着远去的革命先辈，我在想我们应该怎样赓续那种精神，不忘初心，为人民谋幸福。

寻找那片红色地标

2017 年 4 月 1 日，临近清明节。我来到位于乌鲁木齐市南郊燕儿窝路的乌鲁木齐市革命烈士陵园，祭奠那些曾经为新中国成立和新疆发展事业倾注鲜血和生命的烈士。这也是我在援疆期间的一个心愿。

这天上午，天朗气清，春风和煦；松柏苍翠，小草泛青。陵园大门不远处矗立着青色巍峨的人民英雄纪念碑。路的右侧陈列馆前，是中国共产党创始人之一陈潭秋烈士的半身汉白玉雕像。纪念碑基座前摆放着自治区团委、青联、学联敬献的几个花篮，鲜艳的缎带上写着"革命烈士永垂不朽"的字样。

纪念碑后面，是扇形摆开的陈潭秋、毛泽民、林基路、乔国桢、吴茂林五位烈士的墓碑。正面是烈士墓碑题字，背面是用汉、维吾尔、哈萨克、蒙古四种文字镌刻的烈士简历。碑座、墓身，分别采用白色泰山花岗岩和天山花岗岩磨制而成。碑座上精雕细刻着高洁的雪莲花。

拜谒完五位烈士墓碑后，再迈上几层台阶，就是杜重远、祁天民烈士的衣冠冢和陈振亚、彭仁发、汪德祥等五烈士的墓地。每座墓碑的正面镌刻着烈士名字和生卒年月，背面镌刻着烈士生平。尽管生平只有短短的几十个字，但那却是烈士厚重人生的经典。

为纪念新疆和平解放，2007 年，陵园在纪念碑南侧修建了一座"红色·记忆"雕塑墙，它生动地反映了新疆各族军民载歌载舞欢庆和平解放的情景。

雕塑墙北面，是 2001 年 7 月 1 日为王恩茂同志修建的墓碑。

王恩茂自离开家乡江西永新，曾有过三次长途跋涉的进军。一是长征，从江西到延安；二是由延安南下去湖广而后返延安；三是由延安保卫战开始，鏖战八百里秦川，继而攻兰州、下西宁、出酒泉，继而沿着"丝绸之路"南道，一直到达边陲喀什。

在当代新疆，王恩茂是继王震之后对新疆的历史进程产生重要影响的政治家之一。他是新疆解放事业的指挥者、新疆社会主义建设事业的开拓者、新疆屯垦戍边事业的领导者、新疆民族团结进步事业的奠基者。他的一生充满了传奇色彩。他维护和发展新疆各族人民的大团结，反对民族分裂主义，坚决维护祖国统一和国家安全。他把新疆当作了他的第二故乡。

陵园的山坡上设有公墓，那里埋葬着 100 多位为新疆的解放和建设事业作出贡献的老红军、老八路。我向薛旭光、高焕昌等老红军、老八路的半身塑像致以敬意。这里还埋葬着在新疆"三区革命"中牺牲的优秀干部和边境自卫反击战中阵亡的烈士。有的是为保卫和抢救人民生命、国家和集体财产壮烈牺牲的，有的是同歹徒英勇斗争被杀害的。无论是在追求民族解放时期，还是在革命战争时期，乃至今天的和平年代，他们都付出了最宝贵的生命。甚至很多烈士没有名字和照片，至今连一块墓碑都没有。他们是真正的民族脊梁。

纪念碑正面的右侧，是烈士事迹陈列馆。大型陈列以"天山丰碑"为主题。这里陈放着陈潭秋等共产党人在新疆开展各种抗日救国活动的资料和图片、烈士遗物、临狱审讯笔录等，并通过幻影成像、多媒体电视屏、影视墙、场景复制等，真实而形象地再现了烈士们不畏艰险、为抗日民族统一战线的建立所做的大量工作。在女子牢房的情景再现中，我看见，一位女性革命者坐在铺着稻草的地上，她怀里还抱着襁褓中的孩子，身边还有几位女牢友……她们舍生忘死、忠贞不屈，有的还献出了自己宝贵的生命。先烈们用青春和生命铸就了一座座历史丰碑。

苍松常青，风范永存。上午 11 时许，乌鲁木齐市第 99 小学的上百名学生和老师都佩戴红领巾，排着整齐的队伍走来了，自治区公安厅的民警队伍来了，武警部队的官兵们来了，社区的党员和群众来了，四名武警战士抬着两个硕大的花圈在新疆农业职业技术学院动物科技分院的学生们前面缓缓走来……纪念碑前的广场上，花圈，挽联，丝带，鲜花，庄重缤纷；党旗，军旗，队旗，校旗，迎风招展。"起来，不愿做奴隶的人们……"嘹亮的国歌在奏响……

一位伟大作家曾发出这样的声音，他说：只有热爱祖国，痛心祖国所受的严重苦难，憎恨敌人的人，才给了我们参加斗争和取得胜利的力量。

清明时节，我也在想，我们的后代们还会不会忆起他们，忆起那些曾为祖国为人民而献身的先烈。

为了那份承诺

在庆祝中国共产党百年华诞之际，我有幸参加了在江西省永新县召开的"中国共产党入党誓词发展暨中国共产党人初心使命"理论研讨会并发言。来自全国各地的专家学者、贺页朵的后代等100余人汇聚一堂，共同研讨中国共产党现存最早的入党誓词——贺页朵入党誓词的重大意义与深刻内涵。

这是回望历史、敬仰先烈的实际行动，彰显了革命老区传承红色基因、赓续精神血脉的政治自觉。这是情系老区、求真求实的重要体现，展现了党史专家以史鉴今、资政育人的学术担当。这是砥砺初心、奋发进取的行动宣誓。无论是贺页朵24个字的"宣誓书"，还是现在80个字的入党誓词，蕴含的都是"行胜于言"的行动哲学，彰显的都是信仰的力量。

2019年11月，由中央党史和文献研究院、中央"不忘初心、牢记使命"主题教育领导小组办公室、国家广播电视总局联合制作的微纪录片《见证初心和使命的"十一书"》的"第一书"就是描写贺页朵如何冒着生命危险珍藏和践行我党历史上第一份"入党宣誓书"的感人事迹。至今国家博物馆珍藏着的这份入党誓词:"牺牲个人,言首秘蜜(严守秘密),阶级斗争,努力革命,伏(服)从党其(纪),永不叛党。"它是中国共产党历史上现存早期的入党誓词。已经褪色的破旧红布上,用毛笔书写着24个字,落款时间1931年1月25日。写下誓词的,是江西贫苦农民贺页朵,因为识字不多,24字誓词中,就有5个错别字。

在当时白色恐怖之下,贺页朵不仅冒着杀头风险在誓词中写下名字,后来他还将誓词以油纸包裹,藏于自家屋檐下,让这份誓词得以穿越战争烽火,最终保存下来。"牺牲个人,永不叛党"的词句,成为誓词中每位党员最庄严的承诺。

1927年10月,毛泽东创建井冈山革命根据地时,贺页朵41岁,是江西省永新县北田村的一位普通农民,家境贫寒,依靠帮人榨油、打短工为生。由于深受当地农民运动的教育和感染而投身革命,并担任当地农民协会副主席,贺页朵把自家榨油坊作红军秘密联络点,冒着生命危险,建起地下交通站,为红军运输粮食、食盐和弹药。他参加了红军3次攻打永新、9次攻打吉安的战斗,1931年1月,永新县党组织批准贺页朵加入党组织。1月25日晚,贺页朵在油灯下激动地拿出一块早已准备好的红布,认真地在红布上写下了那段入党誓词,并在红布的两边留下了自己的名字和入党的时间、地点。在那个白色恐怖年代,把名字和入党地点写在入党誓词上是非常危险的。一旦被敌人发现,不但会威胁自己的生命,还会连累家人和朋友。1934年红军主力长征前,贺页朵因身负重伤无法随大部队转移,此后与党组织失去联系,可贺页朵始终牢记自己的党员身份和入党誓言,不惜冒着被杀头的危险保存自己的入党誓词。他将入党誓词用油纸层层包裹，放在自家榨油坊的屋檐下，夜深人静的时候，常常把入党誓词取下来默默诵读，并用实际行动履行着自己的入党誓言，直到新中国成立。1951 年，中央派慰问团到南方老革命根据地慰问时，贺页朵才将这份珍贵的入党誓词亲手交给慰问团负责人，此后这份珍贵革命文物就一直由国家博物馆保存。

1956 年 7 月 1 日，是党成立 35 周年的日子，我们老一辈革命家，曾任最高人民法院院长的谢觉哉，在原中国革命博物馆看到这份入党誓词后，写了一篇《一个农民的入党宣誓书》，文中写道：

这是一位农民同志的入党宣誓书，不用说，这位贺同志是在艰苦的斗争中经历过严峻考验的……如果回溯一下那些克服艰难困苦，揩干身上的血，埋葬同胞的尸体，拿起枪又坚决战斗的岁月和事迹，那我们就可以在这张照片里看到数不清的愤怒、勇敢、诚朴的农民面孔，看到在深山里、在平原里、在战场上、在监牢里奋斗不屈服的场面。贺同志在写这张布质的入党宣誓书时，不是照着底稿写，而是记熟了这几句话。他虽然写了一些别字，这些别字并不减少它陈列革命博物馆的意义，倒使人感到它忠实、可爱、可贵。

谢老并将这篇文章收录到他的《不惑集》一书中。

2008 年 1 月，时任中共中央总书记的胡锦涛看见这张珍贵的革命历史文物时，久久凝望，口中不停地念叨着贺页朵的名字，足见这份中共党史上"入党宣誓书"的厚重和永恒！

红色基因是历史的积淀。红色基因植根于革命先烈用鲜血染红的泥土中，传承于一代一代人不懈奋斗的事业中，与我们每一个人情感相连、命运相系，是我们精神的归宿、初心的原点。生活在我们这样一个拥有无数先烈的国度里，英雄的故事人人传颂，红色印记随处可见。

习近平总书记在瞻仰井冈山革命烈士陵园时，曾讲过一段深情的话语：井冈山是革命的山、战斗的山，也是英雄的山、光荣的山，每次来缅怀革命先烈，思想都受到洗礼，心灵都产生触动。回想过去那段峥嵘岁月，我们要向革命先烈表示崇高的敬意，我们永远怀念他们、牢记他们，传承好他们的红色基因。遍布于全国各地的纪念馆、纪念地，是红色基因的"孕育地""储存库"，充分发挥好红色资源作用，经常到这些地方拜谒、瞻仰、学习，可以使我们的心灵得以滋养、灵魂得以净化、境界得以提升，从红色基因中汲取前行的力量。

贺页朵的孙子贺佐智在会上讲述了他们一家的情况：

我父亲去世早，母亲目不识丁，家庭生活非常贫困，祖父经常教育我们，要求我们听党的话，永远跟党走。做人要不怕吃亏、做事要不怕吃苦，做人做事要经得起时间的检验。在祖父贺页朵的精神感召下，我们四兄弟长大后都加入了中国共产党，都没有忘记祖父的入党誓词，都自觉传承祖父的红色基因，将我们的一生都默默地奉献给党的事业。

大哥贺佐才江西医学院毕业后，在广东电力职工医院工作，他一直兢兢业业，从事救死扶伤的工作，每次回到家乡，免费为村民看病，以此报效家乡的父老乡亲。大弟贺佐文1979年对越自卫反击作战中壮烈殉国，荣获中央军委授予的二等功臣。他在上战场前的家书中写道："我的一生交给了祖国，党的需要就是我的志愿，为了保卫祖国领土的完整与安全，献出自己的生命也是应该的。我们都是共产党员、团员，革命家庭，就应该为保卫祖国而斗争。"他用生命践行了祖父的入党誓词。在大弟牺牲后，我们又将小弟贺佐武直接送到部队接替他哥哥的战斗岗位。

几十年来，由于祖父的影响，我们对故乡总是怀有别样的情怀，在力所能及的情况下，为家乡做点实事。为了从根本上改变家乡贫困落后的面貌，我们关注家乡教育事业，我们兄弟以贺页朵的名义，出资200多万元，先后在永新中学、才丰中学、才丰乡小学，设立了三个奖学金和教育基金，用于奖励优秀学生和老师。其中包括2009年，我们捐资100万元，利用利息为龙安大队9个自然村考上大学的学生发放奖学金，一本每人3000元，二本每人2000元，三本每人1000元，考上一流名校的每人10000元，准备世世代代发放，目前已发放10多万元。为了引领家乡脱贫致富，改善家乡交通状况，1997年我们投资20多万元，为家乡修桥修路，从龙安桥到花园村路（近2公里）被群众亲切地称为"贺页朵路"。为了家乡老人能安享晚年，我们还出资20多万元，在北田村修建了老年活动中心，同时为4个村和乡政府养老院设立了老年爱心基金，对60岁以上的近200位老人发放，现已发放了13次，金额已达50多万元。为了发展家乡振兴经济，我引进上市公司在永新投资建设永新凯迪生物发电厂，既增加了当地财政收入，保护了环境，又解决了部分农民就业增收，活跃了家乡经济。

永新是我出生成长的地方，也是我魂牵梦绕的圣地。亲不亲，故乡人，美不美，故乡水，永新作为典型的红色革命根据地之一，祖父贺页朵的入党誓词，是中共最早的历史见证，也是国宝级的文物之一，是永新重要的红色资源。同时，永新革命先烈前辈多，红色故事多，利用这些得天独厚的红色史实，开展独具特色的党史学习活动，是作为永新坚定理想信念，加强党性修养的生动教材，把红色基因传承好，确保红色江山永不变色……

那一天，我真诚地向在座的以贺页朵的后人为代表的老区人民致以崇高敬意！向永新走出的 41 位将军及其后人们致以崇高敬意！

公祭日里的回望

2014年3月29日，离清明节没几天了。这一天下起了大雨，我来到了向往多年的南京参观南京城西江东门这座将石头、建筑、艺术融进历史的纪念馆——侵华日军南京大屠杀遇难同胞纪念馆。

枯树、断墙、小草、鹅卵石、花岗岩，在这里共同烘托起人类亘古不变的生与死的主题，叩问着千万活着的人的良知与人性。天空中飘落的雨丝抽打着我的心灵，我的心沉甸甸的，也感到步履有些沉重。

这里有石头路、石头墙、石头碑、石头房、石头雕塑、石头广场……一块块石头形成了一个个特殊的符号，凝固成一部沉甸甸的史书。

这里的石头形状各异，有豌豆粒般的小砂石、拳头般大的鹅卵石、千斤重的长条石、灰白色的花岗岩、雪白晶莹的汉白玉石和锈迹斑驳的太湖石……各种石头在这里汇积如山。

这里有艺术的墙、艺术的雕塑、艺术的石碑、艺术的广场……一门门艺术在这里汇集成海。这里有墙的艺术：石碑墙、铜板墙、哭墙（遇难同胞名单墙）、诗碑墙、浮雕墙、纪念碑墙、残破的围墙、弹痕累累的古城墙……一道道高低不同、体量不一的墙壁，形成了一道道独特的风景线，组合成一面面历史的"回音壁"。

这里有碑的艺术：标志碑、纪念碑、奉献碑、植树碑、赎罪碑、铜诗碑……一块块形状各异、意义不同的碑，在不同的空间里组合排列，形成悲与愤的同一主题。纪念馆的标志碑高 12.13 米，外形宛如一个巨大的十字架，上端镌刻着一排黑色的阿拉伯数字"1937.12.13—1938.1"，艺术地再现了南京大屠杀发生的时间。

这里有雕塑的艺术：有抽象雕塑，也有意象雕塑；有组合雕塑，也有单一雕塑；有浮雕，也有圆雕；有石雕，也有玉雕、泥雕、铜雕等。由三根黑色三棱石柱、五个褐红色的铁圈和中间三根倒下的"人"字形横梁，艺术地组成了"倒下的 300000 人"的抽象雕塑。

在悼念广场上，有一个由"残破的城墙"、"残缺的军刀"、"历史的桥梁"、铜质的"遇难者头颅"和被活埋的"遇难者手臂"，组合成的"古城的灾难"大型雕塑。而墓地广场围墙上镶嵌着名为"劫难""屠杀""祭奠"三组浮雕，是根据历史的照片，用艺术的手法向人们再现那段令人不堪回首的历史。洁白无瑕的汉白玉和平雕塑，向无数的观众阐释"和平"的真谛，宣示着以史为鉴、共创和平的理念。

空旷肃穆的墓地广场，是人们走进历史、与历史对话和心灵碰撞的空间。小道两旁，安放着 17 块用太湖石做成的小型石碑，它们是上新河、汉中门、北极阁、燕子矶、草鞋峡、中山码头等，全市各地所立遇难同胞纪念碑碑文的缩影和集中陈列。据侵华日军南京大屠杀遇难同胞纪念馆馆长，兼中国抗日战争史学会副会长、南京大屠杀史研究会副会长、南京国际和平研究所所长朱成山介绍，这块赎罪碑是一位名叫横山诚的日本老人出资建成的汉白玉碑，他用这种特殊的方式向中国人民赎罪。

集会广场，是组织大型悼念仪式和集会的场所；小的悼念广场，是供人们向遇难同胞献花、默哀，举行祭奠活动的地方。

坟墓造型的半地下史料陈列厅、外形如棺椁的遇难同胞遗骨陈列室……一座座建筑物就是一个个被物化了的艺术载体，是人们观瞻历史真相的一扇窗口。

记忆是对过去的重构，记忆可以传承。民族的创伤使人愤怒，愤怒让朱成山选择了直面侵华日军76年前犯下的残暴罪行。

朱成山说，为了让历史记忆能成为南京的特色文化，让国家曾经的落后及其因此遭受的耻辱作为一种史训展示出来，"前事不忘，后事之师"，南京市委、市政府顺应人民的呼声，决定"建馆、立碑、编史"三件大事一起抓。建馆，即在江东门集体屠杀和"万人坑"遗址上建造一座侵华日军南京大屠杀遇难同胞纪念馆；立碑，是在全市主要屠杀遗址上建造13座侵华日军南京大屠杀遇难同胞纪念碑；编史，邀请中国第二历史档案馆、江苏省社会科学院、南京大学等专家编撰出版南京大屠杀史料专著。一句话，固化历史记忆，让历史的文化在南京土地上生根开花结果，至1985年8月，侵华日军南京大屠杀遇难同胞纪念馆建成，系中国抗日战争纪念馆系列中最先开放的纪念馆。

肩负着对中华民族受难的耻辱历史负责和对振奋民族精神负责的精神，朱成山带领他的团队还做了一件功不可没的事情。1995年夏，他们发动了15800多名大学生和高中生，把当时南京市所辖的

15 个区县 570 多万人口中 70 岁以上的老人，全都采访了一遍，留下了口述史的记忆。与此同时，又在江东门再次发掘"万人坑"，并对遗骸进行史学、考古学、医学、法医学等多种学科的鉴定与保护，为历史记忆留下重要的物证。他们还先后赴北京、上海、广州等 20 多座城市举办展览，让历史的记忆得到弘扬及普及。纪念馆被评为"全国爱国主义教育示范基地""全国文物保护单位"。国耻教育有了活生生的教材，来自全国各地一批又一批的青少年，在这里发出了不忘国耻、振兴中华的誓言。

从 2005 年起，纪念馆进行大规模扩建，新馆平面布局被设计为一艘和平之舟，在大量扩充南京大屠杀相关史料与文物的同时，与和平关联的内容也进行了扩充：和平公园、和平雕塑、和平舞台、和平集会、和平研究、和平期刊、和平树、和平花、和平草……2007 年 12 月 13 日，新馆建成开放，它以一流的"建筑、雕塑、展陈"三大亮点，吸引了来自五湖四海的观众。和平到底是什么？如何来解读和平的概念？和平包括两个方面，积极而言是指自愿合作的个人、团体乃至国家为实现美好的社会目标，如一国为了追求建设与发展需要，谋求实现国际、国内安宁的和平环境；消极而论是指避免直接地施以精神及伦理的暴力。

从和平研究的角度，又把和平分为"内部和平"与"外部和平"，包括个人、家庭、社区、国家以及国际体系五个层面。在世界和平运动史上，早期比较重视国家之间的和平，然后逐渐地向国际体系，以及社区和平层面扩展，现在则包括家庭和谐以及个人的心灵平和。因此，和平的生活不仅要构筑在国与国之间、民族与民族之间没有对抗，同时也包括在社区和家庭中没有暴力。因此，和平与每一个人息息相关，家庭则是和平的细胞。

朱成山平和地望着我们，又娓娓道来：

和平在哪里？和平在我们每一个人的心中。既然和平属于大家，大家都应该做和平的传播者和推动者，不管是何种肤色的人，还是男人和女人。我们每一个人都要认真想一想自己于和平的责任。从我做起、从现在做起，为家庭和平、为社区和平乃至世界和平，应该做点什么样的贡献。愿我们在和平的阳光下充分地享受和平，也让我们在对和平的祈盼与思考中感受和平的责任，共同为和平的伟大事业出一份力。

几年前，我曾在南京听到日本友人弹唱了一支美妙的歌——《大象列车开来了》。这首歌传播了一个感人的故事。歌声如泣如诉地告诉人们，在不堪回首的战争年代，恶魔之手，曾无情地吞噬了许许多多的生命，就连名古屋动物园里老虎、狮子、猴子等动物也未曾幸免，遭到了杀戮。动物何罪？生命何罪？而一个普普通通的日本老人，却以巨大的勇气和超人的智慧，竟然奇迹般藏匿一头大象，让它免遭杀害，使大象在逆境中得以生存。战后，这头大象受到了日本各地孩子们的欢迎，为无数孩童们送去了欢乐和笑声。

更为重要的是，歌声催使人们去思考：人类如何摆脱自相残杀的厄运？人类怎样与动物乃至大自然和谐共存？这首传唱至今的歌，说明了歌唱生命的歌曲有着旺盛的生命力，也说明了和平之歌一定会经久不衰！

朱成山在讲述着这段凄美的故事的时候，我分明感受到他挺拔的身躯上所扛起的那面维护正义的旗帜。一座城市的历史记忆，与整个国家和民族的记忆联系在一起时，就是这座城市的文化名片。

为悼念南京大屠杀死难者和所有在日本帝国主义侵华战争期间惨遭日本侵略者杀戮的死难者，揭露日本侵略者的战争罪行，牢记侵略战争给中国人民和世界人民造成的深重灾难，表明中国人民反对侵略战争、捍卫人类尊严、维护世界和平的坚定立场，我国决定将 12 月 13 日设立为南京大屠杀死难者国家公祭日，每年的 12 月 13 日国家举行公祭活动。

2014 年的 12 月 13 日是第一个国家公祭日。我们铭记历史，不是为了延续仇恨。只有铭记历史，才能吸取历史教训；只有铭记历史，才能珍视来之不易的和平与安宁；只有铭记历史，才能开创一个更美好的未来。

回望汶川

2003 年夏季，我写了一篇《追想非典》，此文收入我的第二部文集《无悔的心情》里。灾难并不可怕，可怕的是好了疮疤忘了痛。每次看到南京大屠杀中日军烧、杀、抢、掠、奸中国军民的历史影像资料时，相信你会义愤填膺，燃起仇恨的火焰，淬炼你的报国之志，倍加致力于珍惜和平阳光的善举。

遗忘是人的本性，记忆却需要付出多倍的努力。

我们的热情怎样才不至于冷却，我们的记忆怎样才不至于淡漠？记住民族的灾难吧！

2008 年 5 月 12 日，星期一。这个日子的前一天，是我们的母亲节。这一天，离北京奥运会开幕还有 88 天。这一天，离高考还有 26 天。这一天的晨前午后，共和国城市的街巷，人流如织；乡村的田野，绿意盎然。

四川省汶川县映秀镇，有一个美丽的名字，它映射出川中秀丽的景色。这一天的 14 时 28 分，这里幼儿园的孩子正在午睡；这一天的 14 时 28 分，这里的学生正在上课；这一天的 14 时 28 分，这里的工人正在上班；这一天的 14 时 28 分，这里的一切一切都在瞬间改变了面容。天灾，突如其来。

大地颤栗，山川扭动。一座座建筑，摇晃着轰然倒塌。从天而降的巨石，无情地砸向大地、砸向河流；漫天而起的尘土，遮天蔽日。恐慌的人群，朝各个方向涌出。揪心的哀号和裂肺的呼喊，让天地惊色、草木悲吟……汶川、北川、青川……碧水青山、风景如画的旅游胜地，顷刻间遍野废墟、疮痍满目。

四川绵竹市汉旺镇那座标志性的钟楼上，时间被永远定格在 14 时 28 分。相当于数百颗原子弹的能量，在 10 万平方公里的区域瞬间释放，波及甘肃、陕西、重庆等 16 个省区市。

地震！大地震！特大地震！

14 时 52 分 52 秒，新华社第一时间发出快讯：强烈地震发生在四川境内。

不到 3 分钟后的 14 时 55 分 49 秒，新华社再次发出消息：北京时间 5 月 12 日 14 时 28 分，四川汶川县（北纬 31 度，东经 103.4 度）发生 7.6 级地震。

中央电视台和全国各地电视台 24 小时不间断地播报地震灾情。数亿观众和全球华人都关注着《抗震救灾，众志成城》的专题节目。人们在电视机前，被重复的画面和汶川灾情的片头音乐刺伤了神经。那种音乐和画面仍然盘桓在我们的脑海里。假如现在给你出一道沉重的必答题，专门放一段那段不到 30 秒的悲情的音乐，让你回忆你想起了什么？我敢相信，有数以亿计的人们仍能给出一个正确的答案——听起来让人紧迫、振奋的央视地震特别节目《抗震救灾，众志成城》的片头曲，画面是黄色背景的汶川和成都地图。

我想"引用"魏巍同志那篇名作的开篇的一段话，来回望那冰凉的 5 月，来拾起负重的沉思。

在抗震救灾的每一天，我都被一些东西感动着；我的思想感情的潮水，在放纵奔流着；它使我想把一切东西，都告诉给祖国的朋友们。但我最急于告诉你们的，是我思想感情的一段重要经历，这就是，我越来越深刻地感觉到谁是我们最可爱的人！

多年后，当我们回首 2008 年 5 月悲情的四川，会发现这个年度给我们的记忆有太多太多的哀伤和欣喜，还包括一种顽强向上生长的力量。在灾难发生之后，无论是子弟兵的救援速度，普通民众的情感投入，还是志愿者的全力支持，以及各个社会团体的关爱，都形成了一种最基本的理念，那就是任何困难也压不倒英雄的中国人民。而当地震哀悼日时刻，全中国的人都在做同一件事情的时候，这种自发的同一性，即形成了一种"亿双筷子就难断"的巨大力量。

泪水因爱而生，因泣而落。我们从心底里发出这样一种呼喊——祖国啊，我爱你！尊敬的父老乡亲、亲爱的兄弟姐妹们，你们都是最可爱的人。

中央电视台和四川电视台不间断的直播，使我认识了康辉、海霞……认识了四川电视台的新闻主播宁远。她基本上每天都是红着双眼在播报新闻。

宁远曾说：

地震发生后，我就开始做直播了。我最不愿看到但又必须去面对的，是那些死难同胞的画面和不断更新的遇难群众的数字。我们的直播有公布数据这个环节，每次我去拿那个数据，手都会难过得颤抖。5月17日那天，应该是那些悲伤的情绪堆积得无法再堆积了，当从提词器上看到可怕的数字时，我的眼泪一下子就下来了。

因为职业的需要，主持人是需要控制情绪的，无论平时多么坚强，面临这次的大灾难，在离开镜头的时间里，我已伤心地大声哭过好多次。

一

5月13日中午，救援队员发现她的时候，她已经没有了呼吸。透过废墟的间隙，看到她双膝跪地，整个上身向前匍匐着，双手扶地支撑着身体……救援队员从空隙伸手进去，确认她已经死亡，又冲着废墟大声呼喊，没有任何回应。这是震后的北川县，还有很多人在等待着救援。救援队走向下一片废墟时，队长好像意识到什么，忽然返身跑回来，他费力地把手伸进她的身下摸索，高声喊，"还有个孩子，还活着！"一番艰难的努力后，人们终于把孩子救了出来。他躺在一条红底黄花的小被子里，大概有三四个月大，因为有母亲的身体庇护，孩子毫发未伤。随行的医生过来准备给孩子做些检查，发现有一部手机塞在被子里，医生下意识地看了一下手机屏幕，发现屏幕上是一条已经写好的短信："亲爱的宝贝，如果你能活着，一定要记住我爱你。"看惯了生离死别的医生，在这一刻落泪了；手机传递着，每个看到短信的人，都落泪了……

二

一位在四川地震中坚持了70多小时的汉子，一位坚强乐观的真汉子说："我是世界上第一个被三块预制板压住不得动弹的人。"

他说："我觉得我命还是大，大难不死，必有后福！"

他说："最艰难的时候已经过了，在地震的一天两天的时候，是我这辈子最孬的时候。"

他说："昨天晚上我真的、真的坚持不过去了，我很想放弃自己的生命，但是我回头一想，我还是不能失去她们，我不想放弃家里面的人。"

他说："我要坚强，我要坚强，我一定要坚强，我必须要坚强，为每一个最爱我的人，一定要顽顽强强地活下去。"

他说："第一天我都想放弃自己的生命了，但是想到我的老婆，还有没出生的娃儿，我一定不能死。我不想娃儿还没出来就没得父亲。"

他说："我觉得我要对得起他们，我要对得起他们，对我付出的那么多。"

他说："我希望你们也一样，不要被任何的困难吓倒。"

他说："我这辈子没抱太大的希望，只要我们两个人和和睦睦地过一辈子。"

陈坚，他人如其名，坚强得像块石头，在废墟中挺立着奇迹！他是北川的血肉，巴蜀的骨骼。

陈坚，他又如此脆弱，如同天上的云彩，如同秋天的落叶，经不起一阵轻风的吹袭。

陈坚，这个傻孩子，他已抵抗了 70 多个小时，怎么可能在最后几分钟输给死神？

三

北川中学张家春老师正在初二（1）班做物理实验，突然脚下一阵剧烈晃动。张老师立即反应过来："同学们，快跑，地震了！"因为是底层的第一间教室，张老师位于逃生的有利位置，但他却迅速退到讲台后面，指挥学生撤离。砖头、碎石、泥块倾泻而下，教室门框变形，再也承受不起越来越大的压力。眼看生命之门就要关闭，张老师一个箭步跨过去，用魁梧的身躯顶住门框，撑起了孩子们求生的希望。一个又一个的学生从他的双臂下穿过，四十几个孩子逃过了死亡的厄运。灰尘包围着他，砖块袭击着他。当他使出最后的力气，将一个男孩踹出去时，无情的水泥板砸了下来……年仅 29 岁的羌族汉子，张家春老师被垮塌的废墟吞没了。他用生命讲完了他的最后一课。

四

汉旺小学在汶川大地震中，有 200 多名学生遇难。衣向东看到瓦砾中露出一个书包，粉红色的，拽出来一看还很完整，他轻轻打开里面的书本，看到日记本中有篇日记："我觉得，自己 kao 了 95.5 分不好，因为最高分是 99 分，下次我一定要 kao 到 97 分以上。"

短短的一段话，也没有什么文采，"考"字是使用拼音写的。这是一个非常要强的孩子，考试没考好，自己写日记决心不让家里失望。

如果我们能找到她，就把这个书包和书本还给她，希望她能够保存下来，保存一生。这是她的一笔财富，有了废墟中这个书包垫底，这孩子这一生中就不会再有恐惧，不会被任何困难吓倒。

如果这个孩子去了天国，那么就让我们生者替她保管好这些物品，在每年的 5 月 12 日，为她烧一炷香。

五

刘亚春，北川中学的校长。在地震中，他的妻子遇难了，他儿子也被废墟吞噬。刘亚春的妻子梁乐平是一名中学高级教师，为了让他全身心投入工作，包揽了全部家务；每次出差，她总是默默地为他准备好行装。5 月 11 日晚饭后，刘亚春和妻子在操场上散步时，向妻子讲起遇到的烦心事。妻子劝他说："把事情看淡一点，不要着急。"没想到，这句话竟成了她留给刘亚春最后的关爱。灾后第四天，刘亚春来到埋着妻子的废墟前对她说："乐平，谢谢你，20 多年来陪伴我、照顾我。放心吧，以后我会学会自己照顾自己。"刘亚春的儿子刘林青，是北川中学高一（2）班的学生，成绩很好，就在 5 月 12 日中午，他高兴地把全国中学生英语竞赛的奖状拿回家，小心地放到茶几上，又把碗筷洗干净……临走前，给刘亚春打招呼："爸爸，我走了！"可这一走，刘林青就再也没有回来！

六

王毅是武警某师参谋长。地震发生后，震中汶川的电力、交通、通信完全中断，十多万群众生死不明。世界的目光也聚焦到这个大山里的小城。王毅说，在进军汶川途中，一位羌族老大妈，说什么也要看着女战士把两个粽子吃下去，自己却转过身去，偷偷地舔粘在手上的米粒。一名胳膊上缠着黑纱的中年妇女，非要给我们带路，她说："我的丈夫和孩子都没了，我给你们带路，你们就能走快一些，多救出几个人，多保住几个家。"多么善良淳朴的群众啊！

为以防万一牺牲了，王毅就给老婆孩子留了一句话，用手机短信的形式发给了女儿："爸爸正在去汶川的路上，走的时候没来得及告诉你们，如果爸爸回不来了，你一定要坚强，要替爸爸照顾好妈妈。"

七

"医生，能不能不锯腿？我还想走路！"废墟里不到两立方米的一个角落里的虞锦华哀求说。

杨医生心里咯噔一下，他控制着自己的情绪，转移了话题："小虞，你哪一年出生的？""64 年"，"我比你大一岁"。这时一阵灰沙尘土掉下来，外面的队友大喊："余震了，杨医生，快出来！"情况十分危急，但杨医生没有动，他用力握着小虞的手："妹子，你是好样的，大哥要向你学习。听大哥一句话，咱坚持了这么久，就是为了活着，只有活着才能走路啊。""很疼吗？"虞锦华问。"有些疼，别怕，大哥给你打麻药！你的亲人都在外面等着你呢！"虞锦华闭上眼睛，点了点头，泪水顺着眼角流下来。

杨医生半跪着，稳稳地拿起手术刀。为了他的妹子今后能顺利安装假肢，为了他的妹子还能站起来走路，他消毒、止血，小心翼翼地切除坏死的部位，在不到两个立方米的空间里，进行着他平生最艰难、最痛心的手术。50分钟，60分钟，70分钟，虞锦华终于救回来了！而耗尽体力的医生却瘫坐在破碎的瓦砾上。

八

2008年第29届奥运会的开幕式上，中国军团的旗手2.26米姚明身边，是抗震救灾的小英雄的林浩，身高不到1.5米。他们一高一低，反差分明。

地震发生后，有两个同学压在了林浩身上。他挣扎着爬出后，并没有跑，而是鼓励趴在他身边哭泣的女同学，然后将压在他身上的一男一女两个同学分别背到楼外安全处，又再次跑进教学楼救其他同学，终被砸伤，幸被老师救出。当问及为什么要冒死救人时，小林浩说："因为我是班长！"林浩的年龄：9岁！因为在抗震救灾中被革职的十几名官员中，有局长、有书记。然而，这个9岁的"班长"，比那些救灾不力的"局长""书记"的觉悟和境界，却不知要高出几多倍！林浩家离学校远，每天早晨得爬半个多小时的山路才能走到学校，但他从来不迟到，他说："我管着钥匙，要是迟到了，同学们都会在外面等。"

奥运会开幕式上的汶川符号，又让人想起了多少不幸的孩子。

九

凝望这些照片，它们给我们传递着不尽的思考。

这是多么殇情的、苍白的、冰冷的一只手啊！他手里还攥着一支笔。那是还没有画出更美图画的一支笔呀！

这个孩子，就这样走去了，手里还握着上课的笔，静静地举着它，可所有的心，都快被他手中的笔尖戳出鲜血来。

六一儿童节残忍地到来。最疼爱的孩子不见了，他们走在了我们的前面。望着那些大大小小的花圈，望着那些怒放的、初开的、鲜艳的花儿，父母在孩子的遗物中窒息。

十

让我吟诵一位朋友献给在"5·12"地震中长眠的孩子们的一首诗吧！

那天，
我寻遍大地
再也找不到你。
我听见
大山在哀吼
河水在呜咽
晚风在抽泣——
我知道，
我心爱的孩子
那是你在呼唤：
妈妈，我在这里、我在这里！
如今，

你已深深埋进

这座山峦。

你已渐渐融入

这片土地。

与黄泥、岩石、山泉

紧紧相拥；

与日月星辰、山河大地

融为一体。

……

明年，

春暖花开时

我再来看你。

我看见

小鸟在林中轻唱

野花在风中摇曳

溪水在山涧低吟——

我知道

我心爱的孩子

那是你在呼唤

妈妈，我在这里、我在这里！

咀嚼痛楚，反刍苦疼。痛定思痛。我们该为逝去的亲人寄语些什么？我们又该为活着的人做点什么？

灾前难后的汶川啊，又给我们留存哪些昭示呢？

行走在和田

我再一次抚摸行走在和田的记忆，我只能从浮光掠影中采撷和田的点滴回忆。

一

和田，位于新疆最南端，南依昆仑山，北临塔克拉玛干沙漠。古称于阗，是"丝绸之路"南道重镇。古于阗有丰厚的佛教文化遗产。著名高僧如晋时法显、唐时玄奘都曾涉足过和田。

和田历史文化底蕴深厚、地理位置特殊、物产丰富。这里有瑰丽神秘的雪山大漠，奇幻多彩的湖沼草原，更有林网如织的阡陌绿洲。和田的玉石、丝绸、地毯、大枣和瓜果盛名远扬，使它赢得了"玉石之都""地毯之乡"的美称。

和田河由南向北横穿塔克拉玛干沙漠注入塔里木河，是唯一从塔克拉玛干沙漠腹地穿过的河流，全长1127公里，其上游由发源于昆仑山的两条支流构成，一条是玉龙喀什河，一条是喀拉喀什河，两河在阔什拉什汇合后称和田河。

和田地区出土的多种文物，均反映了和田两千多年的悠远历史和灿烂文化以及风土人情，也反映了"丝绸之路"对发展中国内地与边疆各族人民和中西亚各国文化交流贸易往来所起到的历史作用。

二

到了新疆和田，你不能不去"沙海老兵"所在的四十七团看一看。

这支部队的前身，诞生于1929年湘鄂赣苏区，是任弼时、萧克、王震领导的中国工农红军第六军团主力，参加过秋收起义、黄麻起义、中央苏区五次反"围剿"和两万五千里长征。抗日战争时，整编为八路军一二〇师三五九旅七一九团，先后挺进华北，开辟了敌后抗日根据地。1941年，七一九团参加了南泥湾大生产，并完成过"南下北返""中原突围"等重大作战任务。继而改编为中国人民解放军第一野战军第一兵团第二军第五师第十五团，转战西北战场，为中国人民解放事业转战南北、浴血奋战，立下了赫赫战功。

1949年12月，为及时粉碎聚集和田的国民党残匪的暴乱，按照二军首长郭鹏、王恩茂命令，十五团主力部队1800名指战员在黄诚、贡子云、白纯史同志的率领下，于12月5日从阿克苏出发，克服了狂风暴沙、饥饿干渴等常人难以承受的困难，昼夜兼程。部队在行至距和田200公里的西尔库勒时，接到率领小分队于12月12日先期抵达和田的团长蒋玉和的急信，告知叛乱分子准备血洗和田。团领导决定集中乘马，组建骑兵分队，向和田疾驰。大部队急行军于 12 月 22 日抵达和田一举平定叛乱阴谋，胜利解放了和田。此次军事行动历时 18 天，行程 1585 里，开创了徒步横穿塔克拉玛干大沙漠这一"死亡之海"的奇迹，受到第一野战军暨西北军区司令员彭德怀、政委习仲勋的通电嘉奖：

> 你们进驻和田，冒天寒地冻，漠原荒野，风餐露宿，创造了史无前例的进军纪录，特向我艰苦奋斗胜利进军的光荣战士致敬！

1953 年 6 月，二军五师十五团整编，十五团在和田组成了一个国防营和和田军分区，其余的 500 多人也编成一个营，改称中国人民解放军农一师农三团，十五团团部改为农三团团部，十五团番号撤销。十五团在于田、洛浦、和田开垦出的 4 万亩土地无偿交给当地人民政府。1954 年，这支部队整编时原计划是要调往阿克苏农一师三团，但是为了维护和田的稳定，这支部队留在了和田，留在了反分裂斗争的前沿阵地和田地区墨玉县。

1955 年 4 月，该团成为农一师前进农场墨玉分场，1956 年成为和田地区昆仑农场，1982 年成为新疆生产建设兵团和田农场管理局四十七团，如今的名称是兵团第十四师四十七团。他们在亘古荒原风餐露宿、挖渠引水、开荒造田、架桥修路、植树造林，一手拿镐，一手拿枪，投入到屯垦戍边的新征程。

在半个多世纪的峥嵘岁月里，战争年代舍生忘死，当年穿越"死亡之海"的一群老兵永远留在了边疆，就像沙漠里的胡杨，把根深深地扎进了这片戈壁，永远见证边疆的发展和繁荣。老战士们为屯垦戍边事业献了青春献终身，献了终身献子孙。这些可敬的老战士，大部分离休后仍居住在四十七团干休所。部分老战士自进驻和田后，就再也没有离开过四十七团。

生命如歌，岁月如潮。如今，原十五团老战士已为数不多了。当年生龙活虎的年轻战士，成了龙钟老人。他们和这里的树木、田地、黄沙相依相伴。

在三五九旅的老部队中，可以说，十五团走得最远，吃的苦最多，得到后人的敬仰赞誉也最多。历史并没有忘记昔日的十五团战士。在 1999 年 12 月原二军五师十五团进军和田 50 周年之际，"中国人民解放军进军和田纪念碑"落成。

纪念碑坐落于四十七团广场正东方。纪念碑整体由红白两色的阿拉伯数字 47 组成，寓意四十七团，红色部分由南向北看，形似一把犁，由北向南看，形似一把盒子枪，寓意四十七团军垦人在亘古荒原上一手拿枪，一手拿坎土曼，屯垦戍边的英雄壮举。纪念碑高度为 7.19 米，寓意四十七团的前身为三五九旅七一九团。纪念碑基座长度为 15 米，寓意四十七团的前身为二军五师十五团。碑身正面刻有"中国人民解放军进军和田纪念碑"字样，背面刻有碑文：

十五团（现为四十七团）模范地执行党中央、毛主席的伟大指示，肃清匪特、发动群众、建设政权、屯垦戍边，为和田的社会稳定、民族团结和经济发展建立了历史功勋。他们像沙漠中的胡杨，深深扎根在和田这块贫瘠而又充满希望的土地上，用生命书写了一部艰苦创业、无私奉献的军垦诗篇。为纪念解放和田的老战士，发扬中国人民解放军的光荣传统，特立此碑，昭示后人。

与纪念碑遥遥相对的就是解放军进军和田纪念馆。馆内陈列了大量的图片和资料，从当年横穿沙漠到和田建立政权，再到现在四十七团的发展状况，生动地再现了 60 多年的苦难与辉煌。

2013 年 12 月 17 日，习近平总书记在兵团 9 位老战士同年 11 月 12 日的来信上批示指出，长期以来，老战士们为屯垦戍边、建设边疆作出了重要贡献，祝愿他们身体健康、生活幸福，以老兵精神激励更多年轻人为祖国边疆的长治久安和繁荣发展作出贡献。兵团 9 位老战士就是今天的四十七团老兵，他们在信中表达了对彭德怀、习仲勋等老首长的缅怀，感谢党和政府的关怀，表示要始终坚守老兵精神，继续为新疆民族团结、社会稳定和长治久安作贡献。

1980 年 10 月，时任中共中央政治局委员、国务院副总理的王震亲切接见了这些老战士。1999 年国庆 60 周年，兵团组织这批老战士到乌鲁木齐、石河子等地参观。2007 年，四十七团老战士李炳清代表十万老军垦受到国务院总理的亲切接见；2010 年 8 月 21 日，全国政协主席，中央统战部部长，以及国家民委、国家宗教事务局和新疆维吾尔自治区、兵团领导同志，到四十七团考察调研并看望慰问老战士，在该团中国人民解放军进军和田纪念碑前与老战士合影留念；2011 年 6 月 26 日到 7 月 2 日，北京市委、市政府邀请四十七团老战士到北京参加纪念中国共产党成立 90 周年活动；2011 年 6 月 29 日，兵团党委、兵团作出"新中国屯垦戍边 100 位感动兵团人物"的表彰决定，老战士集体又被兵团高票评选为"屯垦戍边 100 位感动兵团人物"。

您粗裂的大手，铭刻着南泥湾大生产艰辛的记忆；您颤巍的双腿，创造了徒步横穿塔克拉玛干大沙漠的奇迹。你们几十年默默

耕耘，让黄沙腾起了绿浪。你们一辈子无怨无悔，把终身献给了
边疆……

　　纪念馆里，这首荡气回肠的《献给老兵的歌》是对老战士辉煌
一生的概括。他们曾经是中国人民解放军第一野战军一兵团五师
十五团的一员，他们曾经是新疆生产建设兵团第十四师四十七团
的一员，他们为和田的解放战斗过，他们为新中国的屯垦戍边事业
奉献过……"中国人民解放军进军和田纪念碑"是他们最高等级的
勋章，从塔克拉玛干大沙漠上开垦出来的绿洲是他们人生最美丽的
华章。

　　2016年2月26日，地处新疆塔里木盆地南沿和田地区的兵团第
十四师昆玉市挂牌成立，它成为当下中国最年轻的城市。它分布在
墨玉县、皮山县、策勒县，东距和田市70多公里、西距喀什市380
公里。让我们张开双臂拥抱又一个"年轻的城"。

三

　　到了新疆和田，你也不能不到和田市中心广场看一看，看一看
广场矗立着的毛主席接见库尔班·吐鲁木的巨型雕像。

　　在和田许多居民家里都挂着一幅毛主席与库尔班·吐鲁木握手
的照片。这幅照片背后，就是库尔班大叔要骑着毛驴上北京见毛主席
的感人故事。这一故事被编入全国小学语文课本，还被拍成影视作
品，广为传颂。

　　1955年的秋天，是个大丰收的年景。和田专区于田县胜利农业
社，70多岁的维吾尔族农民库尔班·吐鲁木，打了上百斤的馕，骑

着毛驴要去北京见毛主席。大家知道了，就劝阻他："北京太远了，骑毛驴根本去不了。"于是老人又到公路边去拦汽车。司机听了，也只是笑着摇摇头。库尔班大叔想见毛主席的事，传遍了天山南北。

库尔班大叔从小长在地主依斯木的牛圈里，少年时父母双亡，整整当了23年的奴隶，接着又给一个富农当了16年长工，后来又在地主的压榨下过了15年佃农生活。1949年新疆和平解放时，他全家只有一条破毡子、一把破壶，还有一身债务。新中国成立后，他家分到14亩耕地和一所房子。他打心眼里感谢共产党、感谢毛主席、感谢解放军。他先后托人给毛主席写了7封信，还寄去自己晾制的干果，表达自己想念毛主席的心情。他也先后收到中央办公厅给他寄来的4封回信和毛主席的照片。老人别提多高兴了。他带头参加农业互助组、合作社，辛勤劳动，还被评为社、乡、县的模范。从1953年到1957年，他共卖给国家余粮4900多斤，还把买的农具、牛给互助组无偿使用。

1957年春的一天，老人得知许多首长要来于田，便打发女儿在公路边等。不想女儿等来的是自治区党委书记王恩茂。王恩茂专门到库尔班家看望，并对老人说："将来有机会一定让你去北京。"

1958年6月，库尔班作为和田专区劳动模范，随新疆参观团到北京。28日下午，75岁的库尔班·吐鲁木和其他劳模一样坐汽车来到中南海。他多年想见毛主席的愿望终于实现。毛主席和大家合影后走到老人面前和他亲切握手，向他问好。库尔班把带去的桃干、杏干、葡萄干、葵花籽和手工织的大布送给毛主席。库尔班握住了毛主席的手。摄影师记录下这一幸福时刻。第二天，毛主席又派人看望老人，还送给库尔班大叔10米条绒布。

1959 年，库尔班大叔作为自治区第二届人大代表进京，再次受到毛主席的接见。库尔班大叔经常穿着一身条绒布衣服，也经常给乡亲们说他见到毛主席的情景。

听着友人对库尔班大叔的介绍，肃立在平民和伟人的雕像前，我的心绪久久不能平静。

我想起习近平总书记说过的一段话：人民群众有着无尽的智慧和力量，只有始终相信人民，紧紧依靠人民，才能凝聚起众志成城的磅礴之力。总书记说，在湖南汝城县沙洲村，3 名女红军借宿徐解秀老人家中，临走时，把自己仅有的一床被子剪下一半给老人留下了。徐解秀老人说，什么是共产党？共产党就是自己有一条被子，也要剪下半条给老百姓的人。同人民风雨同舟、血脉相通、生死与共，是我们战胜一切困难和风险的保证。

行走在和田，抚今思昔。我想，怎么能把现实与古老的和田用一条美丽的丝带联结在一起，让发展成果惠及百姓，建成小康社会一个民族都不能少！

仰望乔尔玛

    天山公路是一条浸满着人民子弟兵爱国主义和英雄主义情怀的公路，雾霭缭绕，山路崎岖。坐在车里的我们，一边为巍峨山脉、茂密森林咏赞，一边也不免提心吊胆。天山公路又称独库公路，它北起石油城独山子，南至龟兹古国库车，贯通天山南北，全长562公里。

    这条公路途经乌苏、尼勒克、新源、和静等县，翻越哈希勒根、玉希莫勒盖、拉尔墩、铁力买提四大冰大坂，跨过奎屯河、喀什河、巩乃斯河、巴音郭楞河、库车河五条天山主要河流，纵越我国著名的高山草原巴音布鲁克草原。沿线地形、地质条件极其复杂，气候十分恶劣，雪崩、泥石流和其他自然灾害频繁发生。筑路部队以基建工程兵为主，新疆军区抽调部分部队官兵参加。从1974年开始施工至1984年建成通车，这10年间，数万名官兵奋战在天山深处，克服了常人难以想象的困难。他们身背风枪，腰缠炸药包，沿着绳索到悬崖上开凿，用钢钎撬、小车推，日夜奋战，共架设桥梁67座，修筑涵洞1300座，开掘隧道3352米。这条公路的建成，连通了天山东西走向的多条公路，使南北疆车程缩短 600 多公里。为了修筑这条公路，168 名干部战士牺牲，上万名官兵受伤致残，他们把黄金般的年华献给了天山，献给了新疆大地。《天山行》《守望天山》《天山深处的大兵》等影视作品反映的就是这段不能被遗忘的历史。1984 年 9 月，新疆维吾尔自治区人民政府在天山公路中段风景秀丽的乔尔玛修建了烈士陵园和纪念碑，以永远缅怀这些为祖国利益、人民利益光荣献身的筑路英雄。

车到尼勒克县乔尔玛筑路解放军指战员烈士陵园，是晚上的 7 点。天空飘着星星雨点。我怀着尊崇的心情，肃穆瞻仰乔尔玛烈士陵园。

跃入眼帘的是高高矗立的筑路英雄纪念碑，碑体最上方是红色的五角星，碑体正面写着"为独库公路工程献出生命的同志永垂不朽"，碑体后面镌刻着用汉语和维吾尔语书写的碑文，碑体下方是为修筑独库公路而光荣献身的同志的姓名，纪念碑的后面是大片的烈士墓地。

真巧，那天我遇上了在电视上见到过的"感动中国"人物陈俊贵。我一眼就认出了他。稀疏的头发，黝黑的脸庞，坚毅的眼神，还是那身熟悉的老军装。

陈俊贵是辽宁人，新疆尼勒克县乔尔玛烈士陵园守护人。1979 年从辽宁入伍来到新疆，1984 年复员。2014 年 2 月 10 日晚上，中央电视台"感动中国"2013 年度人物评选颁奖中，陈俊贵入选。

当陈俊贵得知我曾是服役 20 年的军人，现在又是一名援疆干部时，就亲切地拉我进了他的筑路英雄事迹陈列室。参观中，我了解到他的腿有残疾，站立时间不能长，但他还是坚持着面对巨型的独库公路作业的沙盘，为那天所有瞻仰烈士墓的人讲述了那段感人的故事。

1979 年，陈俊贵随所在部队到新疆参加修筑天山深处独库公路的大会战。1980 年 4 月 6 日，部队被暴风雪围困在天山深处，面临断炊的危险。四名战士奉命带着最后的干粮出门求援，在风雪弥漫的生死关头，班长把最后一个馒头给了年龄最小的陈俊贵。班长和他的战友陆续牺牲了，而陈俊贵终于找到了人群，使部队得到救援。接受 4 年冻伤治疗后，他复员回到辽宁老家，但他始终没有忘记班长的临终嘱托：希望陈俊贵去他的老家看望一下自己的父母。陈俊贵不知道战友的家庭地址和父母姓名，多方打听无果。1985 年冬天，陈俊贵作出决定，带着妻子和刚刚出生的儿子，来到班长和战友牺牲的新疆天山脚下，为战友守墓。

20 多年里，他从未停止对班长父母的寻找。终于，他从一名扫墓的老战友口中得知班长在湖北省罗田县白莲乡的地址。2005 年 10 月，陈俊贵赶赴罗田县，得知班长父亲母亲都已去世。陈俊贵跪在班长父母坟前说："对不起，我来晚了，你们不要牵挂，今生今世我都将守在郑林书坟前，让他永不寂寞！"

现在，陈俊贵已将班长和副班长的遗骨，从新源县移到新扩建的尼勒克县乔尔玛筑路解放军指战员烈士陵园安葬，还担任了这里的管理员。

陈俊贵的事迹让我们为之动容。这是怎样的一种坚守啊！正如给他的颁奖词所说的那样：

只为风雪之夜一次生死相托，你守住誓言，为我们守住心灵的最后阵地。洒一碗酒，那碗里是岁月峥嵘；敬一个礼，那是士兵最真的情义。雪下了又融，草黄了又青，你种在山上的松，岿然不动……

　　陈俊贵在一旁对我说，他在乔尔玛除了看护陵园外，还当义务讲解员，把一件件烈士事迹向前来瞻仰的人们讲解。陵园由他和爱人看护，他儿子也在北京的部队当兵。作为从生死线上走来的他，没有什么不能做的，就让他一生为班长和其他筑路英烈守望吧！他说，他是老兵，不是英雄。那些牺牲的战友才是英雄。只要有一口气在，他就要守在这里，百年之后他们夫妇俩要都留在乔尔玛，与班长郑林书等战友永远在一起。

　　在鲜红的"铭记：1974—1984"大型模板墙前，我和陈俊贵合影留念，我们的手紧紧握在了一起。在我们的身后，是撼人心魄的史诗——英雄天山路，几多青春，多少忠烈，甘做默默铺路石。但是，历史不会忘记，人民不会忘记，我们也不会忘记！

　　驻足在长眠战士英魂的这片土地上，我想，天山公路带给我们的不仅是对往昔峥嵘岁月的追忆和怀想，还有对人生价值的思索和感悟。我们尊重生命，但是，我们更加仰望那些为了祖国和人民事业献出宝贵生命的年轻战士，是他们用牺牲和奉献为祖国的腾飞凝魂，用青春和热血为民族的伟大复兴筑基。

石河子的早晨

　　2015 年立夏刚过，我又一次到了石河子。新疆的夏，天亮得早。我决定去公园、广场散散步。

　　迎着石河子宾馆的正门，是一座雕塑。两位梳着发辫的年轻支边女青年，双肩斜靠，仿佛在耳语。微风中，劳动后的她们卷起袖管，坐在田野一角幸福地小憩。左边的女青年右手放在额头的刘海前，敬礼状眺望远方，喜悦的目光中寄寓着生活的梦想。

　　另一位女青年双手拿着收割下的一束丰硕的谷穗放在腿前。伴随着东方微露的红霞，健康而青春的她们显得那么纯净，那么诗意，那么阳光，令人遐想……

　　雕塑旁边是一块大理石，上面写着作品的名称《远方的歌》。摘抄的诗行是诗人艾青《年轻的城》里的诗句：

　　空气是这样清新，闻到田园的芳香。微风轻轻吹拂，掀起绿色的波浪。它像一个拓荒者，全身都浴着阳光。面对着千里戈壁，两眼闪耀着希望……

雕塑家以《远方的歌》为主题，淋漓尽致地表达诗人的胸臆，也烘托了那个时代的火热生活印记。我陶醉在晨曦中的两位女青年幸福而翠绿的剪影里。

洗扫车开始了作业，环卫工人也在清洁路面。我在游憩广场的林间小路中，看到了王恩茂题写的"军垦第一井"石碑。这也是石河子第一井，它仿佛在讲述60多年前的那段难忘的岁月。

为实现开发石河子新城的愿望，1950年8月下旬，中国人民解放军进驻新疆的第二十二兵团成立了一个30余人的勘察队。

勘察队由工程技术人员和战士组成，前往石河子，开始采样踏勘。茫茫荒滩，遍地卵石，勘察队的同志们手中仅有简单的铁锹等工具。他们首先在石河子东北斜线和西南斜线上选定了一、二号两个掘井点。仅10天时间，一号井出水了。井口直径约3米，井深约20米，水从东南向西北方向流去，水质良好，味甘清凉。

随着探井的出水，军垦新城就被选在这里。1954年10月，中国人民解放军驻疆部队大部就地集体转业，组建了新疆军区生产建设兵团，肩负着屯垦戍边的光荣使命。

广场的西侧是《军垦第一犁》大型雕塑，它原名是《先辈》。这座雕塑被视为石河子的标记，恰是这一犁，让这个城市迈出了第一步，开辟者们用身躯拉动的犁，是这座城市永久的记忆。军垦战士的犁铧，给绿洲播种理想和希望。三个裸露身体、奋力拉犁的垦荒战士，好似拼命向前用力的牛，那几乎达到极限的头、胸、手、膝紧靠一起的弯曲，和背臀下肢连成一线的绷直，由黑花岗岩基座依次向上向前，形成了强劲冲击力。深陷的双脚，勾起脚趾，凸凹不平的地面和几丝芦苇，唤起人们对创业年代的回忆，讴歌了人与大自然搏斗的顽强性、坚韧性和凝聚力。

漫步在巨型屯垦戍边纪念碑前，看到的是高耸的四棱剑，它让观众从不同的侧面都能感受到铸剑为犁的兵团人精神。硕大的花岗岩巨石北面是"屯垦戍边，千秋伟业"碑文。第一组雕塑为四男一女的军垦战士。他们头戴军帽，注视同一个方向的目光是那样坚毅。英姿飒爽、戎装在身的女军人旁边是双手持枪的战士，其他三位战士则有的手握坎土曼，有的肩扛麻包，有的俯身拉犁。战马背驮战备物资，骏气轩昂。一位采摘棉花的青年女职工、一位抱着一只可爱的绵羊和两位肩扛铁镐的男青年，则构成另一组劳动颂歌的画面。他们与前一组雕塑紧紧衔接。创作者把军垦人火热的兵团生活刻画得栩栩如生。

刻有"屯垦戍边纪念碑"的花岗岩南面是书法家草书的张仲瀚将军充满壮志豪情的《感怀》诗作：

> 十万大军到天山，
>
> 且守边关且屯田。
>
> 塞上风光无限好，
>
> 何须争入玉门关。

始建于1952年的军垦博物馆前，也有一组浑然一体的大型雕塑。面带笑容、激情万丈的王震将军一手拿望远镜，另一只手的手势仿佛是号召兵团人脚踏实地去建设美好生活的动员令的定格。将军身边是一匹骏马。在阳光的照耀下，将军与战马形成了一曲高亢而激越的晨曲。真巧，远方传来军营里悠扬的起床号声。那是我久违经年的军号声，它伴随我20年军旅生涯啊。

　　林间的草坪泼洒了片片亮灿灿的朝霞。喜鹊们在歌唱、在跳跃、在嬉戏。四通八达的宽敞平坦的道路两边的行人道上，是三三两两晨练的市民。有的背着健身的器材，有的手里拿着播放器，边走边欣赏着自己爱听的地方戏或流行歌曲，还有戴着头盔、脚着滑轮鞋、腿戴护膝的小伙子在柏油路上快速而轻巧地滑动前行。

　　广场上、草坪前，尽是太极拳、舞蹈爱好者，整齐划一的一招一式，使人感到一种静与动的融合、力与美的统一。羽毛球场地上，单打或双打的市民脸上洋溢着愉悦而欢快的神情。

　　听路边一位爷爷自豪地说，石河子这座由军人选址、军人设计、军人建设的军垦城市，不久前，拿到了"全国文明城市"奖牌。石河子的市民为了"全国文明城市"这个荣誉奋斗了 12 年啊。此前，石河子还获得了联合国人居中心授予的人居环境改善良好范例奖、首届中国人居奖、全国卫生城市、全国双拥模范城、中国优秀旅游城市等多项荣誉。

　　一尊尊雕塑，一张张笑脸，一个个充满活力的身影，如同一份份荣誉，都是一个城市亮丽的名片。我分明感到，石河子是一个奉献之城、创新之城、美丽之城、魅力之城、绿色之城、健康之城。军垦文化在石河子人的血液里面形成了与生活息息相关、不可剥离的一部分。曾经传播四方的《草原之夜》《新疆好地方》歌曲，都在兵团生活的土壤里应运而生。

　　我也依稀听到著名作家魏巍那篇耳熟能详的文章中的一段话——

　　亲爱的朋友们，当你坐上早晨第一列电车驰向工厂的时候，当你扛上犁耙走向田野的时候，当你喝完一杯豆浆、提着书包走向学校的时候，当你坐到办公桌前开始这一天工作的时候，当你和爱人

一起散步的时候……朋友，你是否意识到你是在幸福之中呢……

我思考了良久。兵团六十年一个甲子的奋斗，书写了几代兵团人扎根边疆、报效祖国的英雄史诗。一部兵团史，就是一部甘于奉献史、一部勇于创业史。此时此刻，我们怎能不缅怀在革命战争中出生入死、为兵团发展呕心沥血的老一辈革命家，他们是兵团事业开拓者；怎能不缅怀响应祖国号召扎根新疆、建设新疆、保卫新疆、献身新疆的老一代兵团人和英雄们；怎能不感谢至今仍然驻守边疆、扎根兵团、默默奉献、无怨无悔，继续创造辉煌业绩的优秀兵团儿女。

克拉玛依新歌

在新疆维吾尔自治区成立 60 周年大庆的当日，我和母亲在乌鲁木齐搭乘了飞往克拉玛依的航班。那首广为传唱的《克拉玛依之歌》是我向往目睹这座心仪已久的油城的心灵呼唤。

克拉玛依地处准噶尔盆地西北边缘，南依天山北麓，西北傍加依尔山，东濒临古尔班通古特沙漠。

当年我赶着马群寻找草地，
到这里勒住马我瞭望过你，
茫茫的戈壁像无边的火海，
我赶紧转过脸，
向别处走去，
啊克拉玛依！
我不愿意走进你，
你没有草没有水连鸟儿也不飞……
你没有歌声没有鲜花没有人迹，

啊克拉玛依！

你这荒凉的土地……

今年我又赶着马群经过这里，

遍野是绿树高楼红旗，

密密的油井和无边的工地，

我赶紧催着马，

向克拉玛依跑去……

人民音乐家吕远作词作曲的《克拉玛依之歌》，饱含生机和活力，唱出了克拉玛依令人激动，对比鲜明的前后异同和今昔变化。它采用充满浓郁民族风情的优美旋律，诉说着那段大起大伏的时空故事。

一首歌儿，唱响了这座共和国的新生城市。

油城的下午，天空碧蓝，秋风送爽。我和母亲一起登临世界最大的石油地质奇观黑油山景区。这里的地下原油经过长年自然喷发外溢，凝结和风化而成了沥青沙丘。整个山丘呈黑褐色，由被石油浸染的砂砾岩构成，地表凹凸不平。我们看到山丘上仍有多处油泉和油泡不断涌出，形成众多小油沼。油质色泽黝黑，呈黏稠状，为珍贵的低凝原油，油光照人。山丘顶立有一座花岗岩石碑，呈棱锥状，碑高 2.5 米，正面书写"黑油山"三个大字。另一侧有简要碑文，游人争相在黑油山石碑和采油一厂提供的井架前留影。60 年前的 10 月 29 日，黑油山第一口油井喷油，当时取名为克拉玛依油田。克拉玛依是新中国成立后勘探开发的第一个大油田，现已成为中国西部第一个原油产量上千万吨的大油田。

我们特意来到克拉玛依博物馆，依次参观了序言厅、艰苦创业厅、迎难而上厅、改革发展厅、跨越腾飞厅等六大展厅，厅内展出的不同时期的照片、实物、图表、沙盘、模型等上千件。展馆院内陈列了油田开发初期使用过的井架、钻机、抽油机、拖拉机、解放牌卡车等实物，还有石油会战旧址复原、大型雕塑《开拓者》和英雄浮雕墙。一张张图表，一幅幅照片，一件件实物，都在述说着那个英雄辈出的年代感天动地的传奇。博物馆展示了新中国石油工业发展史，是克拉玛依市的爱国主义教育基地。每一个驻足的地方，我都仿佛看到了因油而生、因油而兴的石油工人们脸上洋溢着的不同的时代风采。

车过横贯克拉玛依河的友谊大桥。斜拉索桥，气势壮观，是进入克拉玛依中心城区的门户。2000 年 8 月 8 日，宏伟的饮水工程克拉玛依河正式通水，清波荡漾的河水给缺水的油城带来了绿色生机。河岸两侧平坦的柏油路和人行道蜿蜒幽静，道路两旁绿树成荫。

水是生命之源。大型雕塑《水来了》，矗立于河岸。维吾尔族姑娘用头盔将河水迎头淋下的动态，表现了石油人对"水来了"的无限喜悦。雕塑四周无数喷涌的水泉与姑娘沐浴般的神情相映成趣，凸显了人与自然的融合。我赞叹艺术家们对美好生活的捕捉，他们把时代气息和人文风格进行了美的组合。

世纪公园紧靠克拉玛依河，石拱桥、混凝土桥、钢结构桥，多座跨河桥，桥桥各异，彩灯点缀，夜幕下的克拉玛依河犹如一条五颜六色的彩带。

在艾青的巨型石雕前，我读到了诗人对油城的真诚咏赞。诗行刻在艾青全身坐像前的右侧——

最荒凉的地方，

却有最大的能量，

最深的地层，

喷涌最宝贵的溶液，

最沉默的战士，

有最坚强的心，

克拉玛依，

你是沙漠的美人。

2008 年 9 月 28 日，克拉玛依市建市 50 周年庆，"荣誉市民"吕远饱含着对克拉玛依的深谊厚情，将自己珍藏半个多世纪的《克拉玛依之歌》手稿，交到了油城市长手中。吕远和油城做了一次心灵与艺术、与现实生活的互动。

记得在油城的那天晚上，音乐喷泉广场的最后一曲是萨克斯演奏的世界名曲《回家》，灯影河水中的喷泉和着悠扬的乐曲，幻化成五光十色，远远近近，流光溢彩，似水柔情，讲述游子魂牵梦绕般的回家的心情。没有想到伴随着抑扬顿挫的《回家》的旋律和思绪，我似乎也回到了我久违了的家，况且和母亲一起，况且那天也是我的生日。

我想，从前的《克拉玛依之歌》首段，现在是否可以改成：

啊克拉玛依！

我愿意走进你，

你有草有水连鸟儿也想飞，

啊克拉玛依！

我愿意走进你，

你有歌声有鲜花有人迹，

啊克拉玛依，

你这富饶的土地，

我凝眸向你望去，

啊克拉玛依，

我不愿离开你……

梨城夜色

我对新疆库尔勒最初印象，莫过于它广销中外的香梨了。大家又称这个城市为"梨城"。

初春的梨城，丝毫没让人感到一点儿寒意。在库尔勒城休闲广场一角驻足，一颗硕大的香梨雕塑呈现在游人眼前。夜色中，艺术品的"香梨"晶莹剔透，分外诱人。

据晋代葛洪《西京杂记》撰载："瀚海梨，出瀚海北，耐寒不枯。"此"梨"指的就是库尔勒香梨。库尔勒栽培的香梨，距今已有2000多年的历史。《大唐西域记》中也有关于库尔勒香梨的记载。听说《西游记》中的人参果就是指香梨。这种梨小，但含糖量高、香味浓郁、皮薄肉脆、香甜爽口。早在汉唐时期就通过古丝绸之路传入印度，被誉为"果中之王"。

源于博斯腾湖的孔雀河，是库尔勒的母亲河。它穿越铁门关迂回南下，流经库尔勒绿洲中央，注入卡拉水库。由于博斯腾湖的调节，孔雀河流量常年稳定，水清质好，滋润着河流两边的土地。古河道两岸存在多种文物古迹，最负盛名的有营盘、古墓沟和孔雀河三角洲，古楼兰城就位于孔雀河下游。

据说孔雀河原来叫饮马河，相传东汉定远侯班超在此饮过马。在公园一角还有班超的雕塑。后因常有孔雀飞集于这条河畔的树丛中，又获得孔雀河美名，孔雀河穿库尔勒而过。

我沿着蜿蜒的广场小路前行，映入眼帘的是跨越孔雀河的大桥，桥上像大门装帧样的两侧，各有 8 根斜拉式钢链。在灯光照耀下，与桥下河水的倒影相映，浑然一体，气势磅礴。走过喀拉苏桥，远处就是库尔勒文化馆、美术馆、体育馆等大型建筑，同样在柔和金黄的灯光映射下，显得格外大气。

河上长桥两侧护栏在不时变换的灯光衬托下，如同长长的电影胶片，紫的、蓝的、红的、黄的，相映交替，画面鲜艳，婀娜多姿。市民三五成群，或祖孙结伴，或情侣携行，或一家同游，温馨而祥和。

盘桓在铁克其桥前的小型广场上，我依稀听见了坐在石凳上一家人的河南乡音。我搭讪后，他们果真是与我老家相距不到 20 公里的河南夏邑老乡。他们在梨城生活近 50 年，是响应支援新疆、建设新疆的号召来库尔勒的。老人看我在为他拍照，便说：别照了，一脸老相。他说着，还情不自禁地把头上的单帽整了整。

"乡音不改鬓毛衰"。夜色中，我竟然巧遇了河南老乡，他们是那么质朴、和善。

望着两岸流光溢彩的建筑群和风格各异的小桥，以及水中静静流动的光影，我想起"桨声灯影里的秦淮河"，我也惊诧于边疆梨城的夜色了。我觉得灯影里的孔雀河，就是无数军垦战士、支边群众智慧和汗水的集成。

在南湖御景小区前是一汪湖水。两岸低垂的柳树在昏黄的地灯光射下，静谧而轻柔。湖水的一角是宽约百米的人工瀑布，落差不是很大。这座城市的设计者用无数彩灯装饰于整个瀑布的上上下下，匠心独运地采用不同颜色的灯光，来环衬这片美丽的瀑布。一会儿是醉人的绿色，一会儿是热情的红色，一会儿是凝重的蓝色，一会儿是迷人的橙色。在瀑布的下方，溅起的水珠在湖面上形成一道亮丽的风景画，画面上分明是散落的翠绿的、粉红的、碧蓝的、黄橙的玫瑰花瓣……

羞答答的月亮在刚刚吐绿的柳枝中，窥视着岸边一对情侣。男孩子勇敢地俯身把女孩背起来，像父亲背着女儿，一路笑语欢声。

我静静地用相机镜头记录这个城市的夜色。我想，梨城的夜色是充满暖意的、充满睿智的。穿城而过的是奔流不息的河水，传承的却是赓续不断的血脉。

守望

2015 年 8 月 20 日,我来到兵团第九师一六一团,走近孙龙珍这位英雄和以她的名字命名的民兵班。

孙龙珍,1940 年 12 月 26 日出生于江苏省泰县,1959 年 6 月支边来到新疆吐鲁番。1962 年春,苏联在伊犁、塔城等地区策动和胁迫中国一部分边民外逃,严重破坏了我国边境地区的社会主义建设,造成大片土地无人种,牲畜无人管。根据上级指示,兵团动员一部分人到边境从事生产建设,执行"代耕、代牧、代管"的"三代"任务。孙龙珍得知此事后,主动要求到边境第一线去工作。经工厂领导批准,她来到巴尔鲁克山西部地区一六一团十二连牧一队民兵二班。她和男同志一样爬高山,过河流,收拢羊群,驯服牛的野性,很快熟悉了放牧工作。

1969 年 6 月 10 日 21 时许,一六一团牧一队牧民张成山赶着羊群返回牧一队。途中,羊跑进了一片长着肥嫩青草的三角地带,进入了当时苏联单方面认定的"争议区"。突然,十几名苏联步、骑兵侵入我国境内,绑架牧民张成山,抢走羊群,并把张成山五花大绑面朝地压着。牧一队领导闻讯，带领 40 名牧工，手持各种工具，奔赴出事现场。当时，已是两个孩子的母亲，且又身怀六甲的孙龙珍，不顾亲人劝阻，把个人安危置之度外，积极参加了这场战斗。苏军首先开枪射击，打死与之说理斗争的青年牧工孙龙珍。当时的塔斯提边防前哨班战士义愤填膺，排长李永强带领哨所官兵奋起还击。这就是历史上有名的"塔斯提事件"，也叫"孙龙珍事件"。

6 月 11 日，我国政府就苏联军队侵犯中国领土、蓄意制造流血事件向苏联政府提出强烈抗议，被苏军绑架的牧工当天通过外交途径送回。后来，孙龙珍家人要求把她的遗体安葬在哨所旁的塔斯提河畔。1969 年 6 月 13 日，孙龙珍被上级党组织追认为中国共产党党员，同年 8 月 25 日，新疆维吾尔自治区授予她"革命烈士"称号。

此后，苏方在张成山放牧的地窝子处拉起了一道铁丝网，强行划分国界。这道铁丝网，苏军白天拉好，晚上就被我边防牧民拆除。你拉我拆几个回合后，铁丝网终究没拉成。为了寸土必争，兵团牧工在边境开荒种地，虽然气候环境恶劣，土地贫瘠，但他们从不放弃。那时候，人们把这片地叫作"政治田"。发生在中苏西部边境的这种对峙一直持续了 8 年。其间，屯驻在边防哨卡前兵团连队的军垦战士们一手拿着镐一手拿着枪，坚守着属于自己的领地。

2003 年 7 月 29 日，孙龙珍曾经牺牲生命守卫的这块 44 万亩争议区域，经中哈两国勘界确权归属中国。

孙龙珍民兵班是兵团乃至全国唯一的一支屯垦戍边建制的女子民兵班，始建于 1962 年。1992 年 6 月，孙龙珍同志生前所在的民兵班被自治区党委、自治区人民政府、新疆军区正式命名为"孙龙珍民兵班"。自成立 50 多年来，这支队伍在维护边境稳定，加强军民团结、民族团结，发展社会生产等方面作出了突出贡献，充分发挥了"屯垦当模范，戍边当先锋"作用，先后荣获"全国三八红旗先进集体""全国边海防工作先进集体"等多种荣誉称号，先后有120多名女青年在这个班服役，有8名优秀女民兵被选送到部队，有50余名优秀女民兵入党提干。

孙龙珍民兵班班长王丹告诉我，2004年6月，在烈士牺牲35周年之际，孙龙珍民兵班陈列室被兵团党委命名为"兵团首批爱国主义教育基地"。为了发挥好兵团屯垦戍边爱国主义教育基地、民族团结进步教育基地、生产技能培训基地和妇女干部培养基地的作用，2009年，团场对原民兵班陈列室进行了扩建，建成了孙龙珍屯垦戍边陈列馆。2014年团场再次对该馆重新修葺扩建。现在新馆占地面积300平方米，共分三大部分10个展区，收集图片187幅，实物展柜11个，展出展品54件，使孙龙珍烈士的英雄事迹得以丰富而生动地再现。此外，陈列馆反映了一六一团50多年来的屯垦戍边历史，成为兵团第九师屯垦戍边、报国奉献的一个缩影。

进入新时期改革后的农场，营、排、班等准军事化建制撤销，孙龙珍民兵班却一直保留下来。班里的每一位成员，都是从第九师各团场几万人中精心挑选出来的未婚女青年，实行统一民兵预备役制、集中食宿的军事化管理，每两年轮换一次。一茬茬的女民兵在风雪边关扎根安家、爱国戍边，被人们誉为新时代的"花木兰"。多人被评为"边防执勤能手"和"军事训练标兵"。近年来，该班先后被全国妇联和自治区妇联表彰为"三八红旗先进单位"，多次被自治区、新疆军区表彰为"民兵预备役工作先进单位""边防工作先进单位"，3次荣立集体三等功，多次受到党和国家领导人的亲切接见。

这些女兵除了集体军训、学习，配合边防官兵完成巡逻执勤任务外，更多时间被分到各农牧承包经营户中，管理牲畜、给农作物浇水施肥。参观过程中，女兵们带我们走进了她们种植的黄瓜、辣椒、西红柿、豆角等蔬菜园地，并摘下了红彤彤的西红柿和翠绿的辣椒、黄瓜等让我们带上。作为一名老兵，那一刻我仿佛看到了自己当兵时的影子，向她们致以温暖的谢意。

在巴尔鲁克山峰层峦叠翠、草木丛生的一六一团塔斯提村南侧的松柏丛中，坐落着用红色大理石砌成的孙龙珍烈士墓。2009年6月，在烈士牺牲40周年之际，为铭记烈士遗志，弘扬龙珍精神，传承戍边伟业，一六一团党委和一六一团重修烈士陵园，敬立起了刻有孙龙珍烈士碑文的纪念碑。孙龙珍军垦烈士陵园被列为国家级重点纪念物保护单位。为表达我们对烈士的崇敬之情，我向烈士墓敬献了一个花篮，迎风起舞的红色缎带上，写下的是新疆生产建设兵团史志人对孙龙珍烈士的敬仰和怀念。

陵园一侧矗立着的一块巨石上，雕刻着两个大字"守望"。"守望"可理解为防守瞭望之意，是为了防范来犯的敌人或意外的灾祸，邻近村落互相警戒，互相援助。但眼前这两个醒目的大字分明也是军民戍边卫国的一种精神守望。站在那里，放眼望去，远方就是闻名遐迩的小白杨哨所。

我们思念英雄、敬仰先烈，是因为他们为了国家、为了民族、为了集体利益，舍身忘我、冲锋在前，敢于斗争、勇于献身。我想，只有心中装着他人、集体和国家利益的人，才会在他人或国家集体利益遭到侵害的时候，作出发自内心义无反顾、无暇思索的壮举。那是根植于中华儿女心中的大爱天平，是绵延中华民族精神血脉长盛不衰的永恒动力。

感怀"神九"回家

2012 年 6 月 29 日上午 9 时刚过，世界上无数双眼睛注视着中央电视台"神九"回家的现场直播。我放下手中的工作，全神贯注地盯住了电脑上中国网络电视台直播的现场画面。

从 6 月 16 日 18 时 37 分发射升空到 6 月 29 日 10 时许，中国航天用约 13 天创造了自己的多项历史，同时把包括一名女航天员在内的 3 人送入太空、载人太空停留时间最长、完全掌握交会对接技术。

辉煌纪录的背后，是无数航天人的奋进，是综合国力的不断强盛。蓦然回首，从"神一"到"神九"，从无人到有人，从一人到多人，从一天到数天，中国航天人用坚实的脚印留下了神奇，用开放的胸怀和自信的姿态讲述着感动世界的中国故事。

出生在中华文明的发祥地河南省的刘洋是一名中共党员和解放军现役军官。她搭乘国产宇宙飞船登天，成为进入浩瀚太空的首位中国女航天员。

巧合的是 49 年前的 6 月 16 日，也就是 1963 年的 6 月 16 日，这一天，苏联人瓦莲京娜·捷列什科娃成为世界首位进入太空的女性。至今，已有 50 多位女性到过太空。太空不会因为女性的到来而降低它的门槛，太空环境不会因为你是女性而对你特殊照顾。太空探索对人类利益极大，风险也大。世界上已有包括 4 位女性在内的 21 名航天员在执行任务时献出了生命。"神九"飞行中，刘洋的任务是空间医学实验的管理，也担负着对整个飞行乘组生活上的照料。"我代表亿万中国女性出征太空，感到无上光荣。"

刘洋善于朗诵、演讲和主持，是非常可爱的中原女子。

从 6 月 16 日下午 18 时 37 分，"神九"发射的那一刻，我的心一直为飞天的景海鹏、刘旺、刘洋揪着。

历史的瞬间永远难忘，也永远没法彩排：6 月 18 日 17 时，自动交会对接完成 3 小时后，航天员景海鹏从工具箱中取出"钥匙"，成功开启天宫一号目标飞行器实验舱舱门，以飘浮姿态顺利进入天宫一号实验舱。航天员刘旺、刘洋随后也进入了天宫一号实验舱。这标志着中国航天员首次访问在轨飞行器任务获得了圆满成功，中国载人航天事业又向前迈进了一大步！在北京航天飞行控制中心指挥大厅大屏幕上，刘洋在刘旺和景海鹏的帮助下站稳后，他们三人向着镜头挥手，并在舱内拍摄首张"全家福"。

6 月 24 日，太空"穿针引线"。由航天员手控操作的对接与分离任务是此次"神九"飞天最大的难点和亮点之一，这是我国首次进行手控载人交会对接，也是本次飞天任务中的一项核心技术。所有人的目光都聚焦于此。24 日中午，在距离地球 200 多千米的茫茫太空中，神舟九号在刘旺的操作下正在缓缓靠近天宫一号，标尺中心对准靶标，50 米、30 米、10 米，对接成功！地面控制大厅顿时传来一阵热烈的掌声和欢呼声，大屏幕上，三名航天员的手也紧紧地握在了一起。

6月26日，视频同步天地对话。我国首次载人交会对接任务实施以来，胡锦涛总书记一直十分关心执行这项任务的三名航天员。26日上午，胡锦涛总书记等领导专程前往北京航天飞行控制中心，听取载人交会对接任务进展情况汇报，观看天宫一号目标飞行器与神舟九号载人飞船组合体模型和对接机构实物，随后走进飞控大厅，与神舟九号飞行乘组指令长景海鹏通话。

在天上的日子里，每天早晚刘洋都要问候地球故乡。她总会为地面控制大厅中忙碌的工作人员带来一些安慰。清晨，细心体贴的刘洋会在字板上写下"早上好"，代表"神九"乘组人员向地面工作人员问好，然后冲着镜头露出灿烂的笑容，开始他们一天的工作；晚上准备休息时，她也会写上"工作人员你们辛苦了，晚安"，对镜头挥挥手，使人倍感温暖。这是来自太空的问候，因为遥远，所以动人。

6月29日10时许，神舟九号返回舱成功降落在位于内蒙古中部的主着陆场预定区域。地空搜救团队迅速赶到，医监医保人员打开"神九"飞船返回舱舱门，并进入返回舱初步检查航天员身体状况。在万众瞩目中，航天员景海鹏、刘旺、刘洋依次出舱，向迎接他们的参试人员和密切关注他们工作生活状况的各界人士挥手致意。

从10时许到11时19分，从返回舱成功着陆后到三名航天员出舱的一个多小时内，全球的目光都在聚焦那个舱门。这目光多么像在产房前，等待着分娩好消息的所有亲人的目光，充满着期待、祝福和牵挂。

"状态良好"的景海鹏、刘旺、刘洋就像母亲腹中的三胞胎婴儿，亲人们都期盼着你们的平安"降生"。盼望着你们一出生就会走路，就会挥手，就会微笑，就会充满感激地向所有给予你们营养和关爱的亲人们说"我们平安回家了"。你看！那些着白衣的、着红衣的、着蓝衣的医监医保等人员就像助产士一样为他们送水，为他们查体，为他们做重力适应，为他们做"临产"的准备。

在屏幕画面上，历经磨难与阵痛的返回舱像十月怀胎的母亲，而承载返回舱的沙滩，就是产床；沙滩上的几簇青草是亲人送的最昂贵的鲜花，它们为寂寞中的生命坚守而自豪一生，因为它们是陪伴航天英雄的绿叶。天上远处长长的白云，像洁白的哈达为你们衬托平顺和吉祥。

返回舱前的静静等待，是充满希冀的产房前的祈盼。亲人们从心里，从灵魂深处，祝愿他们诞生平安，给亲人们以惊喜，给亲人们以向往……

11时09分，脚出来了，脚出来了！是个大男孩，是指令长景海鹏。激情的泪水滑过了我们的腮旁。他在挥手，他在敬礼，他在致意。他被抱到平整的土地上，他笑了：那是我的亲人、我的战友。

11时14分，脚出来了，脚出来了！又是一个胖小子。是刘旺，他骄傲地翘起右手拇指。又是漫长的5分钟过去了。"产房门前"还是静悄悄。怎么？又有一位女助产士进了产房。这孩子却像一个迟迟不愿上花轿的女孩，难舍自己的家门……

11时19分，脚出来了，脚出来了！是个女孩，她面带微笑，有点羞涩，有点回忆：天宫一号上的那个温馨家园，何时能再探访？她是刘洋，就是那个在母腹练"中国功夫"、练"前后空翻"的刘洋！

"神女应无恙,当惊世界殊"!滚烫泪水又一次冲刷了我们的"泪道",流到嘴里甜甜的。

景海鹏挥动鲜花,与人们分享着太空之旅的快乐:"我们顺利完成了首次载人交会对接任务,平安回家了。感谢全国人民的关心和支持!"

面对记者的提问,在太空操作完成首次手动交会对接的刘旺回答:"感觉良好,请大家放心。"当问到在太空的突出感受时,刘洋说:"天宫就像我们在太空的家,很温馨。"

知名天体物理学家、美国自然历史博物馆天体物理学馆馆长迈克尔·沙拉对中国首位女航天员的表现印象深刻。他说:"如果不把女性送入太空,就意味着浪费了人类一半的智慧和才能。很明显,中国选择了非常合格的女航天员。"

作为一项规模宏大、高度集成的系统工程,包括飞船、火箭、测控通信、空间实验室等八大系统组成的中国载人航天,直接参与的研究所、基地、研究院一级的单位就有110多个,配合参与单位3000多个。不论火箭、飞船、空间实验室的研制者,还是发射场、着陆场的建设者,不论发射一线、指控一线、回收一线的科研人员,还是散布于陆地和海洋上的保障人员,不论是飞上太空的航天员,还是默默奉献的医监医保人员,众志成城的航天人和齐心协力的全国大协作,汇聚了一股强大的力量。

神舟飞天之路见证了中国创造奇迹的跨越之路。载人航天精神是自强不息的中华民族精神和改革创新的时代精神的生动体现。

梦回轮台

　　你从汉唐走来，
　　守护永定的边塞。
　　你从丝路走来，
　　汇聚东西方风采。
　　你从远方走来，
　　融合民族友爱。
　　你携梦想走来，
　　海纳八方情怀。

　　新疆记忆已成为我生活中最为珍贵记忆的一部分。作为中央和国家机关的第八批援疆干部，作为史志记录者，我有幸抚摸了闻名遐迩的军垦名城石河子广场上的"军垦第一犁"，欣赏了夜幕下梨城库尔勒的多彩和丰盈，还有很多很多……我想特别感谢晨曦中的喀纳斯湖水与禾木山峦，拂走尘世暮霭与喧嚣；感谢边防哨卡上那威严值守国门的士兵兄弟，还有标记两种文字的神圣界碑，它们让我读懂了什么叫祖国；感谢和田九旬沙海老兵的军礼，更显浴血荣光、平凡伟大；感谢"感动中国"的尼勒克县乔尔玛烈士陵园守护人陈俊贵，他的无悔驻足，使人更加领悟天山公路的奉献与魅力。

《梦回轮台》是应同为援疆干部的张景俭同志之约，请我为他援建的轮台县写的一首歌。这也是我的歌词处女作。我十易其稿的《梦回轮台》最后一遍歌词，完成于 2019 年 3 月 15 日北京飞往遵义的航班上。

未承想，由我作词的歌曲《梦回轮台》，在新疆传唱开来，并被舞蹈家演绎成了极富边疆民族风情的优美舞蹈，炫动起来。这首歌在"学习强国"平台 2020 年 6 月的"今日一曲"推出当天的播放量接近百万。《人民日报》2021 年 1 月 25 日大地副刊刊载了我以"轮台情深"为题对这首歌背后有关买买提的故事进一步作了宣传，也是我对轮台最深情的礼赞。

三年援疆生活，一千零一夜边疆故事难忘。新疆情结已成为我人生中最珍贵的一段记忆，给了我无尽的精神滋养。

轮台是南北疆的交通要道，处于南疆四地州进入首府乌鲁木齐三岔路口要冲。这里历史文化悠久，西汉张骞凿空拓荒西域的壮举，开辟了古丝绸之路。公元前 60 年，西汉王朝在轮台设立西域都护府，统摄天山南北。汉唐文化、佛教文化、伊斯兰文化在这里交织相汇。思绪穿越千年，在这片古老而充满生机的土地上，一代代西域都护的旌旗，似依旧飘扬在猎猎风中；一匹匹卫戍西域都护的战马，似依然奔腾驰骋。悠悠古道，遐思连连。

《梦回轮台》是用镜头回望历史。作为中国古代对外开放的重要门户，轮台还是西部边陲最早的屯垦戍边之地。汉朝的号令在西域颁布，从张骞开始，由郑吉完成。《汉书·郑吉传》有言："汉之号令班西域矣，始自张骞而成于郑吉。"张骞是丝绸之路的开拓者，曾两次出使西域。没有张骞出使西域，就不会有丝绸之路的开辟；没有丝绸之路的开辟，也不会有汉朝和西域以及与欧洲文化的交往。可以说，张骞出使西域为后来西汉政府设置西域都护打下基础。也因此，汉封张骞为博望侯。郑吉以卒伍从军，数出西域。他在西域中部建立幕府，修建乌垒城（今轮台），镇抚各国，被任命为西域第一任都护。郑吉任西域都护期间，西域屯田规模空前。既减轻了西汉政府和当地人民负担，又解决了驻军后勤供应，增强了西域的防守能力，为统一并安定西域提供了可靠物资保证。轮台也成为汉朝在西域的著名粮仓之一。公元前 49 年，郑吉卸任返回内地后，被封为安远侯。

定远侯，东汉班超。永平十六年（公元 73 年），汉明帝派遣班超出使西域，攻击北匈奴，重建西域都护，西域与汉断绝 60 多年的关系得以恢复。班超在西域约 31 年，巩固了我国西部疆域，促进多民族国家的发展，捍卫了丝绸之路，推进了中国和中西亚各国的经济文化交流。

《梦回轮台》是用镜头抚摸今天，写的是传承胡杨精神的轮台。我曾到哈密市伊吾县看胡杨，在昌吉回族自治州木垒县为晚霞中的胡杨定格。游历于壮美边疆，置身于风情四季中的轮台，特别是偶遇在胡杨林中集体婚礼的俊男靓女，倏然见坐上小火车游览醉美胡杨的中外旅者，指触斑驳陆离的轮台古城地标，都让人会情不自禁地为千年轮台、千年胡杨咏赞。千年不死、千年不倒、千年不腐的胡杨，是大漠的英雄树，也是生命顽强的边塞父亲，更是饱经风霜的戈壁母亲。它难而不弃，贫而不移，守而不改，默默护守，不渝初心。它的美，更显大漠的坚毅与壮美；它的美，伟岸塔河天际。

《梦回轮台》用初心串起了汉唐丝路与新时代的"一带一路"，再现了生生不息的华夏儿女，融汇民族友爱，建设边疆，融入边疆，兴盛边疆，服务边疆，为大美新疆，大美胡杨高歌引吭的壮美画卷。援疆既是信仰之旅，又是补"钙"之旅；既是成长之旅，又是健骨之旅；既是追索之旅，又是心灵之旅。

20多年来，一代代援疆人，无不在新疆这片热土上留下一段段闪光的人生足迹，他们用青春和热血、汗水和行动，把中央的殷切希望和新疆各族群众的美好期盼逐步变为了生动的现实。

河北省沧州市对口援助轮台县，轮台也进入了沧州招商引资体系。如今，久负盛名的"轮台白杏"等绿色农副产品已经畅销沧州，受到人们的喜爱。

我要用真情书写，用爱心缔结，去编谱新时代动人的篇和章，奏响新时代最美的诗与歌。

有一天，买买提用微信给我发来了他创作的一首小诗《野云沟》：

野云沟啊，野云沟，
野云沟里飘乡愁……
这里有白云蓝天，
这里有巍巍天山。
这里有淳朴农民，
这里有万亩杏园。

这里有千年古城，

这里有胡杨家园。

买买提的诗加重了我对轮台的思念。远隔千里的边塞啊！我怎能忘记你，一如我曾经不渝的爱恋。我想常常重返你的身边，感受你亲切的气息……

梁家河的"大学问"

难忘 2018 年 10 月的那个日子，我以亲身之感悟，思考梁家河的"大学问"。

梁家河，地处陕西黄土高原腹地延川县的一个小山村。如今，这里正在成为党性教育大课堂，也是共产党人的精神家园，越来越多的人来此寻找初心，汲取奋进的智慧和力量。

7 年知青岁月，青年习近平把自己看作黄土地的一部分，同梁家河老乡们甘苦与共，用脚丈量黄土高原的宽广与厚度，一心只为让老百姓过上好日子。7 年间，青年习近平在这片黄土地上同乡亲们打成一片，一起挑粪拉煤，一起拦河打坝，一起建沼气池，一起吃玉米"团子"。现在，习近平反复强调坚持以人民为中心的发展思想。从他的 7 年知青岁月中，我们更深刻地读懂了这一思想的根基与源头。

阳光洒在这个黄土高原上的小村庄，色彩如一幅油画。来到梁家河的每一个人脸上都洋溢着一种自豪和感佩，都在精神上受到一次洗礼。我们和梁家河村发展变化的见证人、习近平回北京上学后的村支书石春阳的一席谈话，让我们感受到了总书记与人民的淳朴情怀。1954 年出生的石春阳，小名随娃。1975 年 10 月，习近平离开梁家河后，石春阳接任村党支部书记。2016 年，他任大梁家河党总支书记。

在谈到习近平当村支书有什么鲜明特点时，石春阳告诉我们：

大家选习近平当村支书，最主要的是他做事公道、敢于担当，能跟老百姓打成一片，群众需要什么，他就干什么。他的每一个行动和决策都很务实，都是为老百姓的利益考虑的。设身处地为群众着想，这句话说起来简单，做起来并不容易，这需要干部有一颗真诚的心。

习近平刚当梁家河村支书的时候，我们村里接到上级分派下来的一批救济粮。粮食到了村党支部，大家都很高兴，但到了分粮食的节骨眼上，谁都说自己家困难，谁都想多分一些粮食。村里人开会商量这个事，说着说着大家就吵起来了。习近平说："都别嚷了。咱们现在就到各家各户去看，究竟谁有多少粮食，都看得清清楚楚。谁该多分，谁该少分，不就一目了然了吗？"

习近平说完就站了起来，带领大家到各家各户去看，看每家有多少粮食，当众记录在册。从夜里 10 点多，一直看到凌晨 5 点把各家存粮的情况第一时间都弄清楚了。散会的时间和到各家各户考察的时间是"无缝对接"，谁也没有机会投机取巧，想要当众跑回家，把粮食藏起来的机会是没有的。看完以后，谁家粮食最少，就给谁家。

后来，大家议论这个事说：咱村这个事，也就是习近平当支书敢这样做。别人当支书，肯定不敢这样做，就算这么做了，村里人也不一定听。

比如习近平打我们村最大的淤地坝，当时村里有一些观念保守的老人反对，但是习近平一点一点地做工作，还找了王宪平帮他做工作，把思想工作做通了，让大家都信服。最后这个坝打成了，灌溉方便，农作物产量也提高了。实际效果一出来，大家的思想观念也都转变过来了。

习近平当我们村支书，确实有很多不一样的地方。他实事求是，说公道话，做公道事，敢做敢当。

习近平当年是梁家河村的支部书记，现在是全党的总书记。习近平的心一直牵挂人民。

2015年春节前夕，习近平回到梁家河。还没到村口，习近平就提前下车了，他和前去迎接他的村民一起往村里走。路过当年修建的淤地坝时，习近平站在坝边看了好久。冬天的坝地上，矗立着一排排笔直的树苗。习近平问我："随娃，种树苗比种粮食收入高吗？"我说："高一些，而且更好管理。"习近平又仔细看了坝地的溢洪道，还有石头垒起来的护坝坡，看到都没什么问题，他就放心了，还嘱咐我要加强管理和排查，注意雨季的土地安全。

习近平关心村里老人的保障，问我："现在梁家河的老年人每个月都有补助吗？"我说："有。咱们村60岁以上的老年人，一个月125元；随着年龄增加，补助也会增加。"习近平又问我："合作医疗覆盖情况怎么样？每个人都有保障吗？"我说："都有，所有人都在合作医疗保障范围内，投保率是百分之百。村里人到延川县去看病，可以报销百分之七八十；到延安市区看病，可以报销百分之五六十。

那天，我们和习近平站在山顶的果园，向四周望去，是一道道沟和一座座岭，一派黄土高原的冬日景象。习近平隔了这么多年，又回到他年轻时生活过的这片土地，心里肯定有很多回忆和感想。他张口说的、问的，都是老百姓的收入、医疗、养老……从这里，大家能看出他的务实和诚恳，看出他心里一直惦念的是什么。

石春阳和大家交流完，我请他在我的笔记本上题签了"深入群众，了解真情"的话语。我感受到梁家河群众对我们党员干部寄予的深情期待。

小康不小康，关键看老乡。农村贫困人口如期脱贫、贫困县全部摘帽、解决区域性整体贫困，是全面建成小康社会的底线任务，是我们党作出的庄严承诺。

梁家河岁月，再现了青年习近平深深扎根黄土高原，扎根中国大地，在山沟沟里同人民群众同甘共苦、情同手足的历史画卷。习近平曾说："七年上山下乡的艰苦生活对我的锻炼很大。最大的收获有两点：一是让我懂得了什么叫实际，什么叫实事求是，什么叫群众。这是让我获益终生的东西。二是培养了我的自信心。"

以人民为中心，始终同人民想在一起、干在一起。谁不喜欢呢？

不能忘却的缅怀

在记忆的长河里，有无数难忘的回忆会在你的脑海里翻腾，会在你的眼前浮现。有的像浪花一样，很快消失在视野里，有的却像黄河壶口的瀑布般给你震撼。

2020年11月15日，我随福建古田干部学院的学员一起来到松毛岭参加现场教学。松毛岭位于闽西的长汀、连城的交界处，南北横贯80多里，东西蜿蜒30余里，海拔近1000米。

在松毛岭的一片开阔地上，矗立着中央苏区松毛岭战役纪念碑。醒目的"军魂"两个鎏金大字熠熠生辉。碑座正面，红五星下是一位解放军上将书写的"松毛岭战役烈士永垂不朽"几个大字。南西北面依次是"夜袭温坊""十送红军""血战松毛岭"的大型石刻浮雕。浮雕中一个个勇武的红军将士，怒目圆睁，呼号呐喊着冲刺，搏杀血洒于疆场……还有一群群农民兄弟，手抬担架，肩扛军粮，支援前线打仗；一帮帮妇女姐妹，缝衣纳鞋，煮饭烧水，泪送儿郎。画面令人感奋遐想……

东边山坡路边处有一座红军无名烈士墓，里面掩埋着几千具在松毛岭战役中牺牲的红军烈士遗骸。松毛岭战役是长征前第五次反"围剿"红军在闽的最后一战。万余名红军将士在异常残酷的战役中殉难，他们掩护中央主力红军战略转移，以血的底色在红军战史上涂画了它的悲壮与惨烈。

1934年秋，第五次反"围剿"进入最艰难的阶段，松毛岭成为中央苏区东大门的最后一道天然屏障。敌人越过松毛岭便可长驱直入，直达汀州城，正面威胁中央苏区苏维埃政府所在地——瑞金。

9月23日国民党东路军7万余人向松毛岭发起疯狂进攻，留守在松毛岭的近3万名红军战士奉命进行阻击，面对强敌进攻，山岭被炸成了平地，树木被炮火烧成灰烬，泥土被鲜血染红，3万血肉之躯在断粮缺药、极度疲惫的情况下，仅凭简单的工事和落后的装备，面对山下密集的枪炮、空中不断盘旋轮番轰炸的飞机，临危不惧、视死如归。红军战士英勇阻击，顽强抵抗，与敌人浴血奋战了7天7夜，用鲜血和生命为党中央机关和中央主力红军的战略转移赢得了宝贵时间。当红军战士胜利完成阻击任务，奉命进行撤离的时候，松毛岭已成为一片血染的战地，以至于战斗结束半个多月后，松毛岭的上空仍血腥不减。

松涛阵阵慰英魂，青山处处埋忠骨。2010年，松毛岭下的老区人民将散落在两处的红军遗骸，计3000多具重新移葬在一起，新建了眼前这座无名烈士墓。墓体前面的正中央立着一块无字巨型石碑，周边缀着无数的鹅卵石就像一个个鲜活的红军英魂，在注视和守护着这一方热血红土。长满青草的陵墓上方镶着一颗红五星，两边呈拱形嵌着"青山处处埋忠骨，红军精神代代传"的红色大字。

1987年6月，杨成武上将和涂通今少将特地到松毛岭吊唁英魂，望着当年战争留下的掩体、战壕，他们老泪纵横，久久不语。良久，涂通今将军悲痛地对杨成武将军说："当年，你们红一军团走后，只剩我们红九军团面对数倍装备精良的敌人，伤亡惨重，血流成河。其实，松毛岭保卫战的惨烈程度并不亚于湘江阻击战。"

青山肃穆，流水无声。我好像看见，一位 15 岁的少年还未脱去幼稚的表情，便和部队匆匆走上松毛岭，在战斗中流尽最后一滴血；我好像看见，一位刚刚新婚的苏区干部，在扩红中第一个报名，投入到松毛岭战斗中，最后牺牲在这片血色土地；我好像看见松毛岭下的群众，为了支援红军，冒着硝烟战火送粮送衣，一个个倒在战场上……

历史怎能遗忘这里的 7 天 7 夜啊！我至今还无法忘记石碑和基座之间的缝隙里那朵孤傲独放、枝蔓蓬勃的无名花儿，十几枚灿烂的黄花竟然倔强地盛开着。它是吸吮了大地的雨水，还是被烈士的鲜血浇灌。我跳出队列用相机为它定格，用诗歌为它歌唱。

拜谒方志敏烈士墓，是一个偶然机会。2021 年 5 月 29 日下午，我从南昌机场转乘高铁到下一个城市。没想到来接站的司机说，我们路过方志敏烈士陵园。我看离乘高铁的时间还很宽裕，强烈要求去瞻仰方志敏烈士墓。因为，2021 年是中国共产党成立 100 周年，是一个特殊的年份。到如今，我还没有拜谒过学生时代就读过的课文《清贫》的作者方志敏烈士。

方志敏烈士陵园位于南昌市西郊的梅岭山麓，青松翠柏环绕。方志敏是我党我军伟大的无产阶级革命家、军事家，受到党的历代领导人高度肯定。1964 年，毛泽东亲自为方志敏烈士题写墓碑"方志敏烈士之墓"，称赞方志敏是"有勇气、有志气而且是很有才华的共产党人，他死的伟大，我很怀念他"。

细雨中，还有不少游人也来凭吊方志敏烈士。顺山而建的 11 层共 157 级花岗岩台阶，象征着方志敏为理想和信仰而奋斗的 11 个春秋和任赣东北特区苏维埃主席至牺牲时的 1570 个日日夜夜，烈士墓静静安卧在第 9 个平台上。墓前的鲜花和花圈表达着后人对方志敏烈士的敬仰和缅怀。墓前大理石石碑正中刻有烈士的简历：

> 方志敏烈士，江西省弋阳县漆工镇湖塘村人，生于一九〇〇年。志敏同志是中国共产党的优秀党员，江西党的组织的创始人之一，闽浙皖赣革命根据地的创建者，历任县委书记、特委书记、省委书记、军区司令员、红十军政委、闽浙皖赣省苏维埃政府主席、中华苏维埃共和国中央政府主席团委员、党中央委员。一九三四年，红七军团和红十军团合编为北上抗日先遣队，志敏同志任抗日先遣队总司令。一九三五年一月二十四日，志敏同志不幸被俘入狱，在狱中坚贞不屈，写出了《可爱的中国》《清贫》等名著，于一九三五年八月六日在南昌英勇就义，表现了共产党员的崇高品质和英雄气概。志敏同志的一生，是共产主义者的战斗的一生，他为中国人民的解放事业，为伟大的共产主义事业，贡献了自己毕生的精力。①

方志敏之所以让人感动难忘，不仅因为他曾担任党的领导人、

---

① 编者注：根据党史研究新成果，方志敏烈士生于1899年，历任闽浙赣省苏维埃政府主席、中华苏维埃共和国中央执行委员会主席团成员。红七军团和红十军合编为北上抗日先遣队，方志敏同志任红十军团军政委员会主席。1935 年 1 月 29 日，方志敏同志不幸被俘入狱。此段与烈士墓前大理石石碑正中 1965 年中国共产党江西省委员会、江西省人民委员会刻有的烈士简历相比，有些许变化。

为革命事业立下过汗马功劳，还因为他的精神境界、文韬武略、崇高品德都堪为表率、使人敬服。

方志敏在中央苏区反"围剿"失败的情况下，于 1934 年 11 月 18 日临危受命北上抗日，3 个月时间转战南北，以万余将士吸引调动国民党重兵 20 余万，大小战斗数百次，堪称英勇善战。1935 年 1 月被俘，囚于南昌国民党驻赣绥靖公署军法处看守所，严词拒绝国民党的劝降，实践了自己"努力到死，奋斗到死"的誓言。在狱中，他著有《可爱的中国》《狱中记实》《我从事革命斗争的略述》等约 30 万字的文稿。《可爱的中国》《清贫》，彰显了方志敏对祖国母亲的挚爱深情和坚守清贫的崇高品德。

2009 年 9 月，在中华人民共和国成立 60 周年之际，方志敏当选"100 位为新中国成立作出突出贡献的英雄模范人物"之一。

我想起了方志敏烈士《可爱的中国》那篇饱含热泪又充满激情的著作，他这样描绘着"可爱的中国"：

中国民族在很早以前，就造起了一座万里长城和开凿了几千里的运河，这就证明中国民族伟大无比的创造力！中国在战斗之中一旦斩去了帝国主义的锁链，肃清自己阵线内的汉奸卖国贼，得到了自由与解放，这种创造力，将会无限的发挥出来。到那时，中国的面貌将会被我们改造一新。所有贫穷和灾荒，混乱和仇杀，饥饿和寒冷，疾病和瘟疫，迷信和愚昧，以及那慢性的杀灭中国民族的鸦片毒物，这些等等都是帝国主义带给我们可憎的赠品，将来也要随着帝国主义的赶走而离去中国了。朋友，我相信，到那时，到处都是活跃跃的创造，到处都是日新月异的进步，欢歌将代替了悲叹，笑脸将代替了哭脸，富裕将代替了贫穷，康健将代替了疾苦，智慧将代替了愚昧，友爱将代替了仇杀，生之快乐将代替了死之悲哀，明媚的花园，将代替了凄凉的荒地！这时，我们民族就可以无愧色的立在人类的面前，而生育我们的母亲，也会最美丽地装饰起来，与世界上各位母亲平等的携手了。

这么光荣的一天，决不在辽远的将来，而在很近的将来，我们可以这样相信的，朋友！

缅怀英雄，铭记英雄，崇尚英雄，致敬英雄。一切伟大成就都是接续奋斗的结果，一切伟大事业都需要在继往开来中推进。

我想，我们要让我们的后代们走近历史、触摸历史、感悟历史、勿忘历史，感知红色政权来之不易、新中国来之不易、如今新生活来之不易，将苦难辉煌的过去、日新月异的现在与光明宏大的未来连通起来，增强做中国人的志气、骨气、底气，书写不负时代，不负韶华，不负人生的无悔华章。

永不忘记海外挚友

马克思曾说："人的生活离不开友谊，但要得到真正的友谊是不容易的。友谊需要真诚去播种，用热情去灌溉，用原则去培养，用谅解去护理。"一个政党、一个国家、一个民族也离不开友谊。

中国共产党成立 100 年来，无数国际友人发扬伟大的国际主义精神，热情、无私地帮助中国共产党和中国人民，与中国人民同呼吸共命运，与中国共产党领导的革命和建设事业融为一体。有的国际友人数十年如一日为党的事业奔走操劳，有的国际友人加入中国国籍，有的国际友人光荣加入中国共产党，有的国际友人甚至为中国革命献出了宝贵的生命……

单伟同志编著的《志同道合：中国共产党的海外挚友》一书选择了热爱中国和中国人民、长期坚持对中国友好，与中国共产党积极合作并对中国人民解放事业、社会主义建设和改革开放作出突出贡献的 18 位国际友人——毛泽东同志在《纪念白求恩》等纪念文章和讲话中提到的白求恩、斯诺、史沫特莱、斯特朗等；习近平总书记在纪念抗战胜利 75 周年座谈会上的重要讲话中提到的柯棣华、贝熙叶、汉斯·希伯等；获得"中国改革友谊奖章"的大平正芳、萨马兰奇、松下幸之助等；"中国缘十大国际友人"网络评选中获选的爱泼斯坦、路易·艾黎、阿尔希波夫、平松守彦等。他们来自不同国家、地区、行业，年纪也不尽相同，很多人来了就不曾离开，将中国视为心目中的理想之地和心灵家园；有些国际友人在帮助中国度过革命和内战的艰难岁月后，不顾中国仍处于艰难时期，选择了中国作为他们的"第二故乡"，与中国共产党风雨同舟、亲密合作，建立了命运与共、历久弥坚的伟大友谊。

大家耳熟能详的几位国际友人曾这样表达并践行自己的心语——

加拿大共产党员、著名胸外科专家白求恩：我现在到中国去，是因为我觉得那是最迫切需要去的地方，那是我能够更有用的地方。

新中国卫生事业的先驱、新中国成立后第一个加入中国国籍的外国人马海德：从此，我能够以主人翁的身份，而不是作为一个客人置身于这场伟大的解放事业之中，我感到极大的愉快。

美国新闻记者、作家、社会活动家史沫特莱：我到过很多很多国家，但无论到哪儿，我总归是一个外国人。只有当我在中国的时候，我就不感到自己是外国人了。不知道是什么缘故。在那儿，我总认为自己是中国人民的一员。我仿佛已经生根在那片土地上了。

印度医生柯棣华宣誓：我志愿加入中国共产党。我宣誓为反对法西斯斗争的胜利，为实现共产主义，我要将我的一切包括我的生命献给这壮丽的事业。

斯诺留下了把部分骨灰"安葬在中国的土地上"的遗愿。1973

年 10 月 19 日，在北京大学未名湖畔，周恩来亲自参加了斯诺骨灰安放仪式。

"远道而来的朋友"，受到中国共产党和中国人民高度的敬重。党和国家领导人在重大庆祝和纪念活动中对他们表达了真诚的感谢和纪念；中国人民在国际友人生日时对其祝福、逝世时表示哀悼、诞辰日时举行纪念活动；国家还为国际友人设立颁发了各种荣誉奖章。

《志同道合：中国共产党的海外挚友》一书向众多国际友人表达崇高的敬意。这是决不能被忽视和遗忘的历史。品读国际友人的感人故事，感受他们跨越时空、历久弥新的精神风范，从特定视角感受百年党史的艰辛历程、巨大变化、辉煌成就，对促进中外交流合作、推动构建人类命运共同体有着更为深远的时代意义。

新青年来信

2021 年 6 月 19 日下午，在蒙蒙细雨中，我第一次瞻仰上海龙华革命烈士陵园，第一次走近这里的英雄。

我如同一位青年说的一样："惭愧的是，我最近才刚刚认识你（指陈乔年），对不起。"我也惭愧啊！我怀着景仰之情和歉疚之意第一次来拜谒罗亦农、彭湃、陈延年、陈乔年、赵世炎、顾正红、恽代英等革命先烈，敬献鲜花表达我的哀思。

> 龙华千古仰高风，
> 壮士身亡志未穷。
> 墙外桃花墙里血，
> 一般鲜艳一般红。

这首诗写在龙华监狱男牢的墙壁上，这是英雄们为争取民族独立和人民解放，坚定信仰、宁死不屈的真实写照。

在人类的长河中，能承载人类精神的，是那些最优秀的先驱者、先进者；在人类历史的每一个时代留下闪光名字的，也是那些最优秀的先驱者、先进者。他们是那个时代最清醒的灵魂。这里，我想用几封来信，来讲述我在龙华所看到的一切，来传承英烈的故事，来展现被电视剧《觉醒年代》所感动的青年朋友的信仰之光、青春之光！

墓地群中，我看到了瞻仰者中的几位青年写给赵世炎、陈延年、陈乔年等先辈的书信。怕信被雨水打湿，他们特意将书信用塑料袋封了起来。放在赵世炎墓碑前的一封信这样写道：

世炎，现在的中国，在中国共产党的领导下蒸蒸日上，日益强大，人民当家作主，社会全面进步。这盛世繁华，多么希望你也能看见。你和延年、乔年、邓中夏、蔡和森等人的故事将会永远被我们铭记，激励我们永远怀抱初心，像你一样，心中有火，眼中有光。我要努力和我们这一代的热血青年们一起建设更好的中国……

世炎，怀念你。

一名普通的 21 世纪的新青年

6 月 17 日

同样在赵世炎的墓碑前，一束鲜花旁放着一张小小的便笺，上面写道：

千树桃花凝赤雪，工人万代仰施英。龙华授首见丹心，浩气如虹铄古今。愿您有来生，再看看您为之付出一切所换来的如此盛世。谢谢你，赵世炎先生。

6 月 19 日

陈延年墓碑前，我又看到另一位瞻仰者写给陈延年的信：

亲爱的陈延年同志：

我是一名高中毕业生，我在电视剧《觉醒年代》中，才认识了你。你崇高的信仰和道德追求，你的精神风骨，深深地烙印在我的脑海里。你看见了吗？我们的祖国，发展得繁荣强大，人民幸福安康……今年是中国共产党成立100周年，你若是在天上，就一定能看到今天的中国！

此致，

敬礼！

6月19日

在陈乔年墓碑前的一封信这样写道：

亲爱的陈乔年弟弟：

冒昧，这么称呼你。你牺牲的时候才26岁，比我现在还小了点。我觉得这样称呼你，减少了距离感。你不会介意吧？

初次见面，你好呀。惭愧的是我最近才刚刚认识你，对不起。若没有你们就没有我们现在美好的生活。饮水思源，我为我现在才知道你，感到羞愧，我也27岁了。想到你所经历的一切、受到的苦难折磨，我不禁流泪。

弟弟呀，为什么你如此执着。你的觉悟太高，格局太大，你在考虑整个国家。乔年，你后悔过吗？你一定不会后悔的，是吗？正因为有你这样的人，才有了现在的中国，强大的中国。

乔年弟弟，你看，我给你带来的照片——2021年6月17日9时22分，搭载神舟十二号载人飞船的长征二号F遥十二运载火箭，在酒泉卫星发射中心准时点火发射！

亲爱的乔年弟弟，若有在天之灵，麻烦你，继续佑我大中华；倘若真的有来世，我希望你出生在和平年代，享受生活，无忧无虑，做一个快乐的青年。

谢谢你，还有延年哥哥，还有你的父亲。总之，谢谢你们，我们永远不会忘记你啊！

6 月 19 日

信的旁边是一张写着"自强不息，创新超越"的明信片。还有一张照片上写着："1967 年 6 月 17 日，我国的第一颗氢弹爆炸成功。"另一张照片上写着："2021 年 6 月 17 日，我国的载人神舟 12 号发射圆满成功。"

桃花红雨英雄血，
碧海丹霞志士心。
今日神州看奋起，
陵园千古慰忠魂。

在雨中，我看到一群群青年人自发地凭吊先驱，抒发情怀，我想，他们正是牢记了习近平总书记教诲："我们走得再远，都不能忘记来时的路。"

我向老一辈中的青年人致敬！我向新时代的青年朋友致敬！

后　记

　　自己的作品就像自己的"孩子"，自己的孩子也像自己的"作品"。孩子总归是自己的好。但孩子身上的不足一定要看得到，不能娇惯溺爱孩子。让孩子健康成长，必须使他得到各种养分和锻炼。《行悟初心》像我的第七个"孩子"，自然，它也不是很完美。

　　说心里话，这个集子的出版应该感激中国作家协会会员、北京作家协会理事、北京作家协会散文报告文学委员会副主任刘晓川兄，是他从我众多散文篇什中挑选出来了近 60 篇作品，结集成册献给读者的。《行悟初心》，是我后来才给这个"孩子"起的名字。感谢东方出版社的编辑们，是你们把这个"孩子"从"产房"里抱住来，使它面世。真诚谢谢你们。

　　还要感谢我的工作单位，给了我许多出差、学习的机会；特别感谢全国党史文献系统的同人们，你们付出了很多时间和精力陪同我，还给我提供了很多宝贵的地方史志资料。虽然我尽可能地用笔描摹、用镜头定格、用心描绘我所到地方的一切美好和场景，但还有很多遗憾，到现在没能写出来，包括那些我曾经用脚丈量过的土地，用双眼浏览过的历史遗址，用心答应过他们、请他们走进我的作品里的英模人物……只怪自己勤奋不够，未能成文收录，在此特向你们道歉了。

如，2021 年 5 月 30 日，我有幸到江西广昌，这里是中央苏区的北大门。在红军远征前，这里曾发生过一场激战——高虎脑战役，它是中央红军长征前夕留下的最悲壮的一首战歌。为了捍卫红色政权，发生在 1934 年 8 月的高虎脑战役成功阻滞了敌人进攻红色首都瑞金的进程，为红军战略转移赢得了宝贵的时间。

为纪念在高虎脑战役中壮烈牺牲的陈阿金等 2300 多名红军将士，1988 年 8 月，广昌县"高虎脑红军烈士纪念碑"建立。原红三军团政委、时任国家主席杨尚昆及中央军委原副主席张震上将、原中国人民解放军总政治部副主任刘志坚中将分别为纪念碑题词。另一棵大树的旁边是高虎脑乡人民政府 1986 年 12 月立的一块石碑，上面刻着高虎脑战斗，红三军团战斗司令部旧址，万年亭。石碑一角已经残损。

犹记那一天下午，小雨中，我来到离纪念碑不远处山坡上的陈阿金烈士墓前瞻仰。只见烈士墓呈八字状，一侧石壁上是陈阿金烈士生平，另一侧的石壁上是伍修权为陈阿金烈士的题词——"战斗中的英雄，工人中的楷模"。进而得知陈阿金原名陈建金，江苏省阜宁县人。1925 年加入中国共产党，参加过五卅运动和上海工人武装暴动。1934 年 1 月，当选为中华苏维埃共和国中央执行委员。1934年 8 月 28 日，时任红三军团第五师政治委员的陈阿金，亲临前沿阵地指挥万年亭战斗，遭遇敌机空袭，壮烈牺牲，时年 36 岁。陈阿金烈士墓前被雨水打湿的几束菊花和几个花圈告诉我们，有人来到这里凭吊烈士。

铭记历史，是为了不忘昨日的苦难、劫难、磨难，是为了开启新的明天。一切向前走，都不能忘记走过的路，走得再远、走到再光辉的未来，不能忘记为什么出发。

中国革命历史是最好的教科书、清醒剂、营养剂；革命博物馆、纪念馆、党史馆、烈士陵园等是红色基因库；红色是中国共产党、中华人民共和国最鲜亮的底色，在我国960多万平方公里的广袤大地上，红色资源星罗棋布，每一个历史事件、每一位革命英雄、每一种革命精神、每一件革命文物，都代表着我们党走过的光辉历程、取得的重大成就，展现了我们党的为民和奉献、牺牲和情怀、忠诚和担当，汇聚成我们共和国的红色血脉。

基于此，每到一处红色热土、圣地、旧址或纪念馆，我总是习惯性地把自己的所见、所思、所想记录下来，以此缅怀先辈、不忘初心，并希望以此进一步表达对党的优良传统和革命精神的崇敬，为赓续红色血脉略尽绵力。

抚今追昔，在我的记忆里，至今不能忘怀这些地方、这些人，它们是：河南省永城市淮海战役陈官庄地区歼灭战烈士陵园，青海省西宁市徐向前元帅题写馆名的"中国工农红军西路军纪念馆"，甘肃省张掖市高台县中国工农红军西路军纪念馆、董振堂烈士纪念亭，兰州战役遗址（第一野战军四军十一师三十一团团长王学礼），四川省攀枝花市"三线建设博物馆"，新疆生产建设兵团阿拉尔市（三五九旅）和可克达拉市（东方小夜曲《草原之夜》），还有敦煌（樊锦诗）、玉门关、嘉峪关、玉门（王进喜）、深圳（莲花山）、三沙市（海军战士），等等。在后记里我一一抄录下来这些地址、这些人和这些事，主要是为平复我愧疚的心，因为直到现在我还没有把当时观瞻时的心境和感想描述下来，这是"文债"，将来要还的。

在北京中国现代文学馆的门前，有一块巨大的花岗岩石，上面刻着著名作家巴金说的一段话——我们有一个多么丰富的文学宝库，那就是多少作家留下来的杰作。它们支持我们、教育我们、鼓励我们，使自己变得更善良、更纯洁，对别人更有用。

期待更多的作家留下杰作，来传承民族精神和时代精神，"使自己变得更善良、更纯洁，对别人更有用"，尤其是对下一代人。

作者

2021 年 8 月 5 日

北京东四南门仓 5 号